京都府警あやかし課の事件簿4

伏見のお山と狐火の幻影

天花寺さやか

○本表紙デザイン＋ロゴ＝川上成夫

もくじ

序　7

第一話　湖国(ここく)での年明け　9

第二話　伏見(ふしみ)のお山と狐火(きつねび)の幻影　85

第三話　松ヶ崎(まつがさき)の舞踏会　153

第四話　山科(やましな)の雪と小町(こまち)の涙　249

終章　410

主な登場人物

天堂竹男

京都府警察「人外特別警戒隊」、通称「あやかし課」隊員。八坂神社氏子区域事務所である「喫茶ちとせ」のオーナー兼店長。

深津勲義

京都府警察警部補。八坂神社氏子区域事務所の所長。竹男の幼馴染。

総代和樹

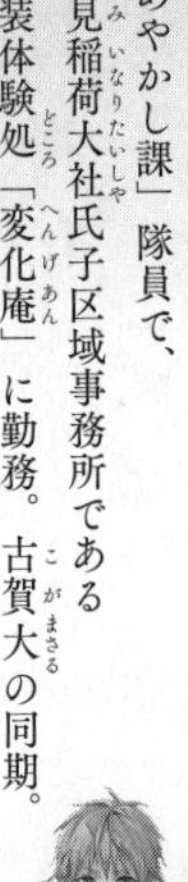

「あやかし課」隊員で、伏見稲荷大社氏子区域事務所である和装体験処「変化庵」に勤務。古賀大の同期。

古賀　大（こが まさる）

「あやかし課」隊員で、「喫茶ちとせ」に勤務。簪（かんざし）を抜くと男性の「まさる」に変身できる。坂本塔太郎（さかもととうたろう）に想いを寄せている。

坂本塔太郎（さかもととうたろう）

雷の力を操る「あやかし課」の若きエース。大の教育係を務める。

御宮玉木（みやたまき）

京都府警察巡査部長。深津の部下。神社のお札（ふだ）を貼った扇（おうぎ）で結界（けっかい）を作る力を持つ。

山上琴子（やまがみことこ）

「あやかし課」隊員で薙刀（なぎなた）の名手。「喫茶ちとせ」の厨房（ちゅうぼう）担当。

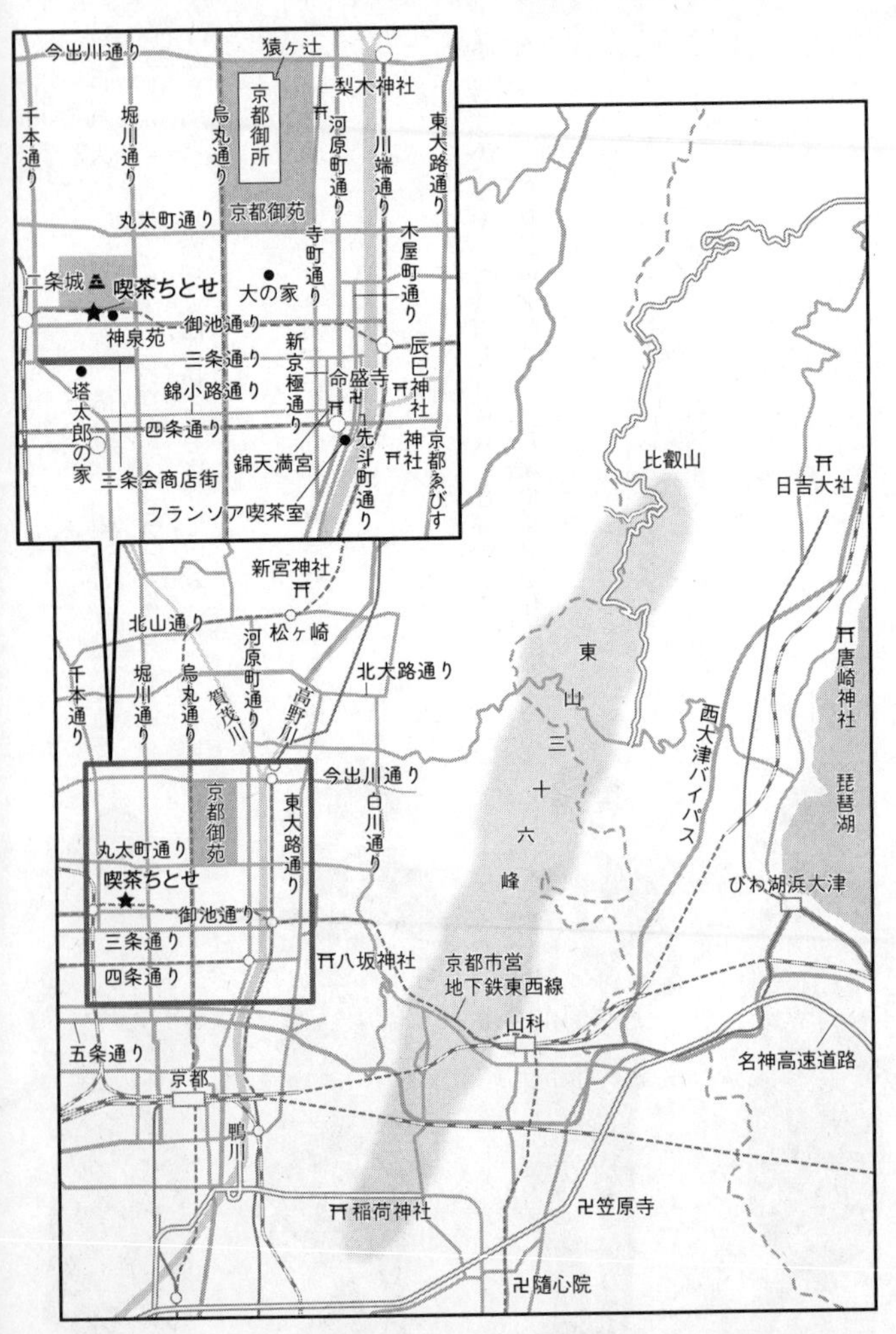
今出川通り
猿ヶ辻
梨木神社
京都御所
千本通り
堀川通り
烏丸通り
河原町通り
川端通り
東大路通り
京都御苑
丸太町通り
寺町通り
木屋町通り
二条城
喫茶ちとせ
大の家
御池通り
神泉苑
新京極通り
辰巳神社
三条通り
命盛寺
錦小路通り
四条通り
先斗町通り
塔太郎の家
神社
京都ゑびす
錦天満宮
三条会商店街
フランソア喫茶室
比叡山
日吉大社
新宮神社
北山通り
松ヶ崎
北大路通り
東山三十六峰
西大津バイパス
唐崎神社
賀茂川
高野川
今出川通り
白川通り
京都御苑
東大路通り
琵琶湖
丸太町通り
喫茶ちとせ
びわ湖浜大津
御池通り
三条通り
八坂神社
四条通り
京都市営地下鉄東西線
山科
五条通り
名神高速道路
京都
鴨川
稲荷神社
笠原寺
随心院

序

稲荷神社の参道が、参拝者達が、そして自分が、晴れた陽の光で照らされる。周りはこんなにも明るいのに、坂本塔太郎の心は真っ暗だった。

今日ほど最悪な日はない。

大ちゃんに、酷い事を言うてしもた。大ちゃんは何も知らんのに、俺の事を心配して、支えようとしてくれただけやったのに。追い返すような事をしてしもた……。

彼女の狼狽えた瞳を思い出しては、ちくりと胸が痛む。それでも塔太郎は彼女を退けた。今の自分を、どうしても見られたくなかったからだ。

こんなにも乱れきって、体が震えて、情けない自分の姿を――。

第一話　湖国（ここく）での年明け

京都の冬は、いつ雪が降ってもおかしくないほど、冷たく寒い。体の芯まで凍るような厳しい冷え込みに耐えながら、じっと春を待つ季節である。

どの家も忙しない大晦日の夕暮れ時、「喫茶ちとせ」の前を掃除していた坂本塔太郎のさっぱりとしたうなじに、御池通りから風が吹きつける。彼は箒を動かす手を止めて、半纏を搔き合わせた。

「さぶっ。もう夜になるやんけ。大ちゃん、はよ終わらして店ん中戻ろうやー」

しゃがんで塵取りを持っていた古賀大も、

「ほんまですねぇ。私も、指が凍りそうです」

と苦笑した。その途端、再び風が吹いて、店の軒先テントをなびかせる。

その風が、簪で髪を結い上げたうなじから襟の中に入ったものだから、大は思わず高い声を出してしまう。その声に驚いたのか、足元にいた鳩が枯れ葉を踏んで逃げていった。

しかし、人間に慣れている鳩は、すぐに戻ってきて大の袴に身を寄せる。甲高い声で、

「お姉ちゃん、鳩さんびっくりさしたらあかんがなー。小さい心臓やねんでぇー。止まってまうでぇー」

と、自分のか弱さを主張しながら、人間を風よけにする逞しさを見せていた。

寒さが堪えるのは人間も鳩も皆同じで、さらに言えば、実はこの世に存在している神仏はもとより、化け物、精霊などといった「あやかし」も同様である。

大と塔太郎は、あやかし達が関わる事件を解決する「京都府警察　人外特別警戒隊」、通称あやかし課の隊員で、今、喫茶ちとせの中にいる四人も同様だった。

掃き掃除が一段落ついた頃、店のドアがぱっと開く。中から、三角巾をつけた山上琴子が顔を出した。

「お疲れー。お蕎麦が出来ましたよーん！　伸びひんうちに食べに来てや。二人とも、具は鰊でよかったやんな？」

「はい！　ありがとうございます」

「きたーっ、鰊蕎麦！　俺、腹減ってて、ずっと待ってたんですよ！」

掃除道具を片付けて店に入ると、テーブルの上には既に人数分の賄いが並んでいる。今日は大晦日なので、年越し蕎麦だった。

京都では、蕎麦の上に身欠き鰊を載せた「鰊蕎麦」がよく食べられており、その元祖は、四条大橋東詰の、日本最古の歴史を持つ劇場・南座の西隣にある蕎麦の老舗、松葉だという。その味に近づけると意気込んでいた琴子は、今日は会心の出来だったらしく、鼻歌を歌いながら三角巾を取っていた。

店長の天堂竹男がお茶を淹れており、二階の事務所から下りていた御宮玉木も手伝っている。湯気の立つお茶を並べているせいか、玉木の眼鏡は曇っていた。

大達も手伝って準備が整うと、事務処理を終えた深津勲義も二階から下りてきた。

「喫茶ちとせ」、正式名称「八坂神社氏子区域事務所」のメンバーは、この六人である。京都府警の警部補である深津と、巡査部長の玉木は、二階の事務所に詰めて通報や相談を受け付けている。

委託隊員である大、塔太郎、琴子、竹男の四人は、普段は喫茶店業務にいそしみ、事件があれば深津の指揮のもと、玉木も含めて現場に赴くという仕組みだった。

ちとせ以外にも、あやかし課の事務所はあちこちに構えられており、その管轄は、京都の有力な神社の氏子区域で分けられている。

京都府警の正規の警察官と、霊力のある委託隊員との合同組織である「あやかし課」は、この喫茶ちとせのように表向きには別の顔を持ち、秘かに存在しているのだった。


備え付けのテレビで年末の特番を見ながら、一時の休息を楽しむ。琴子が老舗の味を目指して頑張ったというだけあって、鰊は柔らかくて食べやすく、蕎麦も出汁も、松葉に負けない美味しさだった。こんなふうに料理上手で、任務では薙刀を颯爽と振るう琴子は、大にとって憧れの女性である。

皆が年越し蕎麦を食べ終わる頃、それまで幸せそうな顔でひたすら食べていた塔太郎が、最後のひと口を飲み込んで箸を置く。大がその姿を人知れず眺めていると、塔太郎は目を細めて息をつき、手を合わせて顔を上げた。

「竹男さん……！」

と、星が宿ったかのように瞳を輝かせている。塔太郎は、自身の表情と雰囲気で竹男に訴えており、その意図を汲んだらしい竹男も完食して、

「うむぅ、間違いない！　蕎麦と出汁、そして鰊との圧倒的調和！　長老が死の間際に言っていた伝説の……『琴子蕎麦』ァ！」

と、芝居がかった台詞を言う。満腹の幸福感による、彼らの寸劇の始まりである。塔太郎と竹男が絡めば、たまにこういう馬鹿げた事が起こり、さらに今回は玉木も乗っかって、

「うぅっ！　美味しすぎて僕の胸がっ！」

「玉木ぃーっ！」

と、寸劇がどんどん広がっていた。

楽しむ三人をよそに深津はというと、彼らを空気の如く扱い、ひたすら自分のお茶を飲みつつ京都新聞を読んでいた。

こういう光景は珍しくなく、六人の中で一番新しい隊員である大も、今ではすっ

かり慣れている。横の席では、琴子が大袈裟に嘆いて首を横に振っており、

「京都三大バカやな。まともなんは、深津さんだけやわ。——ま、ああいうふうに、料理を褒めてくれるんは嬉しいけど」

と、笑顔で呟いている。

その時、塔太郎と目が合い、その澄んだ瞳に吸い込まれそうになった大は、はっとして顔を背けてしまう。不審に思われただろうか、頬も赤らんでいたかもと心配になった大だが、塔太郎は気にしていなかった。

京都が平和なら、ちとせも平和である。十八歳の夏まで大はごく普通の女の子だったが、とある出来事があって人生が一変した。あやかし課隊員となるまでは、大晦日は家族と大掃除をして、夜は家でゆっくりするのが常だった。

それが今年は、こんなふうに先輩達に囲まれて、事件や相談事を受けて京都中を奔走している。そしてまだ口には出せないが、直属の先輩、塔太郎に恋をしている。人生とは、どんなご縁があって、何が起こるか分からへんなと、最近の大は思うのだった。

今年はもう何事もなく終わると思っていた大だったが、そうはいかないのが警察の一組織。あと二時間ほどで新年を迎えようかという頃、四条花見小路の北側の路

上に、沈酔状態の幽霊がいるという通報が入った。

年をまたぐ夜勤だった大と塔太郎は、姿を半透明にすると刀や籠手、腕章を携え、支給されている防寒具のマントを羽織って出動した。

鴨川より東の四条通りに着いてみると、歩道には、暖かそうなコートにマフラーを巻いて八坂神社を目指す人や、既に神社から帰路につく人達で溢れている。神社から出てきた人の大半が、「をけら火」のついた火縄を手にして満足そうに歩いており、先端に灯された火が消えないように火縄を回したり振ったりしているので、小さな火の玉が飛んでいるようだった。

「やっぱりこれを見ると、京都の年末って思うなぁ」

現場に向かう途中で、塔太郎が白い息を吐きながら言う。大晦日となれば、神社仏閣ならどこでも年越しの行事が行われるが、中でも、八坂神社の「をけら詣り」は有名だった。

大晦日の夜から除夜祭が行われ、境内に吊るされた灯籠に御神火が移される。この「をけら火」を火縄に分けてもらって持ち帰り、家の竈や灯明の火に使って新年の幸せを願うのである。これが、祇園の年末の風物詩だった。

周囲を眺めながら現場に着いてみると、烏帽子に狩衣、その上に綿入れ半纏の男が路上で大いびきをかいている。大と塔太郎が既視感を覚えて近づいてみると、や

はり、大が配属したての頃に暴れた貴族の幽霊だった。傍らでは、町内の地蔵尊が祠から顔を出しており、

「まぁ、今年最後の日やし。お酒を飲んで、気分ようならはったんやねぇ」

と首を傾げつつ微笑んでいる。

「この人、前に私が戦った……」

「またこのオッサンか！」

当時、貴族は「まさる」と殴り合いをして痛い目に遭ったのに、性懲りもなく同じ事を繰り返している。大が思わぬ再会に驚く横で塔太郎も呆れており、以前と同じく、貴族の背中をぐっと抱き起こした。

「あー、もうっ。ご主人！　またお会いしましたね！　俺らの事、覚えてますか⁉　今日は人も多いんですから、こんなとこで寝てたら邪魔でしょうが！」

「ん？　……あっ。お前はあの時の！　平成生まれの！」

「そうですよ、平成生まれのあやかし課です。ご主人が寝てるって聞いて、駆け付けたんですよ。前と違って寒いですから、早よ帰りましょって」

「だから屋敷はなくなったと言っただろうが！　極寒の中で寝たところで、幽霊の俺は死なん！　貰った半纏もある！　ほっといてくれ！」

「それが出来ひんから、俺らが来たんでしょうが。別の変なあやかしに絡まれて、

烏帽子や財布を盗られても困るでしょうに」

　塔太郎が説得するも、貴族は今回もごねて帰ろうとしない。しかし、塔太郎の後ろにいた大の存在に気づくと、

「あーっ！　お前はあの時のーっ！」

　と、指を差して目を見開いていた。

「こんばんは……。お久し振りです」

　大は一応挨拶したが、貴族は苦い記憶を思い出したらしく、

「お、俺はまだ何もしてないぞ！　してないからな！」

　と叫んで走り出し、すぐ近くの角を曲がって消えていった。

　それで一件落着かと思ったが、同じ角から、再び貴族が飛び出してくる。今回はそれに続いてもう一人。四合瓶を腰に差した侍が、ビール瓶を片手に月代の頭で街灯の光を反射させながら、走ってきた。

　侍の足元にも影がなく、貴族と同じ幽霊である。どこで、何の縁で知り合ったのかは分からないが、徒党を組む程度には、時を超えた友情が芽生えているらしい。

「うほほーっ！　我が友の仇ぃーっ！」

　侍は明らかに悪酔いしており、貴族が、「やって下され高芳どのぉ！」と煽っている。貴族も侍に感化されたのか、さっきとは打って変わっての喧嘩腰。半纏を勢

いよく脱ぎ捨てていた。

　霊感のない者には大達や彼らは見えないが、霊感があれば、この状況は丸見えである。そういう人や烏、町を歩いている他の幽霊達が、「ぷーっ。何あれー？」と笑っていた。

「……しゃあない。やるか」

「はい」

　二人で苦笑していると、まずは貴族が大に向かってくる。以前の仕返しと言わんばかりに太刀を出現させて振るうが、大も素早く鞘を引いて横に抜きつけ、太刀を弾いた。火花が散り、貴族が怯んだところを大のままで追撃してもよかったが、こらしめるなら彼の方が効果的と考え、空いた左手でさっと簪を抜いた。

　眩い光明が発せられ、女の大から、身の丈六尺（約百八十センチメートル）の美丈夫へと変身する。この凜々しい青年「まさる」になる事こそが、京都御所の神猿・猿ケ辻から授けられた力で、大の人生を一変させたものだった。

　あやかし課に配属されたばかりの頃は、力の制御も上手く出来ず、まさるになると乱暴になりがちだった。春に、目の前の貴族と殴り合いをしたのもその時である。

　しかし、今のまさるは修行や任務をこなして成長し、理性を保って相手を制圧する術を身につけている。貴族が叫び声と共に振ってくる刃を、まさるは斜め後ろに飛び退いてかわし、難なく相手を空振りさせた。

そこからすかさず、自分の刀を背中につくまで振りかぶる。まさるは足と腰を据えて、自分の刀を相手の太刀の切っ先へと振り下ろした。これは、秋に猿ヶ辻から教わった剣術の一つで、「神猿の剣　第二十番　粟田烈火」だった。

神猿の剣は、三十六ある技の名前が全て東山三十六峰になぞらえてある。その中の、粟田山にあたる粟田烈火は豪快で威力もあり、まさるの得意技となっていた。

体全体を使っての斬り下ろし。その衝撃に耐えられなかった貴族は、いとも簡単に太刀を手放してしまう。まさるが地面に落ちた太刀を素早く取り上げると、

「やっぱり駄目だぁ」

と、先ほどまでの威勢のよさはどこへやら。足のもつれた貴族は、べたっと尻もちをついてしまった。

まさるの戦いは、これであっさり終了である。塔太郎の方に向こうとすると、

「おい動くなぁ！」という震え声がした。

見ると、侍が呆れ顔の塔太郎の胸倉を摑み、自分の方に引き寄せている。加えて、塔太郎の顔に何かを突き付けていた。

まさるは一瞬驚いたが、よく見ると、侍が突き付けているのは腰に差していた四

合瓶である。ビール瓶は塔太郎が取り上げたのか、彼が腕組みしながら持っていた。

その塔太郎本人はというと、侍の酒臭さから逃れるように頭を傾けて、心底くだらないと言いたげに眉根を寄せている。

「それ以上動くと、こいつの頭から酒をかけるからな！　全部かけるからな！　臭いだろ、嫌だろ！　なっ。そうだろ⁉」

「お父さん、もういいですよね？　俺らも忙しいんですよー」

「えっ？」

塔太郎が拳に微量の雷をのせ、侍に緩い裏拳を繰り出す。ばちん、と音を出した裏拳は侍の頬へきっちり入り、珍妙な呻き声が花見小路通りに響いた。

これがもっと強敵、例えば、以前戦った渡会や鬼若であれば、塔太郎も格闘技に雷の力をのせて戦うが、この程度の相手なら、裏拳一つで十分だった。

まさるに塔太郎、それぞれに負けた貴族と侍は瞬く間に戦意喪失し、

「も、もうしません！　しませんし、年末ですから、退治はご勘弁を！」

「お、俺は帰る！　多分ちゃんと戦えばいい勝負になったかもしれないが、酔いが醒めたので俺は帰るっ！」

と、二人揃って姿を消した。四合瓶やビール瓶は侍が持っていき、まさるが取り上げた貴族の太刀も一緒に消えてしまう。後にはまさる達だけが残り、塔太郎が拳

を口元に寄せて笑っていた。

「酔っ払いの相手もめんどいわ、ほんま。まさるもそう思うやろ？」

問われたまさるも、肩をすくめて頷いてみせる。自分の役目を終えたまさるは、やがて、元の女の「大」へと戻った。

音を立てて体が小さくなり、長い黒髪が肩から背中へと滑ってゆく。山王権現から貰った木製の一本簪は、空中から落ちて大の爪先に当たり、軽い音を立てて地面に転がった。

大はそれを拾い、丁寧に髪を結い直す。以前は「まさる」の記憶がない事も多かったが、今ではそれも改善されている。まるで、彼の後ろから全てを眺めていたかのように、変身していた時の記憶を保持出来るようになっていた。

「……私、あの人達を見てると、お酒は飲みすぎひんようにしようって思います」

「ええ反面教師やな」

顔を見合わせ、二人でやれやれと首を振る。これは単なる珍事件であり、誰も傷ついていないのは幸いだった。

無事に任務を終えて、さて帰ろうかと歩き出す。四条通りに向けて歩き出したところで、頭上から二つの声がした。

「ご苦労様。迷惑な奴を、あっという間に撃退だ。塔太郎はもちろん、古賀さんも随分と様になってきたじゃないか」

「まぁ、それがお前達の仕事なんだ。様になってくれないと困る」

片や穏やかで、片や厳しい口調。大達が顔を上げると、雑居ビルの屋上から、二匹の狛犬が顔を覗かせていた。

正確には狛犬と狛獅子で、彼らは普段、八坂神社の西楼門に鎮座している。西楼門に向かって左の狛犬が鴻恩、向かって右側の狛獅子が魏然といった。

「ご無沙汰しております！」

塔太郎がすぐに頭を下げ、大もそれに続く。鴻恩達は、ぱっとビルから飛び降りたかと思えば、瞬く間に、白小袖に指袴という神職の姿で着地した。

彼らは対の存在で、性格もやや対照的。人間に化けた姿も、鴻恩は穏やかな男であるのに対し、魏然は眼鏡をかけて冷静な顔つきの男だった。

大と塔太郎は、彼らと知り合いである。特に塔太郎は、自身の持つ事情により幼い頃からの縁だった。どんな神仏にも丁寧な態度の塔太郎が、中でも気を遣い、また、兄のように慕う存在だった。

今日は大晦日で、八坂神社も大変に忙しい時間帯。塔太郎は二人がここまで出向いた事を気にしたらしく、

「酔っ払いの存在が、お気に障ったでしょうか。申し訳ございませんでした」

と謝罪した。魏然の方はそれを無表情で聞いていたが、鴻恩がそれを補うように、朗らかに手を振った。

「ちょっと周辺の様子を見に来ただけだよ。散歩みたいなもんだ。小うるさい奴は、さっきみたいにお前達が追い払ってくれてるだろ。いつも助かってるよ」

「とんでもないです。それが俺の仕事ですから」

塔太郎が照れ臭そうに笑うと、魏然が釘を刺すように言葉をかぶせる。

「追い払ったのはいいとして……。そもそも、俺達が来なくてもいいように、もっと治安をよくしてほしいんだがな」

「あ、はい。すみません……」

「こーら魏然。言い方が悪いぞ。俺が見に行こうって言っても、『塔太郎がやるからいい』って、頭から信頼してたのは誰だ?」

魏然が厳しい事を言っても、鴻恩が本当の事を暴露してしまう。魏然は鴻恩の向こう脛を蹴り、蹴られた鴻恩は、「いてっ」と言うだけで相変わらず笑顔だった。

狛犬達と塔太郎の三人は、まるで兄弟のようである。微笑む塔太郎を大は見守り、大自身も他愛ない会話に交ぜてもらうと、

「せっかくここまで来たんだし、をけら詣りをしたらどうだい」

と、鴻恩に誘われた。

「いいんですか？」

大が訊くと、鴻恩の笑顔が返ってくる。

「もちろん。深津さんには、俺から言っておくから大丈夫」

「ありがとうございます！　私、実は初めてなので、一度行ってみたいなぁと思ってたんです」

「そうなの？　あぁ、確か、古賀さんの実家は堺町二条だったね。じゃあ火を持って帰るには少し遠いから、今まで機会もなかったんだな。丁度いいじゃないか。是非貰っていきなよ。ちとせの方が遠いけど、職務中だし、公共機関は使わずに帰るだろ？」

喫茶ちとせにをけら火を持ち帰れば、竹男や琴子が喜びそうである。そういう訳で話がまとまりそうになったが、大はふと、塔太郎の事を思い出した。

「塔太郎さんも、行かはりますか？」

控えめに訊いてみると、案の定、塔太郎は迷っていた。

「えっと、俺は……。あの、俺、どうしたらいいですかね」

塔太郎は珍しく弱気な表情で、二人に問いかける。すると、魏然は当然のように、

「お前はやめた方がいいな」

と即答し、優しい鴻恩も、この時ばかりはさすがに困った様子だ。

「う−ん、そうだな……。塔太郎は、西楼門の前で待ってたらいいよ。古賀さんが戻ってくるまで俺達と駄弁(だべ)ってよう。それで、古賀さんと一緒に火を持って帰るぐらいにしておこうか」

二人揃ってそれとなく、をけら詣りに、というよりは、塔太郎が八坂神社の境内に入る事に、難色を示しているのだった。

大は一緒に行けない事を少し残念に思ったが、事情は分かっている。塔太郎本人は境内に入れない事を当然と受け止めていて、

「もちろんです。お気遣い、ありがとうございます」

と言って、西楼門の前で待つ事に同意した。

四人で八坂神社の西楼門へ向かった後、大は、腕章と刀を塔太郎に預けて境内に入った。本殿(ほんでん)へと続く道の両側には、暗い道を照らすように屋台(やたい)が隙間(すきま)なく並んでおり、四条通り以上の混雑である。

大は、隣り合う人達と肩や背中をくっつけ合い、人の足を踏まないようにしてゆっくりと進んだ。

その間、塔太郎から聞いた彼の出生の秘密を思い出す。塔太郎は、雷の力をその身に宿しているが、これは、新興宗教の教祖だったという実父が起こした行為に起因していた。

塔太郎が生まれたのは七月十七日。これは京都三大祭の一つ、祇園祭の山鉾巡行、および神幸祭の日である。

その神幸祭で、八坂神社の祭神が神輿に乗って離れていた時、塔太郎の父親が、生まれたばかりの息子――つまり新生児の塔太郎を抱いて八坂神社へ入り、独自の儀式を強行した。塔太郎の話によると、父親は自分の息子を神の子にしたかったらしく、あろうことか、本殿への侵入も目論んでいたらしい。

しかし、離れた場所にいても祭神はそれを見逃さず、塔太郎と父親に雷を落とし、父親はそこで捕まった。その時驚くべき事に、塔太郎の中に雷の力が納まってしまったという。

一体なぜ、祭神の力が赤ん坊の塔太郎の体に宿ったかは、今でも分からない。

この一件で実父は京都を追放され、本来なら、塔太郎も一緒に追われるはずだった。しかし、祭神の力が宿っている者を京都の外には出せぬという事になり、彼だけは、三条会商店街に住む若夫婦のもとに預けられることになったという。

それが、現在の塔太郎の養父・養母である。「塔太郎」という名前は養父がつけたもので、その後は、監察や指導役として、鴻恩と魏然が坂本家に派遣されることになった、という訳だった。

塔太郎自身、実父が犯した行為と自らの持つ雷の力を後ろめたく思っているが、その雷の力を使って京都の平和を守る道を選び、今に至るのだった。

やがて本殿や舞殿、摂社等がある広い場所に出る。大は真っ先に本殿へお参りし、今年の祇園祭の宵山で本殿の中に迷い込んだ謝罪や、一年を平和に過ごせた事へのお礼を心中で述べる。その後、御神火のついた灯籠を探した。

灯籠は三ヶ所に設置されており、それぞれに人が集まっている。吊り下げられた灯籠には人々の願いを記した「をけら木」に御神火が焚かれており、大も、係員から火縄を貰って灯籠に火縄を差し出した。

赤々と燃える火に照らされながら、火縄の先端にそっと御神火を移し、消えないようにゆっくりと回す。そのまま、順路に従って円山公園から西楼門へと戻った。門の前の階段で、鴻恩と魏然、そして塔太郎が待っている。既に四条通りは歩行者天国となっており、東山警察署をはじめ各署から来た警察官が、雑踏警備を担っていた。

「おっ。ちゃんとついてるやん。縄の燃える匂い、香ばしくてええなぁ。行けてよかったな」

「はい。凄くいい経験でした！　帰りは円山公園を通ったんですけど、月だけの暗闇で、一人火縄を回して歩くんです。灯りが尾を引いて、それがまた、現実とは別世界のようで……」

　思わずはしゃいでしまう大を、塔太郎が面白そうに見守っている。鴻恩や魏然からも見られて恥ずかしく思っていると、梵鐘の音がかすかに聞こえた。

　周りの喧騒で今まで気づかなかったが、除夜の鐘である。厳粛な低音が、冴え渡る町や夜空に溶けてゆき、聞くだけで身が引き締まる。その音は、十七人の僧侶によって撞かれる事で名高い、知恩院の大鐘に違いなかった。

　魏然が、懐から懐中時計を取り出す。周辺の人達も、スマートフォンで時刻を確認している。その意図は大にもすぐ分かった。

「もう少しで、年が明けるぞ」

　しばらく待つと、周辺でたむろしていた若い集団がカウントダウンを始めて、

「五、四、三、二、一……」

　ゼロ！　と誰かが叫び、新しい年となる。あちらこちらから、「おめでとう」という挨拶が聞こえてきた。大と塔太郎も、まず目の前の鴻恩と魏然に新年の挨拶をし、次に、互いに向き合って、

「あけましておめでとう」

「おめでとうございます。今年も、よろしくお願いします」

と、言い合った。

神の眷属である鴻恩達を除けば、目の前の塔太郎が、新年最初に言葉を交わした人である。それが、大にとっては早速の幸運だった。

鴻恩と魏然は、「二人とも、今年も頑張れよ！」「じゃあな」と言って元の狛犬の姿に戻り、台座の上に跳躍する。そこには、霊感のない人にも馴染みある狛犬の銅像があるだけで、大と塔太郎は隣り合って彼らに頭を下げた。

それから一分も経たぬうちに、大と塔太郎のスマートフォンが鳴る。懐から取り出して画面を開くと、大のスマートフォンには同期の総代和樹から、塔太郎には、同期で高校時代からの友人である栗山圭佑からの着信だった。

彼らは、ちとせと管轄を隣り合わせる「伏見稲荷大社氏子区域事務所」、表向きは和装体験処「変化庵」の店員である。大が配属されてから、何かと任務で協力し合う事が多く、栗山とも総代とも、すっかり顔馴染だった。

「古賀さーん。あけましておめでとう！　今ね、栗山さんと飲んでるよー。男二人で年越しだよー」

「うん、おめでとう！　今年もよろしく！　……総代くん、だいぶ飲んでる？」

「まぁねー。古賀さんもおいでよー。酔った栗山さん、超面倒だよー」

と言いつつ、彼自身も楽しんでいるらしい。飲酒の量と酔い方には雲泥の差があるだろうが、大はつい先ほどの幽霊達と、総代達を重ねてしまった。

二人は年越しの瞬間に、それぞれの同期に電話しようという事になったらしい。言い出したのはやはり栗山であると思われ、隣の塔太郎のスマートフォンから、

「坂本あけおめー。明日の仕事代わってくれぇー。元日に仕事とか嫌やー」

という栗山の声が聞こえていた。

「おぅ、今年もよろしく。って……新年早々、無茶言うなや。明日出勤やったら早よ寝ろ！　俺らはまだ仕事中なんやからな。切るぞー」

「だってー。……まぁ、仕事中に悪かったわー。ほんならな！　よろしく！　あっ、坂本、スピーカーにして。——古賀さんも、明けましておめでとうさーん。今年も頼んますー」

「あっ、はい！　こちらこそ、よろしくお願いします！」

彼らの明るさは、年が改まっても変わらずである。賑やかな通話が終わり、再び静けさが戻る。スマートフォンをしまってから、大は顔を上げた。

たった今過ぎ去った前の年は、あやかし課に配属されて塔太郎達と出会い、猿ヶ辻との師弟関係や新しい剣術の習得、強敵との死闘と、簡単に思いつくだけでもこれだけある。いかに激動の年だったかを、大は実感せざるを得なかった。

今年はどんな一年になるのだろうか。自分はより高く、成長できるだろうか。

そして叶うのなら……。

そこまで考えて、つい、塔太郎を熱っぽい目で見てしまう。彼が気づく前に何とか目線を外した大は、小さく首を振った。

（恋も上手くいってほしいけど、それ以上に、あやかし課隊員として成長したい。塔太郎さんに、少しでも追いつけるように）

火の灯る縄を小さく回しながら、大は塔太郎とともにちとせに戻った。

大の、新しい一年の始まりである。

陽の光が天からのだらり帯のように差し込み、京都の正月は、空気が美しく冴え渡る。

町家の門口には、根のついた若松に紅白の水引を結んだ「根引きの松」が飾られており、これには、〝根が張りますように〟〝成長し続けますように〟という意味があった。

家の中では、おせち料理、お雑煮を囲み、子供がいればお年玉を貰う笑顔が溢れる。京都のお雑煮は白味噌で、中身は丸餅に金時人参等が一般的である。家庭によって違うかもしれないが、大の実家では、毎年このお雑煮だった。

夜勤明けで大が帰宅すると、両親は既に起きており、

「あけましておめでとうー。今年もよろしくー」

と朗らかに言う母・清子(きよこ)の横で、父の直哉(なおや)も「おめでとう」と短く言った。

「お父さん、お母さん。去年は大変お世話になりました。今年もよろしくお願いします」

大は、コートを脱いで畏(かしこ)まり、おせち料理とお雑煮の並ぶテーブルについて親子三人でのお正月となる。大は黒豆と昆布巻(こぶま)きが好物で、両親もそれを知っているためか、多めに残っていた。

「あんた、猿ヶ辻さんのとこにはご挨拶行ったん？」

「ちゃんと行ったよ。夜勤の帰りに寄ってん。猿ヶ辻さんも、『ご両親によろしく』って言うたはったわ。今頃、出掛けたはると思う」

「あぁ、そうなん。向こうもお元気そうで何よりやね」

清子はおせち料理を小皿に取り、直哉も、この話題に耳を傾けていた。

「まさる」を含めた魔除(まよ)けの力の事は、授かった直後に両親には話してある。一度だけだが猿ヶ辻も二人と対面を果たしており、さすがの両親も、人間の言葉を話す猿を見た時は言葉を失っていた。

しかし、猿ヶ辻の丁寧な説明によって「まさる」の強さが伝わり、両親にも、霊

感はなくとも「不思議な空気やなぁ」と感じるぐらいの力はあったらしい。今では、あやかしの世界を理解してくれているだけでなく、娘の「あやかし課隊員」としての道を応援してくれていた。

両親からすれば、まさか自分の娘が、化け物を取り締まるような仕事に就くとは夢にも思わなかっただろう。それでも家の中では親子三人、穏やかな家族関係は以前と変わらなかった。

摩訶不思議な力を得てしまった事は仕方がないし、娘は二十歳を過ぎた立派な社会人。父も母も、案じてはいても過度な干渉はせず、それが大には有難かった。

ただ一点、清子は恋愛事情にだけは首を突っ込みたいらしく、以前、大を自宅マンションの前まで送ってくれた塔太郎の事を「あの人どうなん？」と未だに訊いてくる。

その都度、大は先輩だと言ってはぐらかすが、清子がそれをどこまで信じているかは分からなかった。

下御霊神社への初詣、母の実家がある長岡京市にも行って、翌二日。ちとせで初仕事中の大のもとに、猿ケ辻から電話があった。昨年の秋に言われていた日吉大社への挨拶を、四日に行こうというものだった。

四日というのは猿ヶ辻の配慮で、本来ならば新年早々に挨拶すべきでも、元日からの三が日はどこの神社も忙しく、かえって迷惑になるらしい。

「ほんまは、もっと向こうが落ち着いてから、それこそ二月か三月くらいでもよかったんやけどな。僕が早く君を紹介したいさかい、向こうに無理言うてもうた」

これは、猿ヶ辻が昨年までの大を評価して、新年早々にお披露目したいという気持ちの表れである。大はそれを聞きつつ、いよいよこの日が来た、と戸惑いと緊張が交じり、両手で受話器をぎゅっと握った。

日吉大社は、京都の隣、滋賀県大津市の坂本にある神社で、全国に三千八百余りある日枝・日吉・山王神社の総本宮である。

その歴史は約二千百年前まで遡り、『古事記』によれば、大山咋神が比叡山の東麓・八王子山に祀られたのが始まりという。

その後、大津京遷都の際に天智天皇によって大己貴神が勧請され、現在、大己貴神を祀る西本宮、大山咋神を祀る東本宮をはじめ、様々な神が祀られている。

都が平安京へと遷り、この地が表鬼門の北東にあたる事から、日吉大社が都を護る存在となった。

神仏習合の影響から、今でも日吉大社の神は「山王権現」と呼ばれており、京都や滋賀はもとより、全国から厚い信仰を受けている。

そういう訳で、日吉大社のご利益は何といっても魔除けであり、山王権現の遣いである猿は、「魔が去る」「何事にも勝る」に通じることから、全て「神猿」と呼ばれていた。猿ヶ辻も元を辿ればこの神猿であり、京都御所に祀られるようになってから「猿ヶ辻の猿」、あやかしの世界では「猿ヶ辻さん」と呼ばれるようになったのである。彼が大に力を授けたのも、この名前の読み方が縁だった。

いわば、猿ヶ辻の出自が日吉大社。大の持つ力も、そこが源といえた。

その山王権現に、大は猿ヶ辻の紹介によって、会うことになったのである。あやかしの世界の事とはいえ、これは単に大だけの話に留まらなかった。

京都府警と同じく、滋賀県警にも人外特別警戒隊がある。猿ヶ辻から話を聞いた深津は、まず京都府警本部へ連絡して許可を得た後、日吉大社と、滋賀県警察本部のあやかし課へも電話した。丁重な言葉遣いで深津が先方と調整し、大の日吉大社行きは、任務の一環として正式に決まった。

当日は、山王権現の神猿と、滋賀県警のあやかし課の一つ、日吉大社の周辺地域を管轄する「日吉大社氏子区域事務所」の隊員が、一人同席するという。

深津からその旨を伝えられた大は、自分の授かった力がいかに由緒正しいものかを今更ながらに実感し、思わず縋るように簪に触れた。すると、力を抜けとでもいうように、塔太郎の手が大の肩に置かれた。

「新年早々、凄い事になったな。でも、大丈夫や。今回は猿ヶ辻さんのご提案で、向こうも府警本部も承知してくれてる。大ちゃんは胸を張って、ちゃんとしてたらええねんで」

「その『ちゃんと』が、出来るでしょうか……」

「心配すんな。いつも通りでいい」

「……ありがとうございます。私、頑張ります！」

「そうそう、その意気。やる気に満ちてる方が、大ちゃんらしいわ」

顔を上げれば、塔太郎がいる。こういう時の彼の励ましと笑顔は、何よりも有難かった。

猿ヶ辻と深津の調整の結果、京都からは大と猿ヶ辻の他に、大の直属の先輩で修行相手として最も近くにいる塔太郎、この三名となった。

今回は、普段と違って山王権現への挨拶である。服装も和装の制服ではなく、二人ともスーツを着る事になった。

全てが決まる頃には大も腹を括って（くく）おり、緊張が楽しみへと変わっていく。

「日吉大社のある場所って、塔太郎さんの苗字（みょうじ）と同じですね。何か、関係あるんですか？」

「いや、単なる偶然やと思うわ。親父(おやじ)が生まれたのは今の実家やし、お袋は山科(やましな)やから」

「お祖父(じい)さんや、お祖母(ばあ)さんは……」

「俺が物心つく前に、皆亡くなってるしなぁ。お祖父ちゃんの父親が大阪から、っていうんを、親父がちらっと言うてた事もあるんやけど……。その辺は、あんまはっきりしいひんな」

塔太郎が話していたのは、養父母の事だった。それ以外の事は言わなかったし、大も触れなかった。

当日はよく晴れて、大達は、ちとせが所有している軽自動車に乗って出発した。

運転手は塔太郎である。ちとせの前で大が車内を見ると、スーツを着てハンドルを握る塔太郎の姿に驚いてしまった。後ろの席に乗り込んだ猿ヶ辻も、同じ事を思ったらしい。

「坂本くん！　自分、運転出来たんやな！　初めて見たわ」

「免許自体は、十八の時に取ったんですよ。けど、仕事の移動はもっぱら、交通機関か霊力を込めた足ですからね。運転は、竹男さんほど上手くないですよ」

車が発進して御池通りを東に走る間、大はこっそり、運転する塔太郎を眺めていた。大が配属されてから一度も見た事がなかっただけに、塔太郎自身、運転は久々らしい。竹男と塔太郎の他に、深津や玉木、琴子も運転できるという。

「とすると、ちとせのほぼ全員やんか。残る古賀さんは、免許は持ってんの？」

バックミラー越しに、猿ヶ辻のつぶらな瞳が見つめてくる。大は申し訳なさそうに首を振った。

「取らなあかんな、とは思うんですけど……。すみません塔太郎さん。本来なら、後輩の私が運転するべきやのに」

「構へんって。言うて、俺もペーパーやしな。勘を戻すええ機会やわ」

と言いつつ、塔太郎は会話しながら軽くハンドルを切り、道を譲ってくれた車に手際よくハザードランプを点滅させている。

口では大した事ないと言いながら、先輩としてだけでなく男性的な格好よさも魅せてくれる。そんな塔太郎を感じて、大はもじもじと両指を組んだ。そんな大の乙女心を知ってか知らずか、塔太郎は相変わらず呑気だった。

車は蹴上を越え、山科から西大津バイパスに入る。やがて、トンネルを抜けて右手が開けたかと思えば、透き通るような薄水色の水平線が見えた。

大は反射的に、

「あ、琵琶湖」

　とはしゃぐように呟き、塔太郎も、

「おぉ、久し振りや。相変わらずでかいなぁ」

　と、日本最大の湖に感嘆の声を上げた。

　滋賀県の中央部に位置し、県の面積の約六分の一を占める琵琶湖は、京都市の人間からすれば海同然である。事実、古代には「近つ淡海」と呼ばれており、これが近江の語源だという。

　琵琶湖を望みつつ滋賀里ランプでバイパスを下りれば、日吉大社はすぐである。塔太郎は警備員の誘導に従って、境内の駐車場に車を駐めた。既に、辺りは山裾の中だった。

（ここが日吉大社。ここが、猿ヶ辻さんや「まさる」のふるさと……）

　冬なのに杉の木立が競うように伸び、楓をはじめとした落葉樹に交じって、葉を青々と茂らせている木もある。車から降りてみれば、鳥達の囁きが聞こえて湿った土の匂いがし、静謐な冷たい空気が、大達の体力や気力、霊力をも清めてくれた。

　大の心には久々とも言える強い昂りが起こり、悪を倒したいというのとは違う、郷愁のような不思議な気持ちが湧き上がる。つい、簪を抜きたい衝動に駆られた。これは猿ヶ辻に確認するまでもなく、自分の中の「まさる」、ないしは魔除けの力が反応していると察せられた。

それを見た猿ヶ辻が、さりげなく提案した。

「ここの駐車場はもう境内やけど、ちょっと戻って、山王鳥居はくぐっていこな」

その言葉で、大の昂りがすっと冷める。大と塔太郎はそのまま素直に、猿ヶ辻の後をついていった。

回り道をして進むと、木々の緑の中から、注連縄を張られた朱色の山王鳥居が見えてくる。まだ松の内なので、初詣に来た参拝者も多い。何人かが、鳥居の前で写真を撮っていた。

山王鳥居は見た目が大変特徴的で、一般的に知られる明神鳥居の上に、山、あるいは屋根にも見える三角形が付けられている。これは合掌の形を表しており、かつて天台宗の護法神だった日吉大社独特の鳥居、神仏習合の象徴だった。

その優美な山王鳥居の下に、ジャンパーに動きやすいズボン、髪型は天然パーマの中年男性が一人立っている。さらに彼の足元で、大きめの猿も一匹、じっとこちらを見つめていた。

どちらも半透明で、男性は滋賀県警のあやかし課隊員、猿は日吉大社の「神猿」である。近づくにつれて男性の腕章がはっきりと見え、水色のビニール製のそれには、「滋賀県警察　人外特別警戒隊」とあった。

「杉子(すぎこ)さん！　お久し振りやなぁ！」

猿ヶ辻が、四つ足で相手の猿へと駆けてゆく。二匹並ぶと猿ヶ辻の方が一回り小さく、杉子と呼ばれた猿がふんと鼻を鳴らしつつ、親し気に出迎えていた。

猿の姿だけでは分からなかったが、低い女性の声だった。

「おぉ、猿ヶ辻。久し振りすぎて誰やと思ったわ。あんた、時間があるんやったら、もっと顔出しいな。ちゃんと食べてるか？　いつまで経っても、そんな小さい体しよってからに」

「いや、杉子さんが大きいねんて。相変わらず、そちらは筋肉隆々(りゅうりゅう)やなぁ。長い事生きてたら、多少は衰えるもんやのに。杉子さん今いくつ？　僕よりも上ちゃうの」

「雌に歳(とし)訊くんかいな」

杉子の逞しい腕が素早く上がり、猿ヶ辻の頬をぱしんと叩(たた)いた。

傍(はた)から見れば二匹の猿がじゃれているようで、大は思わず笑ってしまう。その声が存外響いたらしく、杉子が気づいてこちらを見上げた。大が慌てて頭を下げると、杉子はおぅと口をすぼめて、猿ヶ辻と大を交互に見てから、大に近づいた。

「あんたやな、猿ヶ辻の秘蔵っ子は。よう来たね。私は山王権現の遣いで神猿の一匹、杉子っていうねん。今日は、神猿達の代表として来(こ)させてもらったで。猿ヶ辻から色んな活躍を聞いてて、会うのを楽しみにしてたんや」

「あ、ありがとうございます。光栄です！　私、猿ヶ辻さんにご指導を頂いております、古賀大と申します」

「うんうん。悪戯好きの猿ヶ辻に比べたら、ずっと真面目でええ子やな。――それにしても、女の子やけど、ほんまに『まさる』って名前なんやな。ま、それやからこそ、猿ヶ辻の力が縁づいたんやろうけど」

杉子は気風がよくて寛容さもあり、受け入れられた大はほっとする。山王権現の遣いであるから厳しい猿かもしれないと身構えていたが、実際は猿ヶ辻と同じくらい、あるいはそれ以上に親しみやすかった。

「で……、隣の男の子は、その修行相手の先輩やな」

杉子が今度は塔太郎を見たので、塔太郎も丁寧に頭を下げた。

「ご挨拶が遅れました。京都府警の人外特別警戒隊、委託隊員、坂本塔太郎と申します。古賀ともども、大変お世話になっております」

「おぅおぅ。雷使いって聞いてたし、短気な子かなと思ったら。こっちも、礼儀正しい子ぉやんか。頼りにもなりそうやし、猿ヶ辻、あんたもう要らんのとちゃうか」

杉子がからりと笑い、猿ヶ辻がいやいやいや、と落語家のように首を振る。

「要らんどころか。必要不可欠と言うてほしいなぁ。僕はな、古賀さんの監督なんやで。ほんで、坂本くんがコーチ。僕と坂本くんとで、古賀さんをみっちり鍛えてんのや。僕は霊力の指導、坂本くんは実戦の指導。坂本くんは京都府警の優秀なエースでな。雷をこう、拳にのせて……」

「知っとるわ。あんたの報告で、全部聞いとる」

猿ヶ辻は、大が力を授かった時から今日に至るまで、日吉大社の神々や杉子といった神猿達に逐一報告を続けている。だから実際に会うのは初めてでも、杉子は、大の活躍のほとんどを知っていた。喫茶ちとせや「まさる部」での頑張りはもちろん、大が魔除けの力で赤ちゃんを助けたり、神猿の剣で敵を倒した事も、ここでは皆それらを評価しているという。

さらに嬉しかったのは、その評価が塔太郎にまで及んでいた事で、塔太郎が後ろめたく思っている自身の厄介な出自についても杉子は別段言及しなかった。むしろ、大の修行相手としての彼の働きを労っていた。

「古賀さんの成長も、猿ヶ辻の指導も、あんたの協力あってこそやろ。大変かもしらんけど、頑張りや」

こう言われた塔太郎は安心したような笑みを浮かべており、大も幸せな気持ちになる。

その様子を見守るように、今までずっと黙っていた男性が、

「杉子さん、杉子さん。そろそろ、僕の自己紹介もさしてほしいな」

と、にこやかに言った。彼と杉子は長い付き合いらしく、

「あぁ、悪いなぁ。ほなどうぞ」

「ほなどうぞて」

「いや、あんたが自己紹介やる言うたさかい」

と、仲の良さそうな掛け合いがあった。

「ちょっと遅くなったけど、僕は滋賀県警の警部補、永田（ながた）といいます。君ら、深津さんの部下なんやってなぁ」

彼は深津を知っているらしい。塔太郎が興味深そうに尋ねた。

「深津さんとお知り合いなんですか」

「警察学校で一緒やってな。あ、京都じゃなしに、近畿の警察学校な。あそこは、巡査部長や警部補に昇進したら、一時的に入るとこやねん。知らんかった？　深津さんと知り合ったんは、そん時やね」

近畿の警察官は、巡査部長や警部補になると、近畿管区警察学校に入校して訓練を受ける。

近畿の警察官が集まるので、寮の部屋割りも、滋賀、京都、奈良、和歌山、大阪、兵庫の六府県混合である。永田と深津は、当時同じ部屋だったらしい。

深津の思い出話を聞きたいところだったが、いつまでも喋っている訳にもいかない。杉子と永田に先導され、大達一行は、初詣に来ている一般の人達をすり抜けながら、まずは西本宮へと向かった。

木漏れ日の射す日吉大社の境内は、山裾の中といっても広くて歩きやすい。西本宮へと続く参道では、破魔矢やお守りをお分かちするテントが並び、それを求める人々で賑わっていた。よく目を凝らして周りを見れば、大達の先を歩く杉子や猿ヶ辻の他に、半透明の猿が何匹もうろついている。

杉子と猿ヶ辻いわく、それら全てが、日吉大社の神猿だという。参拝者が持ってきた悪い気配を祓っていたり、参拝者の間を遊ぶようにすり抜けていたり、あるいは木々の間からそっと大達を見ていたり、近くにある飼育小屋「神猿舎」の中で昼寝している神猿もいたりと、その行動は様々である。魔除けの力がまた反応しているせいか、大は子供のようにわくわくし、あちらこちらと見回していた。

何匹かが杉子や猿ヶ辻に話しかけ、初めて見る大と塔太郎を物珍しそうに眺めては、挨拶するように手を挙げる。西本宮の楼門にも神猿達がいて、特に軒下を支えている四隅の棟持ち猿達は、古老の神猿達だった。

霊感のない人から見れば、楼門の猿の彫刻にしか見えない。けれど、大達が来ると小さな顔を下にして、

「ほれほれ、あの子やで。猿ヶ辻が、魔除けの力を分けたっていう……」

「可愛い顔立ちやけど、あんまり猿っぽないなぁ」

「ちゃうちゃう。あの子が変身して『まさる』になるんや。山王権現がこしらえはった簪、あれを抜いたら変身するそうや」

「ご挨拶に来てくれたんやなぁ。杉子、ちゃんと案内したげてや」

と、四匹とも口々に言っていた。

西本宮には大己貴神が祀られており、旧称を大宮、または大比叡という。日吉大社において、最も格の高い存在だった。

檜皮葺きの本殿前で、宮司をはじめとする神職の人達にも会い、猿ヶ辻の紹介で大と塔太郎が挨拶する。その後で参拝すると、まるで空から降ってくるように、威厳ある男性の声がした。

「よく来たな。お前達が来るのを待っていた。猿ヶ辻は久しいな。宮司や禰宜に巫女の皆さん、杉子と永田さんは、ここまでご苦労様でした」

祭神、大己貴神である。皆一斉に本殿へ頭を下げ、大と塔太郎もそれに倣った。

大己貴神は、姿こそ現さないが大達を歓迎しているのが分かり、一陣の風を吹かせてくれた。

「ここでの挨拶はもういいぞ。奥宮で、他の神々も待っている。だが……鴨玉依姫神（ひめのかみ）だけ、楽しみなあまり、自身の樹下宮（じゅげぐう）で待っているようだ。先に、そっちへ行きなさい。奥宮へは、私もすぐ行く。この本殿の、東にある門から行くがよい」

それきり、大己貴神は本殿の奥深くへ入ったらしい。声と気配が途絶えてしまった。

大己貴神の言葉に従って歩き出そうとすると、神職の人達は仕事に戻るという。その代わり、宮司が優しい関西弁で、樹下宮や奥宮について教えてくれた。

「樹下宮というのは摂社の一つで、東本宮の中にあります。当社はぐるりと一周出来るようになっていますから、東へ東へと道に沿って行けば、辿り着きますよ。まあ、杉子さんや猿ヶ辻さん、他の神猿さんも沢山（たくさん）いはりますから、迷う心配はないでしょう。

東本宮の楼門をくぐれば、樹下宮は目の前です。東本宮の大山咋神様と、樹下宮の鴨玉依姫神様は、仲のよいご夫婦なんですよ。そのお二人の荒魂（あらみたま）が、八王子山の頂上近くに、並んでご鎮座されています。先ほど、大己貴神様がおっしゃっていた奥宮とは、その総称です。両本殿は崖（がけ）の上に建っていて、大変見晴らしのよい場所でしてね。少しきつい山道ですが、見る価値のある景色やと思いますよ。ほな、気を付けて行って下さいね」

宮司の気遣いに丁寧にお礼を言い、大達は東本宮へと移動する。道すがら宇佐（うさ）

宮、白山宮などにもお参りして東本宮の楼門から中に入った瞬間、樹下宮の本殿がほの明るくなり、御簾が上がって美しい女神が飛んできた。

「古賀大さん！　お待ちしていましたよ！」

斎王代の生霊事件で大を助けてくれた、鴨玉依姫神である。あの時は、同一の神である下鴨神社の祭神・玉依媛命として現れてくれたが、今は日吉大社の祭神として、大達にその姿を見せていた。

「お久し振りですね。昨年会った時よりも随分凛々しくて、美しくなっていますよ。私、猿ヶ辻からの報告を聞く度に、あなたの事を気にかけていたの」

鴨玉依姫神は、まとっている衣をふわりと膨らませながら着地して、白く柔らかい両手で大の手を取る。それを、胸元へ引き寄せた。

大との再会を楽しみにしていたらしい鴨玉依姫神は、癒されるような芳香を漂わせながら、少女のように再会を喜んでくれる。そうなると大も感極まり、

「勿体ないお言葉、ありがとうございます！　私も、またお会い出来て嬉しいです。気にかけて頂いてたなんて、そんな……。あの時は、本当にありがとうございました！」

と、頭を下げるのも忘れ、彼女の手を握り返した。

鴨玉依姫神と再会する事で、大にも懐かしい記憶が蘇る。

まだ配属されて二ヶ月も経っていない頃の失敗や激闘、彼女の優しい励まし。一命を賭して変身した自分と、初めて見た青龍姿の塔太郎……。

自分の原点とも言える出来事が今、目の前の鴨玉依姫神に集約される。彼女に成長した自分を見せられる事が、大は何より嬉しかった。

そういう思い出話になると、鴨玉依姫神は「そうだったわね」と頷き、猿ヶ辻の頭を撫でたり、塔太郎に微笑みかける。杉子や永田も交じっての会話が少し続いた後、鴨玉依姫神は思い出したように手を合わせた。

「いけない、立ち話はこれぐらいにしなきゃ。今日は、大切なご挨拶の日だものね。皆さん、ここまで出向かせておきながら、申し訳ないけれど……、今から八王子山に登ってくれるかしら。山王七社の、他の皆さんが待ってるの」

山王七社とは、日吉大社の中でも特に格式が高く、それぞれに神輿を持っている神々である。西本宮の大己貴神や東本宮の大山咋神はもちろん、鴨玉依姫神もこれに含まれていた。

山を登るのは既に聞いていた話なので、誰一人躊躇する事なく受け入れる。鴨玉依姫神は、

「ありがとう。山上で待っているわね」

と言い残して姿を消し、一行は再び移動した。

元々、神が八王子山に降り立ったのが、日吉大社の始まりである。とすれば、山上での対面は自然な流れであり、大や塔太郎がそこまで出向くのは当然の事。大達は心を清らかにして、霊力に頼らず、自身の足だけで急な山道を登った。

　奥宮までの行程は意外に体力を使い、一番ひぃひぃと言っていたのは猿ヶ辻だった。さすがに自身の御幣（ごへい）を杖（つえ）代わりにはしないものの、止まっては休み、止まっては休みの繰り返し。息の一つも乱さない杉子に、

「あんた、どんだけ体力落ちてんねん。御所で食っちゃ寝してるからや」

と言われ、最終的には「歩いてる方が邪魔や」とおんぶされていた。

　猿が猿をおぶっている姿は、写真に収めたくなるほど可愛らしい。それを見た塔太郎が振り向き、冗談めかしてこう言った。

「大ちゃんも、疲れたらおんぶしたげんで？」

　想像した大は頬が一気に赤くなり、また後輩としての意地も手伝って、

「いえ！　大丈夫です！　体力ありますんで！」

と誤魔化（ごまか）すように足を速めた。

「おーい。待ってえなー」

　塔太郎はこういう流れを予想していたのか、楽しそうに後をついてくる。

　永田や杉子をも追い抜かし、一心不乱に山道をずんずん登っていく大の姿には、

さすがの杉子も唖然(あぜん)としていた。

「古賀さん、何であんなに張り切ってんのや。猿ヶ辻、あんた何でか知ってるか」

「分からんか、杉子さん。若さや若さ。福井県とちゃうで」

「しょうもない事言うんやったら降りろ」

猿ヶ辻が、杉子の背中から落とされていた。

ようやく奥宮への石段に辿り着くと、左手に牛尾宮(うしおぐう)と三宮宮(さんのみやぐう)が建っている。左に曲がる石段の小さな踊り場、そこの石灯籠の前に鴨玉依姫神が立っており、ちょうど純白の布を敷いているところだった。

「来てくれてありがとう。狭いけど、ここに座ってね」

そう言って、牛尾宮と三宮宮の方へと飛び上がる。大や塔太郎が小走りで駆け上がると、右手が急に開けて、広大な琵琶湖と滋賀の町が眼下に広がっていた。

宮司の言った通りの絶景に思わず見惚(みと)れていると、背後から何かの気配がする。振り向いてみればそちらが奥宮であり、崖にそそり立つようにして、清水寺(きよみずでら)と同じ構造である懸造(かけづくり)の本殿が二つ並んでいた。向かって右が牛尾宮、左が三宮宮である。

この二つの間に、神が降り立つ磐座とされる巨岩、金大巌が注連縄を張られて鎮座しており、その前に、七柱の神々が並んでいた。中央に、純白の衣服をまとった男神。その右隣に、恰幅のよい別の男神がいる。中央の左隣には初めて見る女神が立っており、そんなふうにして並んでいる男女七柱の右端に、鴨玉依姫神がいた。

彼女が、そのまま全員の紹介をしてくれた。

「永田さん、坂本さん、そして古賀さん。改めまして、ようお参り下さいました。猿ヶ辻はお帰りなさい。――あなた達から見て一番左が、三宮宮に祀られている鴨玉依姫神の荒魂です。荒魂とは、私、和魂とは対の存在で、とりあえずは、双子みたいに思えばいいかもしれません。

その横が、白山宮の菊理姫神様。さらにその横が、宇佐宮の田心姫神様。中央にいらっしゃるのが、西本宮の大己貴神様です。その横が、東本宮の大山咋神様。さらにその横が、牛尾宮の大山咋神様の荒魂。そして最後がこの私、樹下宮の鴨玉依姫神よ」

男神が三柱、女神が四柱。これが、日吉大社の中で最も格式の高い神々、山王七社だった。

大がはっと気づいた時には、先に全てを悟った塔太郎が端正な姿勢で平伏しており、大も急いで彼に倣った。当然のように猿ヶ辻や杉子、永田も同様にして微動だにせず、奥宮には数秒の間、沈黙が続いた。

「やぁね、皆さん。そんなに硬くならないで。こっちを見て頂戴」

鴨玉依姫神ではない女神の声がして、大達は言われた通りに顔を上げた。

金大巌からこちらを見下ろしている神々は、その威厳筆舌に尽くしがたく、まとっている衣服や髪の艶は、忘れる事の出来ない輝きである。なのに不思議と、威圧感はなかった。

まず、声をかけてくれたのは大山咋神の荒魂で、

「ふうん！　君らが例の、京都の子らか！　初めて見たなぁ！」

と楽しそうに言い、すると荒魂でない大山咋神も、猿ヶ辻や杉子と似た口調でのっそりと石段を下りてきた。

「あっ。僕らの作った簪、まだ使てくれたはる。それを挿してる君が、古賀大さんやな。いつも話だけは聞いてたけど、会うんは初めましてやなぁ。簪は、まだ使えてるんかな？　折れたらこっちに言うてや。直したげるさかい。ま、材質はええ枝を使たから、まぁ折れへんとは思うけど」

大がまだ自分の力を上手く抑えられなかった時、猿ヶ辻は自分の大本である日吉大社に相談した。その結果、神々が大に、木製の一本簪を贈ってくれたのである。

それで髪をまとめると無暗に変身しなくなり、そのお陰で、大は普通に日々を過ごせるようになったのだった。

　他の神々も、塔太郎や永田へ気さくに話しかけている。最後に、大己貴神が宣言した。

「少し拍子抜けしたかもしれないが……、我々、山王七社はいつもこうだ。あまり身構えなくていい。――古賀さん、坂本くん。君達の存在は、我々も今はっきりとこの目に映した。これからも、自身の役目に励みなさい」

　山王七社の神々は、大にも塔太郎にも優しい言葉をかけてくれて、比叡山の向こうの京都の様子を聞いたり、反対に、滋賀の様子を話してくれたりした。鴨玉依姫神と彼女の荒魂に至っては、お喋りをして笑い合えるほどに親しげだった。

　一点の曇りもなく、山王七社との対面は終了する。結論から言えば、今回の訪問は大成功だった。大と塔太郎は最後まで気を抜かず、心からの礼を述べ、猿ヶ辻も恭しく頭を下げていた。

（私、こんなに温かく受け入れて頂いて、罰が当たらへんか心配です）

（うん。俺もそう思うわ）

目線で会話をし、神々に見送られながら、大達は山を下りようとした。

ところがその時、山の下から、何やら騒ぎ声がする。そうこうしているうちに神

猿が十匹ほどこちらに駆け上がってきて、

「杉子様ー！」

「ご注進ー！」

と皆焦った様子で、杉子の前に走り寄った。大達だけでなく山王七社の神々も驚いており、杉子が神猿達の不作法を叱った。

「こら！　今は大事なご挨拶やと伝えたやろ。ご祭神の御前で何ちゅう……」

「す、すんません、杉子様。ですが、唐崎神社の花之介から連絡があったんです。至急との事で……」

「またあの子か。全く、神猿が助けを求めてどうすんねん」

「いや、しゃあないですって。花之介はまだ子猿、神使としてはぺーぺーのぺーですから……」

「それにしたって。唐崎神社は平和なとこやろがい。それこそ、花之介一匹でも大丈夫なほどな。――で？　何が起こってんのや」

「蛇さんと一緒に琵琶湖へ、とまでは聞こえたんですけど……。如何せん、あいつ自身がパニック状態で、よう分からへんのです」

「はぁ？　琵琶湖へとはどういう事や。ちょっと待っとれ。私が直接訊いたる」

それきり、杉子は黙り込んで南東を向き、空を見上げる。霊力で花之介を呼んで

いたらしいが数秒も経たぬうちに首を振り、

「叫び声ばっかりで、何も聞こえん」

と、ため息をついていた。大や塔太郎が訳も分からず不安になっていると、永田が状況を説明してくれた。

唐崎神社とは、ここ坂本から少し離れた唐崎という地にある、日吉大社の摂社だという。

舒明天皇五年（六三三年）頃、日吉大社神職の始祖である琴御館宇志丸が唐崎と名付けて松を植えたのが始まりとされ、後年、大和から勧請された大己貴神がこの地に影向されたという由緒正しき摂社だった。

琵琶湖の畔に鎮座しており、朝日が拝めるのはもちろんの事、白砂の浜辺に松が植わっている景色は、「唐崎の夜雨」として近江八景の一つとなっている。

その唐崎神社に、花之介という子猿が寝泊まりして魔除けの役目を担っているが、今は何らかの事態に巻き込まれているらしい。花之介が日吉大社の神猿達に救援を求め、ベテランの杉子が頼られている、という事らしかった。

杉子は現地に行かねばと判断したようで、山王七社の神々に頭を下げた。

「ご祭神の皆様方。先ほど、他の神猿達が申した通りでございます。花之介が厄介事を背負っているようで、これを助けねばなりません。大変申し訳ございませんが、私はここで……」

彼女が中座しようとすると、鴨玉依姫神の荒魂が、

「ねぇ。──この子も行かせたら？」

と、大を指差した。杉子も目を丸くしている。

「彼女もですか」

「そうよ。なぁに、杉子さんまでびっくりして。古賀さんだって、『まさる』になれるんでしょう？　だったら唐崎まで行ってもらったらいいのよ。どんな働きをするか見てみたいわ」

突然指名された大は戸惑ったが、一柱の神の発言が契機となって、他の神々も似たような事を言い出した。

「それは面白そうね」

「ちょうど、俺も古賀さんの実力を知りたかったしなぁ。猿ケ辻が、神猿の剣も教えとるそうやないか」

「私は、坂本くんにも興味があってよ。彼も一緒に行かせなさいな」

などと言い合っている。さすがに大山咋神は皆を止めていたが、

「これこれ。古賀さんも坂本くんも、いきなりの事でびっくりしとるやないか。ま、そういう僕も見てみたいけど」

と結局、自身も気になるらしかった。最後に取りまとめたのはやはり大己貴神で、

「他の神々もこう言っている。私も、魔除けの子がどんなふうに剣を振るうか知っておきたい。琵琶湖で起こっている事なら、やがては水上警察隊も来よう。その中に入れてもらいなさい。君が杉子の代わりだ」

と言い渡し、七柱の署名の入った令状を手渡した。

どんなに穏やかな言葉でも、これは神命である。もとより大達に拒否権はなかった。杉子も一切口答えせず、仰(おお)せのままにと従い、師匠の猿ヶ辻に形だけの確認を取った。

「あんた、構へんな？　もっとも、これは山王七社のご命令で……」

「言わんかったたって僕にも分かる。当然、出動や！　せやけど、ここは滋賀県やんか。京都府警の子が出張(でば)ってもええの？」

「別に、古賀さんに指揮を執(と)れ言うてんのとちゃうんや。合同任務という形で手伝ったらええ。永田さん、どやろか」

「いいですよ。何でもありのあやかし課ですもん。ご祭神のお望みやったら、後の報告書にもそう書くだけですし。むしろ、人数増えてくれた方が、僕らも正直助かりますわ」

「決まりやな。――下りは一気に行こう。まずは猿塚(さるづか)までや。古賀さん、それに坂

本くん。ついて来ぃ！」

「は、はい！」

「了解です」

　杉子が崖から飛び降りて、大達も足に霊力を込める。呼び止めた鴨玉依姫神が送り出すように手を叩くと、切火を打ったように小さな火花が出た瞬間、大と塔太郎の服装が変わった。

「頑張ってね。あなた達なら、きっと出来るわ」

大は、女性らしく吉祥文様を散らした着物と袴に襷掛け、腰にはちゃんと刀が差してある。塔太郎も、薄い七宝文様の着物に、ズボンそっくりな軽衫袴で動きやすくなっていた。

　人の衣を替えるなど、まさに神様だからこそ成せる業。大達は最後にもう一度頭を下げて山を下り、山王鳥居まで戻って猿塚へと辿り着いた。

　鳥居のすぐ東、意識して見なければ通り過ぎてしまいそうな場所にある、大きな石組。それが猿塚である。死期を悟った神猿が入る場所であり、それは、唐崎まで繋がっているという。杉子が猿ヶ辻のように御幣を出して左右に振ると、猿塚にぽっかりと、人が何人も通れるほどの穴が出現した。

　穴はまるで大口を開けているかのようで、中は真っ暗である。大と塔太郎が覗き込んでいると、時間がないからと杉子に思い切り背中を押されてしまった。

大は思わず悲鳴を上げ、塔太郎も反射的に「大ちゃん！」と叫んだが、二人揃って真っ逆さまである。あとから猿ヶ辻、杉子、永田も飛び込んでいたが、大は穴から射し込む光と、彼らの影を見ただけだった。

暗闇の中、町の下を高速で移動しているらしい。その速さのあまり、目も開けられない。浮遊感も相まって大が不安感を募らせていると、誰かに強く引き寄せられた。

その頼れる腕は、間違いなく塔太郎である。彼にしっかりとかばわれるようにして唐崎神社まで移動し、大はやがて、神社の井戸から噴き上げられるように飛び出した。

視界が急に明るくなって体がぐるんと回り、地面に叩きつけられたような衝撃が走る。痛みがなかったのは塔太郎が下敷きになってくれたからで、

「ぐえっ」

という彼の声が聞こえた瞬間、大はすぐに体を離して謝った。

「すみません塔太郎さん！　大丈夫ですか⁉　それと、あの、ありがとうございました！」

「うん、何とか大丈夫。上が『まさる』やったら潰れてたけど、自分でよかった

わ。怪我ないか？」

「はい。ほんまにありがとうございます……。さっきも……」

再び井戸から音がして、永田、猿ヶ辻、そして杉子が飛び出してくる。彼らは綺麗に着地していたが、猿ヶ辻は杉子に文句を言っていた。

「杉子さんのあほぅ！　ほんまにあほぅ！　何て事すんのや⁉　古賀さんらは落とすわ、僕は投げ込むわ。遠慮っちゅうもんがないんかいな」

「かんにん、かんにん。何せ、早よ来なと思ってたさかい」

「そうかもしれんけど！」

「あー、悪かった悪かった！　無事に来れたんやし、もうええやないか。——女別当命様。お見苦しいところをお見せして、大変失礼致しました」

杉子につられて目線を上げると、唐風の礼服に結い上げた頭、宝髻と呼ばれる金の装飾品をつけた女神が立っている。元は琴御館宇志丸の妻君で、今はここの祭神となっている女別当命だった。

彼女は、少しおろおろしつつも自ら手を取り、大や塔太郎を立たせてくれた。

「あの、皆さん。よう来て下さいました……！　忙しいのにごめんなさい。それで、あの、杉子さん……」

「はい。手練れを連れて参りましたので、もう安心でございます。花之介はどこでしょうか」

「あっちの……」

その時、遠くの方で轟音がした。爆発音とも取れる音である。女別当命が、本殿の横に移って琵琶湖を指差した。

唐崎神社の境内は、天に遮るものがなくて広々としている。本殿の後ろに「霊松」と呼ばれる長大な松が植えられており、周辺にも立派な松が複数あった。見晴らしのよい湖岸からは、近江富士と名高い三上山、際限のない空と雲、そして静かな紺碧の琵琶湖が……と言いたいところだったが、遠くの水面で、肉眼でも分かる銀色の大蛇が暴れている。水面に自らの体を打ちつけ、湾曲しては真っ白な水柱を上げている。先ほどの音はそれだったらしい。

大達は、すぐに湖岸まで走った。さらによく見れば大蛇の側面に何かがくっついており、耳を澄ませば轟音の合間に、

「助けてぇー、助けてぇー」

と甲高い声がする。茶色いそれは生き物だと思われ、

「あれ、花之介やないか」

と気づいた杉子が呆れていた。

女別当命は、袖で口元を隠しながらまだおろおろしており、

「あの、最初は、大蛇さんが琵琶湖を泳いで、うちの岸に上がってきはったんです。その時にはもう苦しそうで……。花之介君が何とかしようと、お体の上に乗って、一生懸命、御幣を振ったはりました。けど、悪いものが憑いてるとかじゃなかったみたいで……。そのうち、大蛇さんは苦しんだまま、花之介君もろとも、琵琶湖へ戻ってしまったんです」

と、事の次第を語ってくれた。杉子は深くため息をつき、

「それで、花之介は手を放すに放せず、あんなとこまで行ってしまったんですね」

「はい」

「全く……。女別当命様、ご迷惑をおかけして本当に申し訳ございません」

「ううん、私はええのよ。でも、大蛇さんはあのままやと可哀想やし、花之介君も……」

大蛇は未だに暴れており、大は、特撮映画のような様を凝視した。首を激しく左右に振って、また体ごと琵琶湖に倒れたかと思えば、水面から勢いよく飛び出している。摑まっている花之介は頑張ってはいるものの、放り出されるのは時間の問題だった。

山王七社の命に従うと、あの大蛇を何とかせよという事になる。もちろん、花之介も助けねばならない。大は、花之介が先か、大蛇が先かと優先順位を考えなが

ら、横の塔太郎を見た。

「あの、どうしはったんですか？」

塔太郎は落ち着いて腕組みをして、じっと大蛇を見つめている。彼が注目していたのは、状況というよりは大蛇本体だった。

「俺、あれと似たようなんを見た事があんねん。一昨年（おととし）の、ちょうど今ぐらいの時期や。その時は大蛇やなしに、京都観光に来てた大鯰（おおなまず）やった」

「今みたいに暴れて？　苦しんだはったんですか」

「うん。鴨川でな。ほんまは警察じゃなしに救急隊の仕事やってんけど、化け物絡みやからって、俺も呼ばれてん。――その鯰はな、初詣に来てて、仲間と鍋みたいなお雑煮を食べててんや」

「お雑煮」

塔太郎の話とその単語を聞いて、大は一つの事柄に辿り着く。

「ひょっとして……」

「分かったけ？　あの暴れ方は多分、何かを喉（のど）に詰まらせたんちゃうかなぁ」

双方の仮説が一致し、塔太郎に促（うなが）された大は杉子達に説明する。猿ヶ辻はなるほどと頷き、杉子や永田も、その可能性が高いと同意してくれた。永田が唸るように呟いた。

「そら、早よ助けなあかんなぁ。せやけど何にしても、近づかな始まらへんわな」

ちょうどその時、琵琶湖の南からパトカーのようなサイレン音がした。見ると、警備艇が一艘、水面を走っていく。三人乗っており、船の側面に「滋賀県警」「さざなみ」と書かれてあった。県警が擁する水上警察隊である。

「おっ。あいつらも来よった。天孫神社の人もおるわ」

永田いわく、水上警察隊はあやかし課と密に協力しているようで、彼らにも大蛇が見えているらしい。浜大津にある分駐所から来ており、その地域の氏神である天孫神社の氏子区域事務所の隊員も乗っているという。

警備艇はカーブして大蛇に接近し、あやかし課隊員と思われる女性が大蛇に呼び掛けている。しかし、あまりの暴れぶりに撤退せざるを得ず、永田の連絡を受けてこちらへとやってきた。

永田が口に手を添えて警備艇に声をかけると、中から、腕章をつけたあやかし課隊員が顔を出した。

「お疲れ様ですー！　永田さん、早よ乗って下さいって！　あんなデカいん、私らだけでは無理ですもん！　こっちの話も聞いてくれへんのですよ」

「それなぁ、多分、返事が出来ひんだけやねん。今乗るし待っててや。ほんで、この子らも手伝ってくれるって」

「ほんまに⁉　新しい隊員ですか」

「まぁ、今はそういう事にしといて。後で全部説明すっけど、日吉大社の令状もあんねん」

「了解です。ほな、もうちょい左の方へつけますんで、永田さんらもそっちから……」

　隊員と永田が話していると、猿ヶ辻が大の足を押した。

「さぁ、古賀さん。どうする？」

「もちろん、行きます！」

　大は即答した。

「仮説通りやとすると、一刻も早く、大蛇さんを助けな駄目ですよね。あの、塔太郎さん。私から言うのも何ですけど……」

「分かってるって。空からの方が早いもんな？　仰せのままに従いますよ、まさるさん」

　塔太郎が笑顔で承知してくれたのを見て、大の気持ちも昂ってくる。頭の中では既に、救出のための道筋が出来ていた。

「ありがとうございます。お願いします！　――永田さん、すみません。私達はこっから行きます！」

大は琵琶湖に向き直り、簪を抜いた。体から太陽にも似た光明が発せられ、身の丈六尺の美丈夫となる。隣の塔太郎も体中に霊力を溜めて、目の覚めるような青龍に変身した。

初めて見る永田や警備艇の面々は、驚嘆の声を上げている。猿ヶ辻は、自慢げに拍手していた。

「杉子さん！　どうや、どうや！　これが僕の弟子やねんで！　八王子山におわす、山王七社の照覧あれ！」

「ふん、ええやないか。――せやけど本番はこっからやで」

まさるは杉子に頷き、ただちに塔太郎の背に乗った。魔除けの子と龍は、冷たい風を切って唐崎神社を離れ、大空と琵琶湖の間を縫うように飛んだ。

今なお鎮まらぬ大蛇に接近すると、花之介はまだ鱗にへばりついている。まさる達に気づいて、助けを求めるように顔を上げては目を瞑っている。彼の方からこちらへ飛び移るのは、当然望めなかった。

「まさる、すれ違いざまにやるしかない。一瞬やけど頑張ってくれ！」

絶え間なく襲い掛かるような大蛇の動きを、塔太郎は慎重に右へ左へと避けながら、花之介を目指す。わずかな隙をついて急接近し、

「今や！」

の合図と同時に、まさるは花之介を掴み上げて懐へと入れた。その瞬間、大蛇が再び琵琶湖へと入り、豪雨のような水飛沫が飛んだ。

濡れた事を気にする暇も、花之介の無事を喜ぶ暇もない。塔太郎はすかさず、まさるが大蛇の口の中を見られる位置へと回り込もうとした。

大蛇と龍の動きで何度も何度も、琵琶湖の水がまさるを濡らした。加えて、冬の風が体を冷やす。それでもまさるは奥歯を噛んで目を凝らし、苦しそうな大蛇の口内を確かめようとした。

呼吸しようと大蛇が喉の奥を見せたその刹那、塔太郎が予想していた通り、木製の何かが引っかかっているのが見えた。

半分に割れた小舟である。それが大蛇の気道を塞いでいるか、あるいは刺さって痛みを引き起こしているので、大蛇はあんなにも苦しんでいるのだった。

まさるは目を見開いて、龍の頰を叩いた。

「やっぱそうやったか⁉」

尋ねる塔太郎に、まさるは何度も頷く。それを見た塔太郎は委細承知し、永田を乗せて猛スピードでこちらに向かってくる警備艇に、大声で呼び掛けた。

「永田さん、皆さん！　誤飲で間違いないです！　喉に、木材が詰まってるそうです！」

「さよかぁ！　それが分かったら、後は出すだけや！　ほんならちょっと背中でも叩いてみよかー！　こっちで援護すっさかい！　どや出来るかー⁉」

「大丈夫です、了解です！」

まさるも、永田に向かって大きく手を挙げた。塔太郎は再び上空へ飛んで大蛇の背を目指し、水面では、永田達の乗っている警備艇が左右に細い白波を立てて大蛇の正面へと回った。

やがて永田が前に出て、彼の武器と思われるバズーカ砲を肩に担ぐ。

「ほな、いくぞぉ！」

との掛け声で霊力の玉が発射され、何発目かで大蛇の顔面に命中する。その直後、大蛇の動きが鈍くなった。

「今や、行ってや！」

「まさる！」

永田と塔太郎に後押しされて、まさるは刀を鞘ごと抜いて龍の背から飛んだ。飛び降りつつ小指から絞り込むようにぐっと柄を握って、大蛇の気管にあたる背部を打った。

大きく横に振る、「神猿の剣　第六番　一乗寺一閃」である。

力一杯に打った衝撃は、大蛇の体内に響いたらしい。その口が最大限に開かれたかと思うと小舟が吐き出され、やがて、それは湖面に落ちて水柱を上げた。

大蛇は喉のつかえが取れたためか、ようやく動きを止めてゆっくりと倒れていく。落ちていくまさるは、塔太郎が甘噛みして掬い上げた。

「お疲れ。ばっちりやったな」

塔太郎に褒められたまさるは、咥えられたまま上半身を起こし、笑顔で龍の鼻先をぎゅっと抱く。警備艇からも、遠くの唐崎神社からも、拍手や歓声が上がっていた。八王子山の上空から見ていたらしい山王七社の神々も、

「ようやった！」

「最高だったわよ」

と、天から口々に言っては、任務の成功を喜んでくれた。

事件は無事に解決である。まさる達は見事に、山王七社の期待に応えたのだった。

「いやはや、ほんまにありがとうございました。ご迷惑をおかけして申し訳ない」

正気を取り戻した大蛇は、とても優しい性格だった。喉に詰まっていた小舟のせいで余裕がなかっただけであり、まさる達と一緒に岸まで戻った時には、本来の彼に戻って水面から首を伸ばし、まさる達に深々と頭を下げていた。

「長年蛇をやってますけど、まさか舟を呑んでしまうとは。いやぁ、もうどうなる

事やと思いましたわ」

彼いわく、普段は琵琶湖大橋の周辺に棲んでいるそうで、泳いだついでに昼寝をし、寝ぼけたまま水底の砂で背中を掻いたり水を飲んだりしているうちに、小舟を誤飲したという事だった。

「呑んでもうた舟は、形からして何百年も前に沈んだやつでしょう。これのせいで痛い目に遭いましたけど、これも何かの縁というやつです。私が持ち帰って、供養したげたいと思います」

大蛇は小舟を咥えて帰ってゆき、琵琶湖はやがて、元通りの静けさとなる。

それからしばらくは、境内にて皆で濡れた体を拭いたり服を乾かしたりと忙しかったが、落ち着くと、まさるの心に達成感が湧き上がる。歩けるまでに体力を回復した塔太郎とハイタッチした直後、まさるは自身の役目を終えて、大へと戻った。

「大ちゃん、お疲れ」

塔太郎が再び手を挙げたので、大も小さく手を合わせた。

「お疲れ様です。ありがとうございました。というても、誤飲を見抜いたのは塔太郎さんで、実際に刀を振るったのはまさるですよ？　私自身は、何もしてませんよ」

「ええねん、ええねん。ちゃんと助けられたんやから、大ちゃんにも満点や。これで山王七社の神々も……」

塔太郎の言葉が、不意に途切れる。そのまま大の顔を見つめて動かないので、大の方から声をかけると、彼の笑顔だけが返ってきた。

「いや、何でもない。それより、花之介君も無傷でよかったな。まぁびしょ濡れやけども。永田さんのバズーカも凄かったわ」

霊松の傍(そば)では、杉子が花之介の不甲斐(ふがい)なさをまだ叱っており、猿ヶ辻が「まぁまぁ、まぁ」と宥(なだ)めている。

大は、わざと話題を変えられた気がして一瞬不思議に思ったが、今は達成感の方が強く、気にせず塔太郎と喜び合う。その傍で、女別当命も安堵(あんど)したように微笑んでいた。

「あの、私からもお礼を言わせて下さい。色々とありがとうございました。――あっ、古賀さん。いいですよ。私がやったげますね。後ろ向いて下さい」

女別当命が先んじて落ちていた簪を拾い、お礼と称して大の髪を結ってくれる。彼女は、実はそういうのが得意らしい。普段の結い方の一部に、三つ編みが加えられていた。

「女別当命様、ありがとうございます！」

「大ちゃん。それ、可愛いな」

塔太郎が小さく呟いて目を細めたのを、大は見逃さなかった。天にも昇る気持ちでいると、水上警察隊を見送った永田が皆に缶コーヒーを買って戻ってきた。

「いやぁ、ほんまに凄いな君ら！　あんな豪快な変身、ここらでは誰もおらへんわ。坂本くんの龍とか、あんなん常にいてくれたら最高やんか」

「いや、俺は永田さんのバズーカに痺れましたよ。あれ、当たると動きが止まるんですか？」

「込める霊力によって、色々やな。本気でやると敵も動かんようになるけど、僕も動かん」

　そんな話をしていると、天上から再び、大己貴神の声がした。

「皆、本当にご苦労だった。まさるも坂本くんも、そして永田さんも。大変よい働きだった。坂本くんの判断、古賀さん、そしてまさるの活躍、永田さんや水上警察隊の援護。三つが上手く合わさっていなければ、琵琶湖はまだ荒れていただろう」

　神からの言葉は畏れ多く、大と塔太郎、そして永田も空に向かって一礼する。

　神々達の拍手が降ってきて、雲間から射す光は、薄らと金色に輝いていた。

「さぁ、これにて一件落着！　後は、皆で帰るだけやで！」

　猿ケ辻のひと言で一同は再び日吉大社に戻り、山王七社に最後の挨拶をした後、大達は駐車場まで戻ってきた。

　ここまでついてきてくれたのは鴨玉依姫神と杉子であり、

「大さん、坂本さん。新年の初めに、あなた達の活躍が見られて本当によかった。今年もそしてこれからも、どうぞよろしくね」

「今度は私が、近いうちに京都へ行かしてもらうわ。私の電話番号を教えたるから、何かあったら連絡しなさい。もちろん、坂本くんにも教えたげるで。私は、あんたの事も気に入ったんやから」

杉子は塔太郎の頭に飛び乗って、くしゃくしゃと彼の短髪を撫でる。塔太郎も嬉しそうである。すると猿ヶ辻が、「杉子さん、杉子さん」と彼女の体毛を引っ張って付け加えた。

「坂本くんはな、実はここに来る前日、こっそり僕へ訊いてたんやで。『自分が境内に入るのを、早尾神社さんはお怒りじゃないでしょうか』ってな。あそこは、八坂神社さんと同じ神様がいたはるから」

早尾神社も、日吉大社の摂社の一つである。参道にあたる日吉馬場に鎮座している事から、日吉大社および延暦寺の門番の神とされていた。

その祭神は、八坂神社の主祭神と同じく、須佐之男尊である。をけら詣りの時のように、塔太郎は自身の事情を顧みて、猿ヶ辻に確認したのだろう。

「ここは八坂神社さんと違うし、何より、日吉大神がええ、言うてるから大丈夫って言うたら、安心してな。坂本くんはそれでようやく、ここに来たんやで」

　これを聞いた大はあっと気づき、塔太郎が、人知れず心を砕いていることを尊敬するばかりだった。杉子もそう思ったらしい。

「おぅおぅ。ますます見直したわ。古賀さん、あんたは猿ヶ辻の他に、ええ先輩にも恵まれたんやな。大事にするんやで」

「……はい！」

　二文字の返事に心を込める。鴨玉依姫神は最後にもう一度大の両手を握り、

「春にはこの日吉大社で山王祭があります。秋には浜大津の天孫神社で大津祭があります。どちらも、京都には縁の深いお祭です。気が向いたら、ぜひ見に来てね」

「ありがとうございます。きっと、きっとまたお訪ねします」

「約束よ。滋賀に、いつでも遊びに来てね。坂本さんも、猿ヶ辻もごきげんよう」

　それを最後に、鴨玉依姫神は樹下宮へと帰っていった。やがて杉子も手を挙げて、

「私も、この辺で帰るわな。あとは、大津あたりでゆっくりするなり帰るなり、好きにしぃや。ほなな。猿ヶ辻も、体には気ぃつけるんやで」

と言ったのを最後に、木に登って枝へ飛び移り、山の奥へと消えていった。

　杉子の気配が、完全に消える。車のドアを開きかけた猿ヶ辻が、さて、と大を見上げた。

「――古賀さん。初めての日吉大社は、どうやったかな」

はい、と大は素直に頷いた。

「とても、素晴らしい一日でした。嬉しいというよりも正直、驚いてます。彼も、きっと同じ気持ちやと思います。琵琶湖で任務を全うしたっていうんもありますけど……それ以上に、全ての優しさに、驚きました。

私なんか、小さい頃から日吉大社に関わっていた訳でもないし、巫女さんという訳でもなくて、ただ、猿ヶ辻さんから偶然お力を頂いただけの存在やのに。今でも、他の皆さんを差し置いて、という申し訳なさはあるんです。でも、杉子さんも、ご祭神の皆様も、他の神猿さんも、皆優しかった。優しいというよりは大らかで、どこか清々しくて……。あんなふうに手を差し伸べて頂けるなんて、思ってもみませんでした」

瑞々しい今の気持ちを言葉にしたかったが、上手く表現出来ない自分がもどかしい。そんな大を見た塔太郎が、永田へ話しかけた。

「滋賀県って、人当たりがよくて寛容な方が多いですよね。何ていうか、居心地いい友人みたいな」

「あぁー。それはあるかもしれん。いわゆる県民性かもなぁ。ほれ、江戸時代から、近江商人が活躍してるから」

「その影響ですか?」

「要は、京へと運ばれる物資の輸送や、交通の要衝（ようしょう）やったからねぇ。人の行き来も多くなるやろ？　そういう歴史の下地が、いい意味で、人付き合いの器用さを育（はぐく）んだんかもしれんね」

永田のこの意見を聞いて、大は滋賀県をあまり知らない事に気づく。先の鴨玉依姫神も、滋賀と京都の繋がりを示唆（しさ）していた。それを猿ヶ辻は感じたのか、

「最後は、今から皆でええとこ寄ってみよか。坂本くん、帰りに浜大津を通ってくれる？　今日は晴れてるから、琵琶湖が綺麗やで！　途中、琵琶湖疏水（そすい）の取水口もあるから、そこも寄ってくれると嬉しいんやけど」

と、提案した。

「いいですよ。えーっと、確か、こっから……？」

慣れない道に戸惑う塔太郎に、永田がすかさず助け船を出した。

「あっ。それやったら、僕が前を走ろか。ちょうど、この後で水上警察隊に行くつもりやったから、丁度ええわ」

「ほんまですか？　すいません、ありがとうございます」

「別に構へんて。ほなちょっと待ってて。車回すわ」

大達も車に乗って、永田と合流する。向こうも確かに車だったのだが、

「えっ、パトカーやったんですか？」

と、運転席の窓を開ける塔太郎に、永田がきょとんとしていた。

「京都のあやかし課は、白黒使わへんの？　使たらええのに」

という事で大達はパトカーについていく形となり、歩道の人達が興味深そうにこちらを見ていた。

日吉大社が、だんだん遠ざかっていく。門前町を走る。その辺り一帯の地名を、坂本といった。

（私の名前が「まさる」で、日吉大社のある地域が「坂本」……。あかん、あかん。ニヤけたらあかん。これは単なる偶然なんやから。あぁ、でも……やっぱり嬉しい）

大の心の内は秘かに燃えていても、相変わらず、塔太郎は呑気だった。

その後、浜大津で休息を取った大達は京都へと帰り、喫茶ちとせに戻ると、深津達が温かく出迎えてくれた。

大、そして塔太郎が滋賀県でも任務を完遂し、神々に認められたのを自分の事のように喜んでくれる。彼らの姿を見て、大は心から、今日まで頑張ってよかったと思い、また、これからも全力を尽くそうと誓うのだった。

そういう時のタイミングというのは妙に重なるもので、その日、深津はちとせの面々を集めると、真剣な声色で、

「今年は特に、あやかし課も忙しくなると思う。俺も頑張るし、皆も頑張ってや」

と告げた。琵琶湖での事件を経て、ひとまわり成長した大は決意を新たにする。

塔太郎をはじめ他の隊員達も、頼もしい表情で頷くのだった。

幕間 一

「渡会の事件で押収した矢から、お前のと似てる霊力が見つかった」

日吉大社から帰った後、深津が喫茶ちとせのメンバーを集め、「今年は特に忙しくなる」と伝えた夜、坂本塔太郎は、深津と竹男から内密に呼ばれて、そう告げられた。

塔太郎は一瞬、その言葉の意味が分からず、数秒間固まったまま、深津の顔を凝視した。そんな塔太郎を見て深津はソファーに座るよう促し、今度は竹男が、

「言うて、ごくわずかやけどな。俺と、他の捜査員の人らで慎重に鑑定して、やっと分かったぐらいやで。ま、一から説明するし」

と緊張を和らげるように言い、深津と揃って、塔太郎の向かい側に座った。

詳しく聞くと、鬼笛の事件で渡会が逮捕された日から、真相究明のため、渡会および関係者への取り調べと、月詠を操った矢に塗られていた成分の分析が進んでいたらしい。

前者は肝心の渡会が黙秘を続けているため難航しているが、後者は割合すぐに分かり、「他者を引き込む力」を持った者の霊力が込められたもの、つまりそういう

効果のある液体が塗ってあったという。

　そしてその液体に入っていた霊力の気配が、塔太郎のものに似ているという。それを突き止めたのは、やはりあやかしを感知する能力に長けている竹男だったらしく、彼は腿の上で手を軽く握り、しんみりした表情だった。

「俺、なんぼ黙っといたろかな、って思ってたんやで。せやけど、気づいたら報告せえへん訳にもいかへんし……。悪いな、こんな事言うて。俺らも本部も、ほんまにお前を疑ってる訳ちゃうねん。現時点では、あくまで、似てるだけやから」

「大丈夫ですよ、竹男さん。ほんまに俺が容疑者やったら、今頃ここにはいませんから」

　塔太郎は微笑んだが、内心はやはり戸惑っていた。もちろん、全く身に覚えはない。深津や竹男はともかく、本部では疑われているのだろうと覚悟を決めていると、深津が塔太郎を安心させるように言った。

「そういう訳やから……、今度、俺と一緒に府警本部へ行って、雷線の鈴を一個だけ提出してほしい。それには塔太郎の霊力が籠もってるから、矢と併せて、本部で再鑑定してもらう。今はそれを頼むために呼んだんや。再鑑定には竹男は呼ばれへん。そしたら、お前は無関係っていうのが、より客観的に証明されるやろ」

　深津と竹男。彼らと塔太郎は、実は二人が配属された時からの、二十年以上の付き合いである。塔太郎は二つ返事で深津の頼みを受け入れ、後日、本部へ鈴を渡しに行くと約束した。

深津と竹男は、感謝するかのように頭を下げる。塔太郎もまた、自分の潔白を証明するために動いてくれた事に感謝し、丁重にお礼を言った。

しかし、矢の件はそれでいいとしても、一連の話を聞いた塔太郎の心には拭いきれぬ仮説が浮かび上がり、

「深津さん。正直に言うて下さい」

と、締め付けられる胸の内を抑えながら、顔を上げた。

「渡会の事件に、俺の実父が、関係ありますか」

塔太郎は、単刀直入に訊いた。何か言おうとする竹男を制した深津が、

「何で、そう思う？」

と冷静に訊く。塔太郎は俯いて考えをまとめ、簡潔に答えた。

「……今まで、誰にも言ってなかったんですけど……。二条城での戦いで、俺と奴は間近で顔を合わせました。その時の渡会が、信じられないという表情やったんですよ。まるで、知り合いを思わぬ場所で見たかのような。そういう奴の持っていた矢から、俺に似た霊力が検出された。——霊力が似るのは、基本的には血縁者でしたよね？」

そこまで話すと、竹男が宥めるように遮った。

「考えすぎや。渡会が勘違いしたって事もあるやんけ」

竹男は話を逸らそうとしたが、深津は真っ向から塔太郎の心を受け止めたらしく、

「そこまで自分で考えてんのやったら、話は早いわ」

と、深津達および本部のさらなる見解を口にした。

「ええか。絶対に、今からの話は仮説として聞くんやで。辞職とか、早まった動きはせんときや。――実は、渡会の矢や骸骨、牛車の他に、岡倉の札、成瀬のお菓子も押収して鑑定してたんや。矢と同じようにな。説明が前後するけど、そこからもお前に似た霊力が出てきてんねん。再鑑定の内容には、それも含まれてる。とすると、誰かが渡会に矢を、成瀬にはお菓子を与えた事になる。さらに渡会の、牛車にいた手下達も取り調べしたんやけど、ほとんどは月詠のように操られてただけやった。けど、ただ一匹だけ、後日仲間に入れると約束していたらしい。

もう結論から言うで。矢やお菓子の鑑定、渡会や手下への取り調べ、各地の現場検証……、全ての捜査の結果、渡会や成瀬の背後に、ある一団がついてる可能性が出てきた。お前の実父の、宗教集団や」

塔太郎の脳裏に、一点の曇りもない彼女の笑顔が浮かぶ。

自分と大との間に、決して望まぬ高い壁が、立てられた気がした。

第二話　伏見（ふしみ）のお山と狐火（きつねび）の幻影

「伏見のお稲荷さん」と呼ばれる稲荷神社は、五穀豊穣、家内安全、諸願成就、あるいはえびす神と並ぶ商売繁盛の神などとして、全国で敬われる稲荷神社の総本宮である。

和銅四年（七一一年）に稲荷大神が鎮座されて以来、その歴史は千三百有余年を誇り、朝廷から正一位の神階を授かるなど、京都の歴史とも密接に関わっている。荘厳な楼門と、本殿の背後にある「お山」。その山道に隙間なく並ぶ千本鳥居。京都と聞けば、ほとんどの人がそれを思い出すのではなかろうか。

京都の一月は正月行事の他に、十二単も華やかな八坂神社のかるた始め式、下鴨神社の蹴鞠初め等があり、「祇園のえべっさん」と呼ばれる八坂神社・北向蛭子社の蛭子船巡行や、「京都のえべっさん」として町中が賑わう京都ゑびす神社の十日ゑびす大祭がある。

中旬になると、上賀茂神社の武射神事などがあって、翌二月、吉田神社をはじめとした各地の節分祭、芸妓さん舞妓さん達が仮装する「節分お化け」などが行われる。

この節分と同日、ないしはその後の初午の日に行われるのが、稲荷神社の初午大祭だった。稲荷大神が、二月の初午の日に鎮座したという歴史にちなむお祭である。

この日に授与される「験の杉」は高名で、元を辿れば平安時代、お山の杉の小枝を身につけて、参詣の証としたのが起源だという。お山や境内の賑わいぶりは、『枕草子』『今昔物語』『大鏡』などに詳しく、例えば寛政十一年（一七九九年）の『都林泉名所図会』という絵を見れば、老若男女の声が聞こえてきそうである。験の杉は、今でこそ授与という形になっているが、稲荷大神にお願いしてご利益を頂こうという気持ちは、いつの時代も変わらない。

今日でも、初午大祭の稲荷神社は、境内はおろか、参道や周辺の道路でさえも、地面が見えぬほどに混雑を極めるのだった。

早朝から降り続く雪によって、辺り一帯が白く染まっている伏見区、深草の町。稲荷神社の裏参道に面するお土産屋、「総本家いなりや」に、また一人お客がやってくる。

初午大祭という今日は、全国から人だけでなく信心深いあやかしも集うので、今、目の前にいる小柄な女性が人間か、それとも人に化けているあやかしか、大には一瞬分からなかった。

ただ、相手の服装は、現代では滅多と見られない壺装束である。足元を見れば影がないので、彼女は幽霊らしかった。

「もうし、簪を挿したお嬢様。きつねのお煎餅の三枚入りを、一箱私にくださいな？」

「かしこまりました！　少々お待ち下さいね」

害をなさなければ、人でもあやかしでも構わない。女性に微笑まれ、大は笑顔で対応した。いつもの制服である和装の上に、今回は、「総本家いなりや」と刺繍された赤いエプロンをつけている。商品棚から銘菓「きつね煎餅」の箱を手に取り、そこで大は、はて幾らだったかと忘れてしまった。

「すみません。三枚入りのお値段って……」

店内の人達に声をかける。すると、壮年の当主である清原さんがすぐに焼き台の内側から、

「それ四百五十円やわ」

と、低い声で教えてくれた。

大はお礼を言ってレジに戻り、満足顔の女性客を見送って、接客を終えた。顔を上げると、もう次のお客が待っている。今度の男性客は、霊力が全く感じられない普通の人だった。

店の奥には、大と同じエプロン姿の塔太郎が、レジを打っては商品を渡して、を繰り返している。三つ目のレジには、こちらも袴にエプロン姿の総代がおり、そこにも列が出来ていた。

清原さんや他の職人達は、焼き台のある作業場に座って煎餅を焼き続けている。女将さんをはじめ他の従業員も「おおきに、ありがとうございます」と言って、お客と商品を送り出し、合間には商品の説明や梱包といった具合に大忙しだった。

この日の塔太郎、玉木、そして大は、栗山からの応援要請を受けて伏見に出張し、今は「総本家いなりや」にいた。襷掛けに袴の栗山はもちろん、総代も今回の任務に加わっており、出動するまでの間、委託隊員の大、塔太郎、総代の三人は、店の売り子となっていた。

栗山が要請した任務は別にある。それまでは時間があるので、いなりやの三代目当主・清原健作の依頼を受けて手伝っているのだった。正規の警察官である栗山と玉木は、公務員ゆえにそれが出来ない。なので、事務室の一画を借り、過去の事件の書類作成に没頭していた。

大達の働きぶりを、清原さんが時折眺めている。やがて、焼き上がったきつね煎餅を型からはずしつつ、しみじみと言った。

「あやかし課とか、懐かしいなぁ。俺も、昔はよう腕章つけて走っとったわ」

清原さんはかつて、その体躯と剛腕で悪霊を退治してきた元あやかし課隊員で、今の栗山や総代と同じ、伏見稲荷大社氏子区域事務所に在籍していた人だった。三十代半ばであやかし課を辞めて店を継ぎ、今日まで立派に当主を務めている。

その家業、総本家いなりやは、狐の顔の形をした「きつね煎餅」や、割るとおみくじが出てくる「辻占煎餅」で知られる名店である。白味噌、胡麻、小麦粉、それから砂糖を混ぜた生地を狐の顔の型に入れ、一枚一枚手焼きする。昔ながらの製法が素朴な味わいを生み、特にきつね煎餅は、稲荷神社の直会御用達にもなっていた。

そんな由緒正しい老舗ゆえに、いなりやは毎年、大晦日から翌年二月の初午大祭までは繁盛を極めに極め、なかでも初午大祭の日は、いくら焼いても足りぬという状態になるという。

そこで、清原さんは初午の日だけ栗山に手伝いを頼み、栗山の方もちょうど初午の任務があって、大先輩の頼みならばと、大達にも応援を打診したのだった。

初午の忙しさも、あやかし課の忙しさも、清原さんは両方知っている。仕事の合間を縫っては大達を労ってくれた。

「皆、手っ伝うてくれて悪いなぁ。分身とかが出来たらよかったんやけど、俺はそれ出来ひんしな。ほんま助かりますわ」

「いえ、そんな……」

大は、商品の補充をしつつ、笑顔で手を振った。

確かに、大変でないといえば嘘になるが、お客で賑わっている店内は、忙しくても大変に気持ちがよい。

皆が皆、稲荷神社へ参拝して、火照(ほて)った体を冷ましつつ、お煎餅を求めるのである。そんなふうだから、店内は甘いお煎餅の匂(にお)いと、参拝を終えたお客でいっぱい。袖(そで)すり合うも多生(たしょう)の縁(えん)だらけだった。

まさに、稲荷神社の参道といった光景である。塔太郎と総代も同様に感じているのか、

「俺も全然大丈夫ですよ。むしろ、ずっと動いてる方が楽しいです」

「僕らを分身だと思って下さいね！　栗山さんに、灰になるまで働いてこいと言われたんで！」

と答えて場を和(なご)ませていた。

そのうち店の古時計が鳴り、ぼーん、と昔ながらの音がする。清原さんの奥さんである女将さんが、

「あ、もうお昼やわ。皆、先よばれて（食べて）きて」

と、大達を優しく促(うなが)してくれた。

「ありがとうございます！　お先です」

労働の後の食事というのは嬉(うれ)しいもので、草履(ぞうり)を脱いで台所へ行くと、肉じゃがのお鍋と炊飯器が用意されている。テーブルには、明太子(めんたいこ)や漬物(つけもの)、「昆布(こんぶ)と松茸(まったけ)の

炊いたん」とメモに書かれたご飯のお供があり、栗山と玉木も合流して五人揃って「いただきます」と手を合わせて食べ始めた。

しばらくは、食事の美味しさゆえに皆無言だったが、そのうち栗山が口を開き、

「食べ終わったら、手伝いから上がって楼門に行くしな。前にも言うたけど、今日の任務はひと言で言うたら補導やねん。俺らに加えて、藤森神社の事務所の人らも来はるし、そこで白狐さん達とも合流して、皆で打ち合わせを……。……って、おい坂本？　聞いてますかー。坂本さーん？」

と、話を聞いていない塔太郎に呼び掛けていた。

塔太郎は珍しく無表情で、ひたすらご飯を食べている。大達が見ている事すら、気づいていないようだった。栗山が身を乗り出して大きな声で呼び掛けると、塔太郎はそこでようやく、

「あっ、すまん。——何の話やった？」

と、慌てて茶碗と箸を置いた。

「お前、人の話を無視すんなやー。任務の事やのに」

「悪い悪い。飯に集中してて……」

栗山が再度説明すると、今度は塔太郎も頷いている。その時、塔太郎が顔を背けて咳をした。どうやら風邪を引いているらしい。先ほどの態度といい、心配になっ

た大は、そっと腰を浮かして急須に手を伸ばした。

「大丈夫ですか？　喉が潤ったら、少しは楽になるかも……」

「ありがとう。でも、構わんでええで。軽いもんやし」

気持ちは受け取りつつも、塔太郎はさらりと断ってしまう。なのにまた咳をするものだから、大の不安は募る一方である。向かいに座っている総代が、「あー」と納得したような声を出した。

「それでさっき、何かぼうっとしてたんですね。今の京都って、本っ当に寒いですもんねー。インフルエンザとかもありますし、注意した方がいいですよ」

「うん、せやな。総代くんもありがとう」

栗山も、「お前うつすなよ？」とは言っているが、本心では案じているらしい。

玉木はこれからの任務を思い、塔太郎の負担を減らそうとした。

「今日は僕がいますから、側面や後方は気にしなくていいですよ。遠慮なく頼って下さい。古賀さんもいるんですから」

「分かってる、分かってるって。お前も、だんだん深津さんに似てきたなぁ。玉木も皆も、ほんまありがとう。心配せんでも、任務に支障は出さへんから。――さ。飯食って、早よ行こうや」

塔太郎が本調子でないのは、誰の目にも明らかである。その後はずっと不調を隠すようにご飯をかき込み、咳を抑え、いつもの元気な「エース」の顔を見せていた。

栗山が説明した通り、大達は昼食後に稲荷神社の楼門へと赴いた。エプロンに替わって腕章や武具、マントをつけて外に出ると、体感温度が一気に下がる。見上げると空は厚い曇で覆われ、雪も強くなっていた。

ただ、裏参道を歩く人達は参拝の興奮冷めやらずといった熱気に溢れており、皆、頂いた「験の杉」を大事そうに抱え、あるいは紙袋に入れて、順路に従って歩いている。

普通ならば逆行などとても不可能だが、霊力のある大達は、半透明になってこれを易々とすり抜けていった。

手水舎付近まで出ると、朱色の大鳥居から広がる表参道の様子を、わずかに見下ろす事が出来る。これもまたどこまでも人の海であり、修学旅行の子達も多い。昨年の、宵山以来の景色だと大は目を見張るばかりだった。ここも管轄内である栗山は、毎年の事やと苦笑していた。

大達が今いるのは、手や口を清める手水舎の前である。つまりは水場であり、お祭の熱気と冷気とが入り混じり、吐く息がさらに白くなる。楼門の上にも雪が積もっているし、数秒立っているだけで鼻先が千切れそうだった。

「寒いですねー……。塔太郎さん、ご気分悪いとか、ないですか」

大は、またしても彼を案じてしまう。しかし塔太郎は、

「昼飯ん時言うてたやんか。大ちゃんに心配されるほど、俺はやわちゃうで？　もう気にしんとき」

と笑うだけだった。

その時、楼門の階段から、半透明の二人組が下りてくる。茶色のインバネスコートに濃紺の詰襟、編み上げブーツに制帽姿の彼らは、顔立ちが瓜二つだった。どうやら彼らは双子、それも外国人とのハーフらしい。片方が、塔太郎の背後に近づいていた。

大は何者かと警戒したが、よく見ると、あやかし課の腕章をつけている。服装の物々しさとは違い、近づいてきた男性は両手で、元気よく塔太郎の肩を叩いた。

「おっす、トディ！　久し振りぃ！」

「うわっ、びっくりしたぁ⁉　——何や、ケンさんじゃないですか！　お久し振りです。いきなり来たんで、誰や思いましたよ」

「いやぁー、無防備そうな背中があったもんで。『あっ、これはやらなあかんな？』と思って。自分やったら、びっくりしたぐらいで心臓も止まらんやろ。やし、まぁいっかなって」

「よくないっすよー。ジョーさんも、ご無沙汰してます」

「うん。お疲れ様。ケンはともかく……、僕とトディが最後に会うたんは、一年以上前やったかなぁ」

トディというのは、「トウタロウ」から変化したあだ名らしい。塔太郎は叩かれた最初こそ驚いていたものの、ケンと呼んだ男性と親しげに話し、ケンもまた、笑顔で制帽のつばを上げている。双子のもう片方、ジョーが先立って自己紹介してくれた。

稲荷神社の南には藤森神社という歴史浅からぬ神社があり、「藤森神社氏子区域事務所」に籍を置く朝光ケン、朝光ジョーという双子の兄弟が、今回任務を共にする隊員達だった。普段は小中高一貫の女子校の傍に事務所を構え、そこで警備会社を営んでいるらしい。

一人は陽気、一人は物腰柔らかという朝光兄弟は、塔太郎や栗山よりも年上の三十代。実力もあり、特にケンは、塔太郎が参加していた昨年の特練——人外特別警戒隊の特別訓練生の合宿で、一緒だったという。

「ほな、塔太郎さんとケンさんは、一週間余りずっと一緒やったんですね」

大が訊くと、ケンが「そうそう」と頷き、塔太郎と肩を組んだ。

「試合やら食事やら、寝る場所まで一緒やってん。せやし、まぁーコイツと色々喋ってましたわ」

「それは、女人禁制に守秘義務って事で。な、トディ？」

「そうですね」

塔太郎も頬を緩めている。その時、また咳を我慢しているのを大は見逃さず、けれど気にするなと言われた手前、何も言えぬままだった。

そうこうしている間に話題は移っており、ケン達の母親がイギリス人、父親が日本人という話になっていく。

栗山が悔しそうにそれを遮って、大に話題を振った。

「な？　ハーフのイケメンとかやばいやろ？　ほんで腕も立つ。しかも近くの学校に通ってる女の子達に人気。そんなケンさんの名言は……『二月にチョコ買う必要ある？』やぞ⁉　世の中の不公平さ、おかしいと思わん⁉　古賀さんから見て、やっぱ朝光さんらはカッコええの？」

「え？　あ、はい。まぁ……」

大は苦笑しつつ、当たり障りのない答えをする。栗山とケン達も、管轄が隣り合っている関係で仲がいいらしい。栗山の事を、名前の「ケイスケ」から本来は女性名であるケイティと呼び、

「ケイティの嫉妬は毎度の事やもんなぁ。ハーフっていうても、俺らは生まれも育ちも京都やねんけどな。言葉かって、バリバリの京都弁やし」

　とケンが笑い、続いてジョーが、

「言うて、年に数回はチチェスターのお祖母ちゃん家に行くから、僕らは英語も出来るんやけどね。僕は別やけど、ケンはモテるし、彼女もおるよ。ケイティ好みの可愛い子」

　と言ってとどめを刺した。栗山が思い切り顔を覆い、総代に詰め寄っていた。

「総代！　お前今から女の子描いてくれ、いるだけで春が訪れるようなめっちゃ可愛い子！　名前はエマで！　苗字はワトソン！　締切りはバレンタインまで延ばすから！　もう頼むわ俺を慰めてくれ」

「古賀さん……。上司、交換しない？」

　総代の真面目な表情に、皆で爆笑してしまった。

　一同揃い、互いの緊張がほぐれたのを、稲荷神社の神使が確認したらしい。急に温かな気配がしたので顔を上げると、楼門の狐の像が光っていた。

　稲荷大神の眷属は狐であり、楼門の両側にいるのも狛犬ではなく狐である。片方は鍵を、もう片方は宝珠を咥えている姿は、ガイドブックなどでお馴染みだった。

大達がここに着いた直後は、何の変哲もない青銅製の像だったのが、今、それぞれから光が飛び出して着地し、人間へと変わっていく。現れた二人は、人間ではあるが、白い狐の耳と尻尾がついている。やがて、首から小さな鍵を下げた巫女と、首から小さな宝珠を下げた神職という二人組になった。

若い男女で、巫女の方が眼鏡をかけている。彼女が、眼鏡のふちを上げながら綺麗な京都弁の発音で挨拶した。

「皆様、ようこそお越し下さいました。私は楼門の白狐をさせて頂いております、ひよりと申します。今回は、私共が任務のお供をさせて頂きますので、よろしくお願いします。隣は、相方で弟のつかさです」

「どうぞ、よろしくお願いします。今日はご足労頂き、感謝致します」

つかさも、ゆっくりとした動作で頭を下げる。その後は挨拶もそこそこに、大達は早速本殿へと案内された。

数多の企業による山のような京野菜、酒、調味料類といった献品が並べられた外拝殿を横切り、流造という檜皮葺きの屋根に、朱色や金が美しい本殿へお参りする。

ここには、中央座に鎮まる宇迦之御魂大神をはじめとして、田中大神、佐田彦大神、大宮能売大神、四大神の五柱が、「稲荷大神」の広大なご神徳、それを神名化されたものとして祀られていた。

ところが、今は四柱と半分しか感じられない。不思議に思っていると四柱いずれかの神の声がして、

「宇迦之御魂大神様やったら、二つに分かれて、一つはここ、あとの一つは社務所で待ったはんで」

と教えてくれたので、一同はただちに移動した。

果たして社務所の前には光輝く靄（もや）が縦長に現れており、これが稲荷神社の主祭神、宇迦之御魂大神だった。

その靄に抱かれるようにして、赤色の子狐が浮いている。ひよりとつかさが「立ったままで失礼致します」と頭を下げたので、大達七人もそれに倣（なら）った。

宇迦之御魂大神は、姿は見えずとも確かにそこにおり、家族のような温かい口調で、

「みんな、よう来てくれたなぁ」

と言って靄を揺らめかせた。

「初午の任務は大変やろうけど、今日は頼むわな。ほんまは社務所の中で話をしょうかなぁと思ってんけど、初午やし、皆、ずーっとお参りに来たはるやろ。私らも白狐達も忙しいから、ここでちゃっとさしてもらうわな。慌ててたさかい、靄の姿でごめんやで。――つかさ。悪いけど、皆の荷物を預かったげて」

「分かりました」

大達はマントやコートを脱いでつかさに預け、彼はそれを抱えて社務所に入っていく。

コートを脱ぐと朝光兄弟の武器が露となり、ケンの腰元には、拳銃と丸めた鞭がある。ジョーは、脇差ほどの木の棒を二本、腰椎で交差するように装着していた。

社務所の東は、名高い千本鳥居が待つ「お山」である。東山三十六峰の三十六番目、最南端にあたる山で、神々が坐すに相応しいなだらかな山容が特徴だった。

今、それを前にして立っている大達一行は、あやかし課隊員だけでも七人である。

大、塔太郎、栗山は、着物と袴の上に各々の武装。総代は同じ袴姿でも、画材道具一式を入れた袋を腰に巻き、書生のような格好だった。玉木はスーツ姿だが、懐にはちゃんと扇子が入っている。朝光兄弟は詰襟姿で武器を携えている。

全員が半透明とはいえ、これはなかなかの威圧感。こんな一団では戦闘態勢と言っても不思議ではないが、栗山から聞いていた今日の任務は「補導」だった。

つまり、化け物を逮捕や退治するのではなく、あやかしの子供を捕らえるのが、今日の大達の仕事である。栗山が最終確認すると、宇迦之御魂大神は肯定した。

「せやな。退治って言い方は可哀想やし、補導が一番近いんかもな。――今、お山にはな、この子みたいなんが沢山いはんのよ。この子はまだ生まれたばっかりで狐の姿のまんまやけど、成長したら人間に化けよんねん」

　この子というのは、抱かれている子狐の事である。全身の毛が真っ赤なので、ただの狐でないのは明らかだった。可愛い鳴き声につられて大が近づくと、子狐から強い熱気が感じられる。冷えていた頬が温まり、大は驚きつつ半歩下がった。

「凄い！　まるで、小さい炎みたいですね」

「そらそうよ。ほんまに火の種なんやから。それか、火の精霊？　せやし、『熱狐』って呼んでんねんで。この時期、お山からポコポコ生まれて困んねんか。この熱狐の力を消して、お山の熱を冷ましてほしいねん」

「熱狐……。お山から、熱が生まれるんですか？」

「そう。それが、狐とか子供の姿になるねんよ。初午の時期がピークで、お山の奥には、もっとおっきい子が沢山いはるよ。ほんで、お山で遊んで、悪戯とかもしよんねんか。それをな、ほっといたら山火事に……」

　宇迦之御魂大神が話していると、抱かれていた子狐が暴れて地面へ飛び降り、そのまま一直線に走り出した。子狐が参拝者の一人とすれ違う。霊感がないらしいその人は、「今、何か熱かった！　この辺、ストーブでもあんの？」と辺りを見回していた。

子狐の向かった先は千本鳥居である。ひよりとつかさは、

「あっ、あかん」

と言って、宇迦之御魂大神にもう一度頭を下げた後は走り出す。事情を把握しきれていない大達も追いかけた。残された宇迦之御魂大神の声が背後から聞こえた。

「ごめんなぁー、説明がちょっと雑やったかも。ひより、つかさ、詳しく説明したげてー。私ももう本殿へ戻らなあかんし、皆、あとお願いなー」

主祭神の気配が消える。大達は、参拝者をすり抜けながら子狐を追い、千本鳥居へと向かった。


白狐社と奥宮(おくみや)を南に横切ると、巨大な朱色の鳥居が連(つら)なっている。さらにその先には、今度は人の背丈ほどの、さらに鮮やかな朱色の鳥居が二手に分かれて、長い箱のような通路を作っていた。

これこそが、人を惹(ひ)きつけて止まぬ「千本鳥居」である。

ひより達の説明によると、鳥居の道は山上までずっと続いており、お山の社(やしろ)やお塚(つか)を一周出来る円環状になっているという。

千本鳥居に入ってみれば、大人二人が何とか通れる幅に、どこまでも続く朱の空

間。そして、時折見える釣り灯籠、それが全ての、異世界に迷い込んだかのようだった。

鳥居と鳥居の間が狭いためか、降っているはずの雪も落ちてこない。

楼門前にいた時の寒ささえも感じられず、今はむしろ暑いぐらいである。この山が熱を出しているというのは、本当らしかった。

子狐は千本鳥居の中を走り、大達九人も追いかける。すると、四本足で走っていた子狐が鳥居を抜けるうちに二本足となり、肩上げも取れていない着物姿の、狐のお面を被った男の子へと変化した。着物の裾からは、短く赤い尻尾がわずかに見えている。

お面は少年の側頭部についており、走る度にパカパカと揺れている。見る間に相手はもうすっかり小学生ぐらいになり、大は、走りながら目をしばたたいた。

「もしかして、幻覚とか……?」

「違いますよ」

背後からはつかさの声が聞こえる。大が振り向くと同時に、つかさは先頭を走っている塔太郎に声をかけた。

「坂本さん！　あの子のお面を割って下さい。それで十分です」

「えっ？　はい、承知しました」

塔太郎も不思議そうにしていたが、とにかく神使の指示に従う。熱狐は人間に化けると足が遅くなるのか、塔太郎は彼に追いつき、雷の拳を振ってお面を割った。

すると少年が、

「あー！　僕、やられたぁ！」

と残念そうな声を出し、火を水に浸けた時のように、音を立てて消えてしまった。

突然の男の子の消滅に大達は驚き、塔太郎本人も、足を止めて戸惑っている。そこに追いつくと、少年のいた場所に小さな勾玉が一つ落ちていた。地面が透けて見えるほど透き通っていて、この世のものとは思えぬ美しさである。

「これは……」

塔太郎が拾い上げると、勾玉は彼の掌で震え、ころころと動き回っている。大も触らせてもらうと、元の狐の時と同様に、じんわりと熱かった。

つかさが、すっと掌を出す。塔太郎から勾玉を受け取った彼は、それを大事そうに指の腹で触り、自分の首から下げている宝珠の中へと納めた。

入れられた勾玉は宝珠と同化して消え、よく聞けば、かすかに「ばいばーい」という声がした。

「これが、熱狐の本来の姿なんですよ。稲荷神社にお参りに来た人の『熱意』。それが狐、あるいは子供の姿になったものです。――姉さん。周り、他の熱狐とかおらん？」

つかさが問うと、最後尾にいたひよりが白い尻尾をぴんと張り、周囲をじっくり見回した。

「うん、大丈夫。向こうの千本鳥居にもいいひん。他の狐さん達は皆、お山の上の方にいるみたいやわ。せやし、説明は今のうちにしたらええと思う」

「ありがとう。ほな僕やるわ」

つかさが熱狐について説明する。大達は、千本鳥居の中でじっくり耳を傾けた。

稲荷神社に一年を通して参拝者が絶えないのは、世間一般の知る通りである。

そのほとんどは、たとえ観光目的で来た人でも、手を合わせた瞬間には自らの願いを思い浮かべるし、信仰心の篤い崇敬者ほど、稲荷大神のご神徳を賜りたい一心で、本殿に参拝し、お山に登る。

稲荷神社は商売繁盛のご利益でその名が通っているだけに、例えば会社の社長など、商売で成功したい人の参拝が特に多いという。

「我々神使の目から見ると、そういう方々の気配は皆、温度が高いんです。将来への意欲を、確かに抱いているからですね。神社から帰ったらまた頑張るぞというやる気に満ちて、熱いなと思う人もいるぐらいです」

塔太郎が感心して宝珠を見つめ、

「ほな、熱狐と同じで……、あっ、逆か。そういう方々が、熱狐の素なんですね」

と気づき、顔を上げた。

「そういう事です」

稲荷大神が坐すこの「お山」は、実に千年以上も前から今この瞬間も、参拝者達の願いを受け入れている。

言い換えれば、稲荷神社まで足を運ぶ参拝者の「熱意」を悉く受け入れ、ご利益を授けて、皆の願いを叶えているのである。

となると、お山には熱が溜まる一方で、毎年、参拝者数がピークを迎える初午の時期になると、山の中に籠もった熱が溢れ出るという。

その熱が形になったものこそが、「熱狐」という訳だった。

熱を持っているだけに彼らが長期間うろついていると、何かの拍子に木々や落ち葉に引火して、山火事の原因となるらしい。

この話を聞いた栗山が、清原さんの事を思い出していた。

「あの人、今はこの辺の消防団に入ったはって、火事が起きたら、店から手伝いに行くらしいわ。このお山、実は山火事が結構あんねん。ほとんどボヤやけど」

と言うのに、つかさも補足する。

「一般に知られている山火事の原因は、烏などが御献灯のロウソクを咥え去るのが大抵なんです。けれども、実はこの時期やと、熱狐というのもあるんです。

ただ、熱狐というのは、基本的に悪いものじゃないんですよ。お山の神気の、上澄みのようなものですから。ただちに何かを燃やすほど強いものでもないです。それでも、火が出たらご参拝の方も危なくなりますし、お山のお茶屋さんで働く方もいますしね。

以前は、熱狐の対応も、僕ら白狐だけでやってました。けど、ここ数年の稲荷神社は、参拝者が凄くて……。皆さんのお祓いや対応を優先してたら、熱狐までは手が回らない。かといって、この子らを放置するといずれ出火原因になる。それで、今年からあやかし課にお願いしよう、という事になったんです」

何十万もの人が集う、稲荷神社らしい事情である。先ほどのように熱狐は成長し、小さいもので小学生ぐらい、大きいもので高校生ぐらいの少年少女に化けるという。

そういう時は、熱狐の証として狐のお面をつけているので、それを割れば熱が一気に冷め、先ほどのように勾玉となって収まるとの事だった。

「このお山に何匹いるかは、僕らもよう分かりません。けど、お山の温度は分かります。全部勾玉に出来て、お山の熱が鎮まったらお知らせしますね。まぁ、多分こんだけの人がいらして下さったので、今日中には終わると思います。過去の例からいって、今日中の出火はないでしょう。ただ……」

一つ問題があるとすれば、熱狐は能動的な心から生まれた存在ゆえに、大層な遊び好き、悪戯好きである、という点らしい。

山を走り回ったり、木に登ったりはもちろんのこと、熱狐の中には、参拝に来た他のあやかしや霊感のある人にちょっかいを出す者もいる。また、自分達のお面を割りにくる者を見つければ、『合戦や合戦や』と言って飛びかかってくるという。

参拝者の並々ならぬ思いが具現化したものなので、遊び感覚でも妥協を知らない。つまりは、合戦ごっこなどをすれば木の枝を刀に見立てて本気で打ってくる。そういう悪戯には、白狐側も毎年手を焼いているらしい。

「まぁほんまに、悪い子達じゃないんですけどね……。去年までやと、この辺にも熱狐の子が結構いてて、『突撃ーっ！』とか言って寄ってきたんですよ。でも、今は皆、上の方にいる……。待ち構えてるんかもしれないですね。うーん。年々、過激になるなぁ」

つかさが腕を組み、ふんと息をつく。その時、また熱い空気が流れてきた。

千本鳥居の奥に、中学生くらいの男の子が三人立っている。彼らは、尻からげにした着物に木刀のような太い枝を持ち、大達を見つめる顔には、狐のお面をつけていた。案の定、臀部には赤い尻尾が生えている。

彼らは、大達と目が合った瞬間に「うわっ」と勢いよく踵を返し、

「もう敵軍来よったでーッ！」

「皆に知らせろ、皆に知らせろ！」

「今年ヤバいぞ！　ポリもいんぞ！」

と叫んで一目散に逃げていく。もちろん彼らも熱狐で、大達の偵察に来ていたのだろう。

ひよりが、景気づけのように手を叩いた。

「さぁ！　こっからが本番ですよ。私らも頑張りますので、皆さん、よろしくお願いします」

その掛け声で、大達は再び走り出す。


千本鳥居の先には、お山全体を遥拝する奉拝所が建っており、ここも参拝者達で賑わっている。

心願の可否を占う「おもかる石」など、この周辺にも見所は沢山あるが、立ち止まっている時間はない。大達は逃げた熱狐達を追って、慌ただしく奉拝所を通り過ぎた。

ここから先も、「奉納」と右から左に書かれた大きな朱の鳥居が並んでおり、その道の外は、完全なる山である。

いよいよ登山、そして熱狐との剣劇は本格的となり、鳥居の外を見れば、木々の向こうからお面を被った子供達がこちらへ猛進していた。

大達の指揮は、京都府警に籍を置く正規の警察官である栗山に委ねられ、

「俺と御宮くんが鳥居から援護すっし、あとは外へ出てくれ！　朝光さん達もお願いします！」

と指示を出す。了解、はいよーと各々返事し、大達は山の中へと飛び出した。

一番槍はやはり塔太郎で、向こうの先頭だった熱狐の子の前に飛び込んだかと思えば、目にも止まらぬ速さの手刀を繰り出す。雷を帯びたその一撃で、狐のお面が割られていた。欠片が回転するように弾け飛ぶ。お面を割られた男の子は、

「えっ、嘘やん⁉」

と目を見開いたのを最後に、じゅっと音を立てて勾玉に変わった。つかさが先ほどのように拾い上げ、宝珠に納めてゆく。勾玉となった熱狐はよほど悔しかったらしく、「あのお兄さん何なん⁉　速攻とか大人気ないと思わん⁉」と喚いていた。

つかさが塔太郎に呼び掛けた。

「向こう、大人気ないって言うてましたよ。その調子でやって下さい！」

ていた。

「分かりました。お任せ下さい」

塔太郎が笑顔で承知する。今度は、小学生ぐらいの子のお面をぽんと優しく割っていた。

栗山と玉木、ひよりの三人が鳥居の中、残りの六人が周辺を走り回って熱狐と戦う。ほとんどの勝負が一方的で、熱狐の消滅・捕獲は極めて順調だった。

こちら側は、まだ一年目の隊員の大でさえも、修羅場を経験した精兵である。加えて、今回の相手はあくまでも子供。大は簪を抜く必要すらなく、自らの剣術一つで熱狐達を消していった。

同じくまだ一年目の隊員である総代もまた、己の実力を遺憾なく発揮していた。諸肌を脱いで自身の背中から白狐達を出し、宙を舞うように広げた巻物に、緑のうねった線をさあーっと描いて二つの点を置く。蛇の鱗や舌を描かずとも、線の躍動感と点の潤みだけで、立派な蛇を出現させた。白狐も蛇も、剝き出しの岩を飛び越えたり木の幹を這ったりしては熱狐に飛びつき、お面をばきりと割っていた。

総代の筆の速さも、絵の腕も、昨年より格段に上がっている。そのせいか、実体化した動物はどれも強く、相手と鍔迫り合いしても容易に負けなかった。

そんな大と総代は、目配せして協力し合う。大が相手の木刀を受け止めた隙に、総代が筆を指揮棒代わりにして熱狐を指す。既に出現させていた足軽姿の兎が、大を飛び越えるようにしてお面を叩き割った。

この連携を見ていたつかさが、勾玉を拾う手を止めて拍手する。

「まるで、新しい戯画を見ているようですね」

鞭を振るってお面を割っていたケンも、

「ちとせも変化庵も、ちゃんと次世代が育ってるやん！　俺も頑張ろーっと！」

と心を高揚させていた。遠くの木々から見ていた烏や猪達も、気づけばすっかり観戦者である。

栗山や玉木はというと、敵が入りにくい鳥居の内側を移動しながら、大達の援護を務めていた。栗山は美しい姿勢で弓を引き、鳥居の隙間から次々に矢を射ってはお面に当てる。玉木は、お札の貼ってある二本の扇子を両手に持つと、

「洛東を守護する祇園社よ、何卒、おん力を我に与えたまえ！」

と呪文を唱えた。片方の扇子を開いて振れば、背後から狙われていた総代の周りに結界が出来、

「伏見稲荷の狐火よ、何卒、おん力で全てを祓いたまえ！」

と別の呪文を唱えて鉄扇を振れば、大の脇腹を狙う少女達の木刀から炎が噴き出し、木刀が炭になる。そんな栗山達を狙う子もいたが、朱の縞を縫うように移動する二人を捉えるのは、いささか困難だったらしい。栗山達へ辿り着く前に、他の七

人の誰かがそのお面を割っていた。

目覚ましい活躍をしたのは塔太郎、ケン、ジョーの三人で、ケンは、左手の鞭による変幻自在な動きで相手の木刀を弾き、あるいは翻弄したかと思えば、鞭の先か、右手の銃でお面を割る。ジョーは腰に差していた二本の棒を使っての二刀流、あるいは固着させて一本の警杖に変え、相手の小手や面を打っていた。

塔太郎は、任務前の風邪はどこへやら。誰よりも秀でた体力と格闘技を駆使して走り回り、誰を相手にしても、相対した瞬間に手刀や回し蹴り、背後からくれば裏拳の一撃で、相手の武器ごとお面を割っていた。塔太郎によって勾玉にされた熱狐達からは、

「あのお兄さん嫌や！」

「こんなんおもんない！　弱気でやれやー！」

「僕らに本気出すとか、警察は暇なん?」

という不平が相次ぐ。回収係のつかさが、「はいはい。分かった、分かった」と笑顔で適当に宥めていた。

その時、隙を見て鳥居の中に入り込んだ熱狐が、若い女性の参拝者とぶつかってしまう。熱狐自体は栗山が消したものの、霊感のあるらしい女性は尻もちをつき、全てが見えるせいで怯えていた。

栗山は彼女の傍へと駆け寄り、紳士的に手を取って優しく立たせた。

「大丈夫でしたか？　ちょっと今、この辺は騒がしいので気をつけて下さいね。ご心配なく、俺らが全部片づけますんで」

「あ、はい。ありがとうございます……」

顔立ちのいい栗山と目が合い、女性は顔を赤らめる。栗山も何となく彼女の可憐(かれん)さにときめいていると、鳥居の隙間から中学生ぐらいの熱狐達が入り込み、

「お姉さん！　そいつチカンやで！」

「お姉さん狙って食べよんで！」

「うわーっ、うわーっ！　お姉さんの手ぇ握っとる！　あいつ逮捕せなアカンぞ！」

「次はキスすんのけ？　キスすんのけ⁉」

と、酷(ひど)い言葉で囃(はや)し立て、わーっと爆笑しながら逃げていった。

「なっ、お前ら⁉　いや違うんです、あの……！」

栗山が慌てた頃には、女性はさらに怯えて逃げるようにして去ってしまい、観戦していた動物達は、これ天下一の滑稽(こっけい)と言わんばかりに笑い転げていた。

当然、栗山の恥辱(ちじょく)と恨(うら)みはひとかたではなく、

「お、の、れ、おのれ……！　おのれおのれ熱狐どもめぇーッ⁉　許さん、絶対に許さん！　一匹残らず勾玉にしたらぁーッ！　坂本っ、総代っ！　今言うた奴(やつ)らを

全員生け捕りにしろッ！　言うてええ事とあかん事の分からん悪い奴は、俺が直接この手で割ったらぁーッ！」

と逃げた熱狐達を右手で指し、火を噴かんばかりに絶叫していた。

「……お、おぅ」

塔太郎が、引き気味で返事をしている。

「古賀さん！　やっぱり上司、交換しない⁉」

栗山にせっつかれた総代が叫ぶも、その間にケンとジョーが捕獲する。

かくして、逆鱗に触れてしまった熱狐達は、栗山の拳骨によって自分のお面を割られたのだった。

熱狐の子達は次から次へと山を下りてきて、赤い尻尾をぴんと立てては、大達に打ちかかる。

着物一辺倒だった彼らの衣服も物騒になり、侍のような二本差しの少年が現れたり、甲冑姿でがちゃがちゃと金属音を鳴らし、頬当の代わりにお面をつける子まで出始めた。

闘い方にも変化があり、ちゃんとした武術で対抗する子や、乱暴さで押し切ろうとする子も現れる。

「皆さん、気を付けて下さいね。熱狐の素……つまり、ご参拝の方々の中には、『人を蹴落としてでも心願を果たしたい』『倫理に外れても利益を得たい』と願う方もいるんです。残念ながら……。それが素になっている熱狐は、他の子と違って少々悪質だったり、荒っぽい性格になるんです」

と言ったはなから突然、大達に向かって何かが飛んできた。幸い、それは総代の頭上を通過して、木に当たった。拾ってみれば、結構な大きさの石である。

立ち止まっていると、再び複数の石が、それもバラバラの方向から飛んでくる。大達は急いで散った。

「何これ、一体どこから⁉」

困惑する総代の近くで、大は顔を上げ、激しく動いた木の枝に注目した。

「あそこ！」

と指差した瞬間、そこから高校生ぐらいの少女が姿を現し、器用に隣の木へと飛び移った。その間にも石が飛んできたので、連携して動いているようである。

地上では相変わらず、襷掛けした少年少女達が小高い丘から駆け下り、未だに「やーっ！」と襲ってくる。彼らも消さねばならないが、先ほどのような投石にも注意しなければならない。どうしても動きが後手に回ってしまうのが厄介だった。瞬時に、誰かが木へ登らねばと判断する。ケンが全員に先立って、

「ジョー！　上行って！」

と叫び、鞭を振るった。木に放たれた鞭の先は正確に上の枝へと巻きつき、ケンが思い切り鞭を引っ張る。こうすると鞭は固く一直線に張られ、鞭の中央に、両手に棒を持ったジョーが飛び乗った。

「よしっ。ええよ！」

ジョーの重みで鞭が深くたわみ、その瞬間、ケンが腕に霊力を込めて鞭を引く。その反動を利用してジョーは勢いよく跳ね上がり、一回転して最も高い木の枝に、軽々と着地した。

ジョーは素早く周囲を見回し、先ほどの少女と目が合う。少女はまさに石を投げようとしていたところで、ジョーが棒を投げてそれを阻止した。彼はあえて近くの枝に当てたが、怯んだ少女は体勢を崩して落ちてしまう。すとんと着地しても、下にいるケンが捕らえて面を割り、お終いだった。

自分達の持ち味を活かした、曲芸のような合わせ技である。大達や地上の熱狐達はもちろん、周りの木々に隠れている熱狐達も息を呑んだらしい。ケンが、わざと大声で説明した。

「皆、見てくれたー？　ジョーはな、自分の霊力を神経の隅々にまで流せんねん。一旦木に登ってしまえば、あとは地震が来ようと絶対落ちひん。じっとして石なんか投げてる奴なんか、すぐ捕まると思うわー」

　堂々としたケンの物言いとは対照的に、木の上のジョーはひと言も喋らない。それが相手にとっては不気味に思えたのか、投石を止めて熱狐達の逃げる音がした。

　これで、地上の戦いも幾分かやり易くなる。それだけでなく、一旦は熱狐側にあった戦いの流れも変わっていた。こういう牽制の仕方もあるのだと、大は思わずため息をつく。

「朝光さん達、カッコいい……！　一人一人でも強いのに」

「せやろ？　俺の憧れの人らや」

　周辺の子を消し終えた塔太郎が、いつの間にか隣で、軽く咳をしながら立っていた。

「ジョーさんの鍛えられた体幹、ケンさんの圧力のかけ方、どっちも天下一品や。特練で闘うたんびに、俺も学ばせてもらってる。大ちゃんも、あの人らの背中をよう見とくんやで。――とりあえず、まずはジョーさんを手伝ってこよか」

「はい！」

　全部言われなくとも、大は塔太郎の言葉を理解する。颯爽と簪を抜いた。光明が立ち並ぶ鳥居を照らし、栗山と玉木が顔を出す。

「出た出た、魔除けの子！　そう言えば、彼はそういう子やったもんなぁ！」

「古賀さんの変身を見ると、やっぱり士気が上がりますね。援護の腕も鳴ります」

栗山と玉木が愉快そうに言い終わる頃には、大は変身を終えている。初めて見たひよりは眼鏡のつるを上げ、つかさも顎を撫でていた。

「噂には聞いてたけど、まるで神話みたいやわ」

「古賀さん自身は背ぇ低かったのに、今は僕よりも高いやんか。凄いなぁ」

塔太郎がまさるの肩をぱしんと叩き、

「よし！　行ってこい！」

と送り出してくれた。

頷いたまさるは、納刀するとまさしく猿のような身軽さで手近な木の幹に足をかけ、踏み台のようにして枝に跳び、蹴上がりで立ち、そのまま上へ上へと登っていった。

ジョーのように周囲を見渡せる高い木に移り、別の木に熱狐がいるのを発見する。その少年が石を放って逃げ出すと、まさるは刀を抜いてその木に飛び移り、彼のお面を豪快に割った。ジョーが遠くの木で親指を立てており、下ではケンが、

「トディ！　あの子ヤバいな⁉　女性の役割も、男性の役割も、両方出来るやん！お前が自慢しまくる訳やわ」

と言って、塔太郎の頭を撫で回していた。

その後、バランス感覚の優れたジョーとまさるが、二人がかりで木々を巡回した。熱狐達のお面を割り、あるいは石を投げようとしていた彼らの動きを牽制して、塔太郎達の待つ下へと追い立てる。

上に二人、下に七人と分かれたこの作戦は、予想以上に功を奏した。地上の熱狐達は、上からの投石を頼りにしていたようである。それがまさるとジョーによって崩れると、再び大達が優勢となった。

まさるは、自分が作戦の要であることを喜び、けれど心の中から聞こえる大の、

(ちゃんと周りを見て、自分勝手に攻め込まんようにな)

という声にも、きちんと耳を傾けていた。

ジョーを視界から外さないようにし、彼が向こうを見渡しているなら、自分はその反対方向を見ればよいのだ、という事も分かってくる。こういう閃きのような戦いの勘を得る度にまさるは心躍り、早く戦い終えて塔太郎に褒められたいと思いつつ、自分の役割を果たしていた。

まさる達は、熱狐の数を減らしながら順調に山を駆け上る。中腹にある大きな池を越え、三つ辻を抜け、参拝者が憩う茶屋をも通り過ぎる。

鳥居の道は山上まで続いており、木の上から見下ろすと連なりの長さがよく分かる。それらには全て奉納という文字が書かれており、全ての鳥居が、誰かの信仰心

の証である。それが、まさるの心に強く印象づけられた。

ここまでは問題なしだった。しかし戦いが進むにつれて、熱狐達の方も負けてはいられないと秘(ひそ)かに作戦を立て、狙いをまさるに絞(しぼ)ったらしい。

塔太郎の指示で、まさるが近くの木に飛び移ろうとした瞬間、両側から「せーのっ!」という熱狐達の声がした。

まさるの足元に、何かがぴんと張られる。それが結び合わされた、枯葉色の帯の綱だと気づいた時には、まさるは足を絡(から)め取られていた。

さすがのまさるも体勢を崩し、頭から落下してしまう。両側の木の上には褌(ふんどし)姿の少年達がいて、彼らは、

「猿も木から落ちるーっ」

と笑いながら飛び降りてきた。

まさるは何とか体を捻(ひね)って着地したものの、体重が乗った右足首を捻挫(ねんざ)する。さらに、顔を上げる暇(ひま)もなく上から大量の着物を被せられ、褌姿の熱狐達が、一斉にまさるに群がった。太い木刀で彼らが狙ったのは、まさるの両足首だった。

落ちたところを囲まれて、数人がかりで弱点を叩かれる。それでもまさるは脂(あぶら)汗(あせ)をかきながらも何人かのお面を割る事に成功したが、その代償は大きかった。

これは、不運にもジョーや塔太郎達がまさるから目を離していた時の事で、むし

ろ、仕掛けた熱狐達は、そういう作戦を練っていたらしい。塔太郎が気づき、玉木がすぐさま結界を張る。熱狐達は、結界で近寄れなくなると四方八方に散っていった。

「まさる！　大丈夫か⁉」

「っ……！」

「動けるか」

「っ……」

　血相を変えた塔太郎が、一番に駆けつける。しかし、まさるは納刀も忘れてうずくまり、返事もできない。立とうとすれば痺れるような痛みが走ったので、思わず顔を背けてしまった。

　精神状態も揺らいでしまい、元の大へと戻ってしまう。それでも痛みが消えないので、大は目を細めて深呼吸した。

（足首が曲げられへん……！　変に捻ったうえに、木刀で叩かれたから……。骨は折れてへん、と、思うけど……）

　何とか冷静さを取り戻し、痛みを我慢して立ち上がろうとする。その時、塔太郎の影がすっと重なり、大の体を横抱きにした。

「とっ、塔太郎さん⁉」

「そこまでやし、我慢してくれ。鳥居の中の方が安全やから」

大をしっかり抱えたまま、塔太郎は地滑り（じすべ）しそうな山肌を歩いて鳥居の方へと戻る。途中、熱狐達が「お姫様抱っこやー！」とからかったが、塔太郎は一切耳を貸さなかった。

大は鳥居の柱にもたれるようにして、ゆっくりと下ろされる。塔太郎は抱き上げる前に簪も拾っていたらしく、片膝（かたひざ）をついて大に手渡した。

「ありがとうございます。……やられちゃいました」

「いや、大ちゃんはようやってくれてた。――ごめんな。俺が、あの木に登れって言うたからやな」

「違いますよ！　塔太郎さんのせいじゃないです！　足元の帯に気づかへんかった、私のミスですから！」

「いや、それは俺も見抜けへんかった……」

「下から、しかも戦いながら見抜くなんて、無理に決まってるじゃないですか」

大は首を横に振ったが、塔太郎は責任を感じているらしい。彼に言われて足袋（たび）を脱いでみると、青痣（あおあざ）がくっきりと出来ている。大よりも、塔太郎の方が辛（つら）そうな顔をした。

思ったよりも怪我（けが）が酷く、気まずい空気が流れる。その時、「うわ、派手にやられたね⁉」という総代の明るい声がした。

「うん、救護班として来てくれたんや！」

「総代くん、来てくれたんや！　今、他の皆が熱狐を向こうへ追いやってくれてるから、しばらくこっちには来ないと思うよ。どれどれ……。痣はあるけど、捻挫自体は軽いみたいだね。ちょっと待ってて」

総代は怪我の具合を見て、包帯やテープ、冷却材を素早く描き出し、大の足に手際よく巻いていく。あまりに慣れているので大と塔太郎が感心していると、

「栗山さんが、京都駅とかでしょっちゅう転ぶんですよ。この前は大階段から落ちてました」

と総代が説明したので、思わず笑ってしまった。その間に、大の足首は、冷やされて、きっちりと固定される。

「はい！　こんなもんかな。本当に適当な応急処置だから、後でちゃんと病院に行ってね」

「ありがとう！　今更やけど、道具とかも出せるんやね」

「もちろん。お得な人材でしょ？　最近、やっとまともな冷却材が出せるようになってさ。――坂本さん、本当にあいつら酷いですよね？　これは敵討ちをして、古賀さんの不運を吹き飛ばさないとですね！」

味方がやられた事に顔をしかめつつも、総代は頭を切り替えており、悪いのは熱狐、あるいはまさるの運と断言する彼を見て、大はもちろん、塔太郎も気を持ち直したらしい。

「せやな。あいつらをとっちめんとな！」

と、塔太郎が立ち上がれば、総代が遠くの栗山を指差して、

「もう、僕の上司がカンカンになってやってますよ」

と苦笑する。実際に鳥居の向こうを見てみると、栗山が山の中を走っており、

「お前らとうとう警察を本気にさしたな⁉　覚悟しとけ！」と叫んでいた。

玉木やケン達も、彼らにお灸(きゅう)を据(す)えるつもりで本気を出しているらしい。山から生まれたばかりの熱狐では、もはや勝負にならなかった。

再び味方の勢いが盛り返すのを見て、大は、自分だけ怪我をしてしまった事が恥ずかしくなる。

「あー、もうっ！　めっちゃ悔しい！　総代くん、もう一回テープ出して！　ガッチガチに巻いたら、私もまだいけるはず！」

勢いで頼む大に、総代は「えー？」と呆(あき)れたような反応をした。

「何言ってんのさ、さっきまで動けなかったくせに。少し休んだら、そのまま下山するんだよ」

「嘘⁉　私嫌や！　自分だけ帰るなんて、そんなん……！」

「あのね。今の自分の状況、ちゃんと見なきゃ駄目だよ？　僕が熱狐だったら真っ先に古賀さんを狙うよ。そういう事も分からないほど、古賀さんはバカじゃないでしょ」

「うぅ……っ」

そう言われて、大は口を真一文字（まいちもんじ）に結ぶ。しかし、総代の言うことは間違いなく正論であり、塔太郎のすすめもあって、大はここで離脱することとなった。

この話が栗山達にも伝わると、ひよりが送迎役を申し出てくれた。

「では、古賀さんは、私と一緒に別行動しましょうか。移動は、私の背中に乗ったらいいですよ」

ひよりの姿が、純白の大きな狐へと変わる。白狐となった彼女は絹のような毛並みであり、雪の散らつく山中でもほの明るかった。

幸い、足首の激痛は治まり、自力でひよりに近づける。大は塔太郎に手を貸してもらい、伏せたひよりの背に乗った。ひよりが立ち上がると目線が高くなり、塔太郎や総代を見下ろす格好となる。

「古賀さんが負傷したんだから、次は僕かもよー？　ま、こういう日もあるって」

総代が笑う隣で、塔太郎がひよりにお礼を言った。

「すみません、ひよりさん。お願いします。何かあったらすぐに呼んで下さい。

——ほなな、大ちゃん。あとは任してくれ。自分の分まで、俺がきっちり頑張るから」

二人は背を向け、栗山達のいる方向へと走っていく。

「総代くん、ありがとうな。色々助かったわ。救護班とか、めっちゃ頼りになるやんけ」

「こんな僕でよければ、いつでもどうぞ！　っていうか坂本さん、褒めるのめっちゃ上手ですね？　ほんっと、栗山さんと交換したい」

「嘘つけ。あいつでええと思ってるくせに」

「ばれてました？」

大は彼らを黙って見送り、見えなくなってからため息をつく。塔太郎の隣にいる総代が、羨ましくて仕方なかった。

自分が他の隊員達の、それこそ、風邪気味の塔太郎の助けになるというのが今日の大の目標だったのに、結果がこれである。しかも、相手は年端もゆかぬ熱狐。あやかし課隊員の矜持からいっても、悔しくない訳がなかった。

ただ、それほど落ち込まずにいられるのは総代の明るい性格に接したからで、ともすれば、「こういう日もある」という彼の考え方をなぞっていたりする。

総代に救われた気がして感謝していると、ひよりの尻尾が大を撫でた。

「古賀さん。ここまで働いてくれて、本当にありがとうございました。ここから四つ辻は近いですから、そこへご案内しますね。四つ辻には、私達も一服するお店があるんです。怪我に効くお茶をお願いしましょう」

「ありがとうございます。お世話になります」

大を乗せたひよりが、急な階段をゆっくり下りていく。しばらく行くと開けた場所に出て、ここが、お山の社や祠と繋がる四つ辻だった。

鳥居の道が一旦ここで途切れて、屋根代わりの木々もなくなる。空を見れば、白と灰色を重ね塗りしたような曇天に、綿のような雪が降っていた。楼門にいた時と同じ空気の冷たさに、大は改めて、今が二月だと思い出した。

四つ辻には、古いベンチや食事も出来る売店があり、ここまで登ってきた参詣者達が一時の休息を取っている。半透明の大やひよりに気づく人は誰もいなかったが、崇敬厚い烏が一羽、近くの岩に下り立って、ひよりに恭しく頭を下げた。

その岩は人が何人も立てる大きさであり、遥か昔、地殻変動で隆起したものだという。そこから開けた西側を見れば、東寺周辺や鳥羽に竹田、そして深草といった洛南の各地域が見渡せた。

岩に立ったひよりの説明によれば、手前に見える茶色い建物が龍谷大学の深草キャンパスであり、よく晴れている日は、遥か向こうに天王山や石清水八幡宮のある男山、大阪の高層ビル群までもが見えるという。

「今日の天気やと、そこまでは見えませんね。まぁ、霞んで厚ぼったい京都っていうのも、冬らしくていいでしょう?」

ひよりが売店の前まで歩き、背から下りた大は、店の前の椅子に腰を下ろす。再び巫女姿となったひよりが注文すると、店主が湯気の立つお茶を持ってきてくれた。

お茶は普通の緑茶よりも苦かったが、飲んで数分経つと、足首の痛みが和らいでくる。さらにじっとしていると、痣すらも薄くなったのには大も驚き、思わず湯呑みを見つめてしまった。

隣に座ったひよりが、大の足を見て微笑んだ。

「よかった。文字通り『良薬は口に苦し』。よう効いてますね。もう一杯、お願いしまひょか」

また、新しい一杯が運ばれてくる。大は有難く口をつけ、降ってくる雪の結晶が自分の膝で融けるのを楽しみながら、お茶の効力に身を任せていた。

どれくらいの間そうしていただろうか。湯呑みから立つ湯気が薄まり、大の指先もだんだんと冷え始めた頃である。ひよりがわずかに身を乗り出して、何の前触れもなく大に訊いた。

「なぁ、古賀さん。――古賀さんって、坂本さんと総代さんの、どっちかとお付き合いしてたりする？」

まさか神使に、と大は危うくお茶をこぼすところで、

「な、な、何でそう思われるんですか」

と、咄嗟に塔太郎の顔を思い浮かべ、頬を赤らめた。

「いやね……。坂本さんに抱っこされてた時、古賀さん、甘酸っぱいお顔で緊張したはったでしょ。向こうも、古賀さんをとても大事そうにしてはったから、何かええなぁと思って。

……かと思えば、総代さんとも仲良しで、これもお似合いやなぁって思ってんよ。そっから始まる恋っていうんも、最近の小説ではようあるでしょ？　実は私、『源氏物語』から今時の漫画まで、恋愛ものが凄い好きやねん。せやし、ついつい、ひょっとしたら……なんて、考えてしもて。つかさには『くだらんなぁ』って言われるんやけどね。ふふふっ。――実際はどうなん？」

「あの、私、まだ恋人はいいひんくって……」

「あっ。そうやってんね。適当な事言うてかんにんえ」

ひよりは他意なく笑い、そこが引き際と察したのか、もう深入りしようとはしなかった。

一方の大はというと、ひよりの意外な嗜好に親近感を抱いたものの、今しがたの質問には虚を衝かれた思いだった。

塔太郎との仲を勘違いされた事はもちろん嬉しいが、総代の名前が出てきたのは全く予想外で、他人に指摘されると「そんなふうに見えてたんや」と、目を見張るばかり。自分の中の総代の印象も、にわかに変わってきたりする。

確かに言われてみれば、彼との会話には寸劇のような楽しさがあり、自然な雰囲気でかけてくれる総代の言葉が、大を元気づけてくれるのは確かである。何気ない会話の中で、彼は失敗談を聞いてくれたり反省に付き合ったりしてくれるので、総代と話すことで、いつも気持ちが楽になった。

それはある意味、大にとって総代は特別な存在だと言えるのかもしれないが、今の大にとって、彼はやはり「同期」であり、それ以上とは考えられなかった。

話しているだけで寄りかかりたくなるような、胸のときめきが芽生える相手は、やはり塔太郎である。彼との今までの事、特に先ほど抱き上げられた時の事を思い返してみると、大は塔太郎以外の全てを忘れてしまいそうになる。

しかし同時に、塔太郎に辛い顔をさせた事も思い出し、大は何とかして彼の役に立ちたい、と強く思った。

「ひよりさん。お茶を、もう一杯だけ頂いてもいいですか。飲むだけ治りが早くなるんやったら……」

その時、空からつかさの声がした。

「姉さん、聞こえる？　つかさやけど」

霊力による呼びかけである。大にも聞こえたので咄嗟に話すのをやめ、ひよりも湯呑みを置いた。

「はいはい、ちゃんと聞こえてんで。――どうしたん？」

「熱狐の処理、たった今全部終わったで」

唐突な彼の言葉に、大も思わず腰を浮かした。ひよりは既に立ち上がり、店から一歩出て空を見上げている。

「嘘？　ほんまに？　熱狐の子、あんなにいてたやん」

「嘘やと思うんやったら、自分でお山の温度を確かめてみいな。――今年に限って、凄い熱狐がいててなぁ。他の子らを全部吸収して、一匹のでっかい狐になりよったんや。

姉さんにも見せたかったで。九つの尾がわさーって燃えて黒い煙が出とる、もうほんまに大きな炎の狐。あれはさすがに、火事になるかと思ったわ。それで僕らも焦ってんけど、坂本さんが颯爽と駆け込んでお面を割らはった。おもろいやろ、狐が狐のお面被ってたんや。――で、まぁ。それで全部終わり。一匹に吸収されて、かえって早よ終わったわ」

淡々と説明するつかさの声に、大とひよりは顔を見合わせた。

「姉さん。僕らも山を下りるから、自分らも本殿へ行っといて。そこで、ご祭神の皆様に報告して、解散でええやろ？」

「うん、ええよ。連絡ありがとう」

会話が終わると、ひよりが四つ辻の中央付近で膝をつき、地面に触れて山の温度を確かめていた。つかさの報告は事実だったらしく、立ち上がったひよりが大に微笑む。小さく頭を下げて、言葉を改めた。

「弟の言う通りです。確かに、もう熱はありません。つまり任務完了です。――古賀さん、この度はありがとうございました」

「いいえ、私は途中で脱落した身ですし……。火事にならなくて、ほんまによかったですね！」

「ほんまになぁ。これで今年も、お山と稲荷神社は、無事に一年を過ごせるわ。他の皆さん、特に坂本さんには、後できちんとお礼を言わんとね」

ささやかに喜び合う中、大は、つかさの言葉を思い出す。

（塔太郎さんが一番に……）

大は塔太郎の姿を脳裏に思い描き、惚れ惚れするばかりだった。

再びひよりの背中に乗せてもらって下山し、本殿前でしばらく待つ。やがて、七人が戻ってきた。

帰ってきた栗山達は、多少疲れてはいたが特に怪我もなく、大とひよりを安心させる。

再び本殿から現れた宇迦之御魂大神は、その靨をほんのり赤くさせ、大達の働きを母親のように褒めてくれた。

その後、ひよりとつかさが、報告書の作成について栗山と短く話し合った後、お礼を述べて楼門の狐に戻っていく。ひよりが大にだけ分かるような微笑み方をしたので、大も、こそばゆい気持ちでかすかに頷いた。

この頃には、曇っていた空は嘘のように晴れ渡り、境内はまるで、生まれ変わったかのような清新さに満ちていた。楼門の白粉（おしろい）のような積雪も、日光でわずかに融け始めている。その雫（しずく）で出来たらしい小さな水たまりが、鏡のように光を反射していた。今、四つ辻にいれば、大阪まで見えるかもしれなかった。

大は日光と自身の息とで指先を温めながら、塔太郎をそっと見る。最大の功労者であるはずの彼は、栗山やケンの傍（かたわ）らで小さく咳をしていた。風邪がぶり返したのか、顔色もよくなかった。

その後、あやかし課隊員一行は総本家いなりやへと戻り、清原さんから今日の働きを労われ、おやつを振舞われた。

「皆お疲れさんでした。色々手伝ってくれてありがとうな。温かいお煎餅も用意したし、中でゆっくりしてきや」

ご飯やおかずが載っていたテーブルに、今はきつね煎餅が用意されている。ケンやジョーも加わって席についたが、塔太郎の姿が見えなかった。

栗山に訊いてみると、

「坂本やったら、社務所やで。大玉を消したんがあいつやから、その詳細の報告は、本人の方がええやろうしな」

との事。ではそのうちここに戻るはず、と考えた大は、お煎餅に手を伸ばし、狐の顔の形の、耳の部分を摘まんで取り上げた。

きつね煎餅は立体的で、熱狐達がつけていたお面にそっくりである。かじると、かすかな胡麻の風味や白味噌ならではの甘さがして、生まれてもいない昭和を思わせる素朴な味がした。

これを囲んでの話題は、やはり熱狐の事である。最後に現れたという炎の狐について訊いてみると、つかさが話していた内容と概ね同じだった。

煌々と燃えて煙を上げる九本の尻尾をなびかせ、透けて見える体内では、炎が燃え盛り火の粉も舞っていたという。その恐ろしい狐に単身飛び込んだのが塔太郎であり、電光石火の早業で狐を消した、と話したのは玉木だった。

「お面を割って消してくれたのはさすがでしたけど、その後は少し怒りましたよ。僕らに目配せもせずに、まるで自分だけが全てを背負うように走っていきましたからね……。風邪で体調が悪いのに、一歩間違えば、塔太郎さんが火傷したかもしれないんですよ」

颯爽と挑んだ勇姿については玉木も否定しなかったが、塔太郎にしては、珍しく急いた行動である。大が不思議に思っていると、栗山がぽつりと漏らしていた。

「まぁ、あいつは、よう頑張ったと思うよ。山火事になるんを、どうしても止めたかったんやろ」

「それは分かってますよ。でも、だからこそ、僕に『援護せえ！』くらいは言ってほしかったです。いつもの塔太郎さんなら、そう言ってますよ」

「あいつは人に頼るんが下手やからな。今日みたいな日は尚更や」

という言葉は珍しく感傷的で、ケンも同調し、ジョーは黙ってほうじ茶を飲んでいた。

皆が皆、塔太郎を案じているように見える。風邪なのに、エースの責任感から無理をしたのだろうと思うと、大は胸が切なくなった。

その後、お客さんも一段落したからと様子を見に来てくれた清原さんが、今日の任務の様子を聞き、コーヒーを淹れながら、しみじみと言った。

「そら、ご苦労やったなぁ。坂本くんにも、俺がめっちゃ褒めてたって言うといて。皆も頑張ってくれたんやし、勾玉になった熱狐達も、ちゃんとお山に還りよるやろ。――あの子らは毎年出てくるさかい、来年もまた、皆が呼ばれるかもしれんけど。ま、懲りずに相手したってな。元は全部、人のお祈りの心やさかいな」

それから時間が経ち、お煎餅もなくなりそうだというのに、塔太郎は一向に戻らない。大は連絡を取ろうとしたが、なぜか栗山から、

「別に、そんな構わんでええやろ」

と、やんわり止められてしまった。

それでも胸騒ぎがした大は、手洗いと称して席を立ち、そのまま台所に戻らず店を出た。塔太郎を迎えに行くつもりで社務所を目指した大だったが、儀式殿という近代的な建物に繋がるところを通り過ぎようとした時、参道の端を歩いていた鳩達の、

「さっきのあやかし課の人、何してはったんやろね」

「ずっと座ったはったね。儀式殿に張り込みなんかな」

という会話が耳に入り、迷わず方向を変えた。

人気（ひとけ）の少ない儀式殿に近づいてみると、植え込みの縁（へり）に腰を下ろしているのは、紛（まぎ）れもなく塔太郎である。

彼はうずくまりながら膝の上で両手を組み、それを自身の額（ひたい）にぐっと当てている。その姿を不審に思って近づいて、大は言葉を失った。

塔太郎は固く目を瞑（つむ）り、両手は互いを握り潰（つぶ）さんばかりで、よくよく見れば小刻みに震えている。大に気づかないどころか周りの一切を遮断（しゃだん）するように深呼吸をし、何かにじっと耐えているようだった。

風邪が悪化したんかも、と大は足の痛みも忘れて駆け寄り、しゃがんで塔太郎の肩に触れた。

「塔太郎さん？　大丈夫ですか？　しんどいんですか？」

塔太郎はそこでようやく我に返ったらしく、大に向けた顔色は真っ青である。瞳にも精彩はなく、ひどく揺らいでいた。

「塔太郎さん……？」

怯えたような顔、と大が思った時には、塔太郎はいつもの頼れる顔に戻っており、

「あぁ、ごめんな大ちゃん。心配して来てくれたんやな」

と言って立ち上がる。その様子はどう見ても強がっており、大はこれ以上無理をさせたくない一心で、

「まだ、お店に皆もいますし、お部屋を借りて一日休みましょう？」

と、彼の腕に触れた。無駄のない筋肉質の腕が、今は変に強張って頼りない。塔太郎が大に甘える事はなく、

「いや、ほんまに大丈夫。もう治ったから。ただ悪いけど、ちょっと先に帰るわ。栗山と玉木にはあとから電話するし、悪いけど、大ちゃんからも言うといて」

と、これも無理して矢継ぎ早に話し、背を向けて駅へ向かおうとする。

「治った……？」

大はその言い方と意地の張りように引っ掛かるものを感じ、塔太郎を案ずる気持ちが極限に達して、

「何も治ってないじゃないですか」

と、説得するつもりで強めに言った。

その瞬間、塔太郎の後ろ姿が止まった。それでも大は言葉を改めて、優しく、諭すように続けた。

「塔太郎さん、今日は風邪で、ずっと咳してはったじゃないですか。今だって、背中を丸めて苦しそうやったし……」

「大ちゃん。心配ないって」

「熱かって、出てるんかもしれないですよ。熱で体がおかしくなったら、確かにいつものようにはいきませんよね？　せやし、さっき、あんなふうに……」

「大ちゃん」

「ね？　帰るのはいいですけど、今のままやと心配です。お店はすぐそこですから、一回、皆のところへ戻りましょう？　栗山さん達も、ずっと気にしたはるんですよ。熱で動けへんのでしたら、私、もう一回まさるになってみます。薬も効いてるし、塔太郎さんをおんぶくらいは」

「お節介（せっかい）もその辺にしてくれ。頼むから」

塔太郎の語気が強くなる。思い詰めたような言い方に、大ははっとして身を引いた。

背中を見せていた塔太郎がこちらへ向き直り、何も言わずに大の手を取る。あっという間に大の手が持ち上げられ、塔太郎の額へと当てられた。

彼の体温は、平熱だった。

「塔太郎さん……」

「な？　熱、ないやろ？」

「はい……」

「咳も、してへんやろ？」

「……はい……」

「言うたやん。俺はやわちゃうって」

「……」

微笑んでいても、拒絶である事がはっきり分かる。大は自分が強引だった事、それによってかえって塔太郎に迷惑をかけている事に気づき、自分の言動を激しく後悔した。

塔太郎の手がそっと離されると、それまで握られていた大の手は宙を彷徨(さまよ)い、だらりと下がる。

「……すみません。私、偉そうに……」

「いや、俺の方こそ、きつい事言うてごめんな。せっかく心配してくれたのに。

――なぁ、大ちゃん」

彼の言葉に過剰に反応し、大こそ怯えるように顔を上げる。その目に映った塔太郎の表情は相変わらず優しくて、けれども、大を遠ざけているように見えた。

「……お疲れ様。また、明日な。自分も捻挫してるんやし、無理しんときや」

「……ありがとうございます。お疲れ様です……」

「俺の調子が悪いんは、ほんまに今日だけやから。明日には治ってるから」

「別に、今日だけじゃなくても、いいじゃないですか……」

またしても変に気遣い合い、二人は初めて、本当に気まずい雰囲気となる。今回は潤滑油（じゅんかつゆ）のような総代はおらず、他に人もいない。

塔太郎が、そのまま表参道へ出てＪＲ稲荷駅へ向かうのを、大は黙って見送るしかなかった。

彼の姿が、参拝者達に紛れて見えなくなる。肌で感じる塔太郎とのすれ違いに、大は背筋どころか指先まですっかり冷え切っていた。

（どうしよう。塔太郎さん、最後には笑ってくれたけど、ほんまは怒ってるんかもしれへん。私に近づいてほしくないみたいやった……。ずっと心配ないって言うてたのに、私がしつこく、大丈夫ですか、大丈夫ですかって言うてたから……。そういう私は何なん。怪我して、任務から抜けて。そんな後輩に偉そうに休めって言われたら、さすがの塔太郎さんかって怒るに決まってる……！）

明日、改めてきちんと謝るべきかもしれない。それで、塔太郎との関係が元に戻るだろうかと不安になっていると、背後で誰かの気配がした。

「せやし俺、構わんでええって言うたのに」

振り向いてみると、腕を組み、困った顔をした栗山が立っていた。

一人で立ち尽くしている大を見て全てを悟ったか、あるいは、一部始終を見ていたのかもしれない。

「悪いけど。今はあいつの事、そっとしといたってくれ」

とだけ言って、塔太郎が去った方向を眺めている。彼の瞳に沈思の色を感じ取った大は、社務所に行ったという栗山の説明も、塔太郎を一人にしてあげるための嘘だったのかと気づいた。

「塔太郎さん、風邪、なんですよね……？」

「うん。風邪」

栗山は淡々と答えたが、それだけにかえって何かを隠そうとしているのが分かり、大は訊くのを諦めた。

山の中で、自分を運んでくれた精悍さから一転、あの一瞬だけ見せた儚げな表情と、自分を遠ざけて去っていった塔太郎の姿。

彼の心身に風邪だけではない何らかの事情があり、栗山はそれを知っている。大はそう直感したが、塔太郎は何も話してくれなかったし、当然、栗山が話してくれるはずもなかった。

栗山は穏やかに大と会話しつつ、話題を塔太郎から遠ざけようとする。大もその機微は容易に察せられ、同時に、今自分が触れてはいけない事だと理解した。

「心配せんでも、坂本が古賀さんを嫌いになる事はないしな。明日には、いつものあいつに戻ってるはずや。——さ。俺らだけで戻ろう」

促された大は、栗山と共に儀式殿を離れる。塔太郎がまた辛い思いをしていないかと、心配でたまらなかった。

稲荷神社の参道は、まだ人々で賑わっている。

幕間　二

稲荷神社の参道が、参拝者達が、そして自分が、晴れた陽の光で照らされる。周りはこんなにも明るいのに、坂本塔太郎の心は真っ暗だった。

今日ほど最悪な日はない。

大ちゃんに、酷い事を言うてしもた。大ちゃんは何も知らんのに、俺の事を心配して、支えようとしてくれただけやったのに。追い返すような事をしてしもた……。

彼女の狼狽えた瞳を思い出しては、ちくりと胸が痛む。それでも塔太郎は彼女を退けた。今の自分を、どうしても見られたくなかったからだ。

こんなにも乱れきって、体が震えて、情けない自分の姿を――。

全ての始まりは、深津と竹男に呼ばれたあの日。

渡会や成瀬の背後に、自分の実父がいるかもしれないと告げられた時は、心に杭を刺されたようだった。

深津はあくまでも現段階の仮説だと言い、塔太郎も、どうか鑑定が間違いであってほしいと願ってはみるものの、仮説を知っただけでも、塔太郎の心に波風が立つのには十分だった。

何せ、実父は八坂神社で無比とも言える暴挙を起こし、そのまま京都を追放された人間である。それから二十数年経った今、再び京都の平和を脅かそうとしている、かも、しれないという。

塔太郎は、今の両親に預けられてから今日までの長い間、両親の苦労によって普通の人間として育ててもらい、鴻恩や魏然の指導を受けて、雷を扱えるようになった。

さらに、近所の人達や栗山といった友達にも恵まれ、重大な過失からも立ち直り、京都府警のあやかし課隊員となってようやく、それまで自分を疑っていた人やあやかし達からも、「安全な人間」として認めてもらっている。

自分の努力だけでなく、両親や周りの人達の愛情をもって、築き上げた人生。

実父が京都で事を起こすようなことがあれば、それが全て、崩れるかもしれなかった。

塔太郎は、それが何より恐ろしかった。

弱いと言われればそれまでだが、その仮説を告げられた日からの塔太郎は、人前ではいつも通りの顔をして、一人になると、思い煩った。

それゆえか体調管理も少し疎かになって風邪を引き、それが治り切らぬまま、初午大祭の今日に至ったのである。栗山だけならまだしも、後輩である玉木や総代、何より大に心配されると、秘めたる悩みを持っているという後ろめたさもあり、振り払うように強がってしまった。

風邪だけなら、何ということはなかった。実際、いなりやでの手伝いは働く事に集中して全てを忘れられたし、任務自体はすこぶる順調。このまま任務が終われば、あとは早退して寝ればいい。そう前向きに考えていた。

しかし、熱狐の補導も大詰めとなった時、あの狐が出現したのである。まさしく生きる火災のような、大狐だった。

それと対峙した瞬間、塔太郎の脳裏に、十一年前の記憶が強制的に蘇った。

闇夜を照らすほど燃え盛るビル。焦げる臭いと熱風。四方八方で回転する赤色灯にけたたましいサイレン、足元を濡らしながら走り回る消防士達。

そのど真ん中で、真っ青になって両手を見つめる自分。

そして、あいつがやったんやと、こちらを指差す同級生……。

炎の狐を見た塔太郎は、その過去に潰されかけた。冷や汗が出て、少しでも気を抜けば動けなくなりそうだった。

克服したはずやのに、何で今更。風邪で体調が悪かったからか、あるいは、実父の事を考えて、精神的に揺らいでいたからか。

いや、もうそんな事はどうでもいい。

このまま山火事になったら、人やお社に被害が出る。それを許したとして、信用してもらえなかった日々に戻ってしまう。

あの時のように、また、あの父親の子やなぁ血は争えへんにゃなぁと、言われてしまう。

――違う。俺は、坂本隆夫の息子。「坂本塔太郎」。

京都信奉会の、神崎武則の息子じゃない。

塔太郎は使命感を奮い立たせて駆け出し、狐のお面を割った。

精神的にやられている姿を周囲に見せたくなかったし、万一怯んでしまったならば、その後、未来永劫自分を許せなくなる気がしたからだ。

何より、自分は実父とは違う存在なのだと、血は繋がっていようと全く別の人間なのだと、自分に言い聞かせたかった。

そうする事で、今思い煩っている実父の影が、遠のいてくれる気がした。

後からその無茶を玉木に叱られてしまったが、山火事を防げたという安堵感に比べれば何でもない。人や周囲は無事で、これでまた、皆に信用してもらえると思い、ほっとした。

それでも、任務が終われば忘れていた風邪がぶり返し、過去や実父の事も思い出してしまう。

えずき、震えそうになる体を必死に堪えながら栗山にだけは何とか事情を伝え、一行から秘かに離れて儀式殿の傍に腰を下ろして、体の震えをやり過ごそうとした。その時だった。

「塔太郎さん？　大丈夫ですか？　しんどいんですか？　塔太郎さん……？」

自分に触れてくれたのは、栗山ではなく、今の情けない姿を最も見られたくない相手。

優しい声で、いつも隣にいてくれる彼女だった。

今、自分の抱えている事情を全て見られてしまった気がして、塔太郎の心はいよいよどん底に落とされていた。

「あぁ、ごめんな大ちゃん。心配して来てくれたんやな」

虚勢を張ってみたが、彼女は一生懸命、自分を気遣ってくれる。それが一層辛くなり、思わず、

「お節介もその辺にしてくれ。頼むから」

と強がり、熱はないから大丈夫だと突っぱね、自らその場を離れた。

彼女の、古賀大の心の中では、まだ「格好いいエース」でいたかった。

ただ、その想いゆえに、失敗したかもしれなかった。

大ちゃんは、俺の事を怒ってるかもしれへん。心配しているのに何という態度、と罵られても、文句は言えへん。

そうやって嫌われるか、あのまま情けない姿を見せて失望されるか。どっちがよかったんやろか……。

JR稲荷駅に向かっていると、彼女の言葉が蘇る。

「何も治ってないじゃないですか」

ほんまやな。俺、何も治ってへんかったわ。

風邪も、過去の傷も、実父の事も。

清らかで、綺麗な大ちゃんとは全然違う。

大ちゃんの傍にいたら、自分も同じ存在やと勘違いしてたけど……、俺と大ちゃんは、やっぱり違うんや。

大ちゃんは、猿ヶ辻さんから正式に力を貰って、日吉大社にも参拝した。

俺は、実父の暴挙で力をものにし、八坂神社の境内にも入れへん。

俺と大ちゃんでは釣り合うどころか……。迷惑に、なるかもしれへん。

塔太郎は、悶々とする頭に重い体を引きずりながら、京都行きの電車に乗って帰路につく。

自分の立場を理解して、彼女との今後を考えながら。

第三話　松ヶ崎の舞踏会

京都御苑の梅が咲くのは二月の中旬頃で、まだ少し先である。

晴れてはいても、寒さ厳しい午前中の御苑には木枯らしが吹き、骨のような木が目立つ。

まぁそれはそれで趣もあるし、と言って芝生の上に茣蓙を敷き、座布団の上で熱い番茶を飲んでいるのは猿ヶ辻。その横には、先日の風邪も治って元通り健康体の塔太郎が正座している。今、彼らの視線の先にいるのは、大と杉子だった。

「さぁ、古賀さん。覚えてる技を使て、好きなように私へ打ちかかってみ。途中、まさるになっても構へん。私も神猿の剣で返すよって、それを体で覚え、学び、自分のもんにすんのやで。——せやけど、稲荷神社の任務で怪我したんやってなぁ。治ってるとは聞いてるけど、ま、無理はせんように」

「はい。よろしくお願いします」

大が木刀を構えると、杉子も口角を上げ、自分の木刀を上段に構えた。

今の杉子は、猿ではなく人間の女性に化けている。女性といえども、力士かと思うほどの体格で逞しく、身長もまさるに近かった。

黒髪を頭頂辺りで団子に結い上げており、木製の玉簪を挿している。木綿絣の着物に襷掛け、袖から伸びる腕には熊をも組み伏すほどの筋肉がつき、これに、もんぺを履いて草鞋をきつく締めている姿は、まさに山から下りてきた女傑だった。

猿ヶ辻と塔太郎が、大達を見守っている。大は杉子を見据(みす)えてはいたが、ほんの一瞬、塔太郎の方を見た。

（……よかった。塔太郎さん、今は私の事を見てくれてる……）

後輩を見守るような眼差(まなざ)しに、大は内心ほっとする。これ以上気が散れば杉子に怒られると思い、目線を戻して集中した。

「まさる部」は、大の実力に信頼を置けるようになった今でも、腕を鈍(なま)らせぬようにと続いている。先の正月、日吉大社(ひよしたいしゃ)に参拝した大と塔太郎を杉子はいたく気に入り、別れ際(ぎわ)に宣言した通り、滋賀から様子を見に来たのだった。

大津市の名店・光風堂(こうふうどう)菓舗(かほ)の「かりんとう饅頭(まんじゅう)」を手土産(てみやげ)に杉子が到着するや、猿ヶ辻は、

「二人とも、今から御所おいで！　特別コーチの杉子さんが出張してくれはったで！」

と、公休日の大と塔太郎を呼び出した。そういう猿ヶ辻は、杉子が二人の特訓に来てくれた事よりも手土産の方が嬉(うれ)しかったらしく、自分も豆政(まめまさ)の「月しろ」やお茶を用意して、おやつを食べる気まんまんだった。

杉子の実力は、

「神猿の中でも、相当な武闘派やで。もちろん、『神猿の剣』の技は全部知ったはるし、これがめちゃくちゃ上手いねん。武器がなくても十分恐ろしいから、坂本くんと戦えば、果たしてどっちが勝つやろなぁ」

という猿ヶ辻の折り紙つき。大も塔太郎も、喜んで彼女の指導を仰いだ。

ひと通りの修行が終われば、恒例の休憩時間である。芝生に座って他愛ないお喋りをしながら、これもまたお決まりである梨木神社の染井の水を飲んだり、今日はそれを温かい抹茶オレに、などという修行後のお楽しみ。

大にとっては塔太郎との距離を縮める機会でもあり、そういう意味合いを抜きにしても、休息と癒しを得られる大切な時間だった。

ところが、塔太郎は修行が終わると猿ヶ辻に頭を下げ、猿に戻った杉子にも、丁寧にお礼を述べた。

「申し訳ないですけど、俺は先に帰らして下さい。用事があって……。ご指導、ありがとうございました。頂いたお言葉を忘れず、研鑽します」

大にも申し訳程度に手を振って、お茶も飲まずに帰ってしまう。以前ならば、どんなに忙しくても、お茶の一杯だけは飲んで帰っていた。

しかし、今の塔太郎は名残惜しそうな様子も見せず、まっすぐ堺町御門の方へ歩いてゆく。その背中を見送った猿ヶ辻は、座布団の上で顎を撫でていた。

「うーん、寂しい。坂本くん、ここ最近はずっと、すぐに帰らはるなぁ」

お菓子を片手に残念がるが、杉子はその横で、

「エースともなると忙しいんや」

と番茶をすすっていた。

猿ヶ辻が塔太郎に会う機会は「まさる部」の時ぐらいしかなく、杉子に至ってはまだ二回目。つまり、彼らは何も知らないのである。

近頃の塔太郎のつれなさを、既に何回も味わっている大は、ああまたやわ、とため息交じりに目を伏せ、底冷えするような寒さに身を晒していた。

稲荷神社での任務を終えて、いつもとは違う塔太郎の姿を見てしまったあの日。大は塔太郎からきっぱりと拒まれてしまい、その翌日から、二人の関係は変わってしまった。

とはいえ、喫茶店業務でも、腕章をつけて出動する際も、傍から見れば至って普通である。面白い話題が出れば、互いに笑顔を向ける時もあった。

ただ、大にはそのどれもが表面的で、塔太郎は職場の平和を乱さないために、あるいは変化を悟られないために、今まで通りの態度を取っているとしか思えない。

言動は同じでも、塔太郎からは以前のような、大を深く知ろうとする意思、傍にいようとする意思が感じられない。事実、会話といっても近頃は大だけが話を膨らませていて、それがなければ、塔太郎からはひと言ふた言で終わりだった。

とどのつまり、塔太郎は大と距離を置きたいらしい。

塔太郎の変わりように、大は冷水を浴びせられたような気持ちになり、戸惑い、悲しみ、稲荷神社での自分の行動を激しく後悔した。

本当はまだ自分に怒っているのではないか、あるいは、嫌いになったのではないかと、塔太郎に訊いた事がある。

「そんな訳ないやん。要らん事考えんとき」

彼は即答したが、そういう時だけ、何かを隠すかのように自ら楽しい話題を投げかけて、笑顔を見せるのだった。

加えて今の塔太郎は、他にも何らかの事情を抱えているらしい。仕事をしている時は明るく振舞っていても、ふと気が緩んだ時や、周りに人がいない時など、表情がわずかに曇るのを見た事がある。

そういう時は、これ以上塔太郎を詮索してはいけないのだと自分を固く律しても、やはり、大まで辛くなるのだった。

大の心は沈んでいても、猿ヶ辻や杉子は何も知らない。塔太郎の不在で物足りなくなったのか、猿ヶ辻は早々に湯呑みやお菓子を片付け始め、

「時間もあるし、どっか近くでも遊びに行く？」

と、行き先を考え始めた。

少しでも気分転換が出来たらと考えた大は賛成し、久し振りに京都にやってきた杉子も、散策したいという。杉子は京の町ならば何処でもいいようで、猿ヶ辻と大は、猿に戻った彼女をまずは梨木神社に案内した。染井の名水も味わってもらい、大はその繋がりから、キンシ正宗堀野記念館を思い出した。

「堺町御門を出て南に下がったら、酒蔵の記念館がありますよ。私の家も近くて、そこの『桃の井』のお水をよう汲んでるんです。軟らかくて、ここの水にも負けへんくらい美味しいんですよ。確か、元々は造り酒屋の本宅やったそうで……」

大が説明すると、杉子が楽しそうに口をすぼませ、

「おうおう、ええやないか。ほな早速行こう」

と喜んだ。大と二匹は、梨木神社から徒歩で、その記念館を目指した。

キンシ正宗堀野記念館は、明治時代中期の京町家「旧堀野家本宅」と、幕末の酒蔵の遺構「天明蔵」、江戸時代後期の「文庫蔵」の、三つの登録有形文化財から

なる博物館施設である。堺町通りと二条通りの交差点、堺町二条の北にあり、これは大の自宅と同じ地域だった。

その母体である伏見の酒蔵キンシ正宗株式会社は、天明元年（一七八一年）、若狭から来た初代松屋久兵衛が、堺町二条上るで酒造業を始めたのがその起こりである。以後、明治になって拠点を伏見に移した後も、建物は同地に残り、明治二十九年（一八九六年）には、金鵄勲章に正宗を配した銘酒「金鵄正宗」が誕生した。今でも「キンシ正宗」と言えば、京都の人間ならば「あぁ」と頷くほど、その名は知られている。

平成になり、旧本宅を堀野記念館として開設。酒蔵の一つだった北蔵で、家付き酵母を活かした地ビールも造り始めて今に至る。その歴史は、実に二百四十年近くになっていた。

記念館の入り口となる京町家は、その当時隆盛を極めた本家なだけに、引き戸も格子もぐっと広い。大達が紫の暖簾をくぐると先客がいて、今は小売りスペースとなっている土間の、大きな古井戸の傍で男女三人が立ち話をしていた。

水を汲むために何回も訪れている大は、そのうちの大柄な男性が記念館の館長で、キンシ正宗の本家取締役である堀野昭久だと分かる。還暦を過ぎたばかりだという彼と話している若い男女二人も、「ひょっとして」とすぐに気がついた。

女性の方は髪型が以前と変わらず、丸々とした作務衣姿の男性に至っては、以前、ちとせへ相談に来た鬼の姿そのままである。昭久氏には霊力があり、それで鬼の方も隠す必要はないと思っているのか、頭からは角が見えていた。

「野中……真穂子さんに、芝さんですか？」

大の声で彼女達は振り向き、大のことを思い出したらしい二人は、

「もしかして古賀さんですか⁉」

「うわぁ、久し振りや。どうもおおきに。こんにちは」

と、一回り成長したような笑顔を見せてくれた。

野中真穂子は、同志社大学に在籍している女子大生で、言霊職人のサークル「星ノ音会」の部員である。大と出会った時は、入会したばかりで霊力も目覚めておらず、詩の創作に自信を失くして悩んでいた。鬼の姿の芝と一緒にいるところを見ると、今では霊力も目覚めて、あやかしの世界にも慣れたらしい。

その芝は、喫茶ちとせに相談に来た当初から、真穂子のファンを名乗っていた。真穂子を応援したい気持ちが高じて暴挙を起こしたものの、収監先の寺では模範的な態度で過ごしたらしく、聞けば仮出所中であるという。

真穂子は小さく頭を下げて、猿ヶ辻や杉子に挨拶した後、大との再会を喜んだ。

「あの時は、本当にありがとうございました。芝さんにはちょっと驚きましたけ

ど、今でもちゃんと、芝さんに詩を見せてるんですよ」

彼女が近況を話せば、芝も誇らしげに胸を張り、真穂子の新作を口にする。真穂子は己(おのれ)の長所を大切にしつつ詩の腕を磨き、今では、部内の作品発表の投票でも、中盤に食い込んでいるという。

「私、坂本さんに言われた言葉、今でもちゃんと教訓にしてるんです。『周りに追いつくんやなしに、自分だけのとこ、いったらええねん』。励まされます。今日は、坂本さんはいないんですか？」

「塔太郎さんは、用事で帰っちゃいまして……。明日、伝えておきますね。喜ぶと思います」

と言ったところで、塔太郎の背中を思い出す。彼がここにいれば、と大は寂しくなったが、和(なご)やかな雰囲気を壊す訳にもいかず、心の隅(すみ)に押しやって話題を変えた。

「真穂子さん達も、記念館の見学に来はったんですか？　それとも、お水を汲みに？」

「いえ、そうじゃなくて……。松ヶ崎の舞踏会について、堀野さんへ伺いに来たんです」

「舞踏会？」

日常ではまず聞かない単語に、大だけでなく猿ヶ辻も唖然(あぜん)とする。杉子は「ほぉ

ーん」と首を上向け、

「京都では、今でもそんなんやってんのかいな。さすがやなぁ」

と驚き、京都はやはり特殊な町、と感じたようだ。

しかし、大の知る限りでは、京都とて基本的には、他府県と何ら変わらない普通の町である。もちろん大も、舞踏会など聞いた事すらない。長く御所で暮らしている猿ヶ辻でさえも、

「いや、そんなん僕も知らんて。松ヶ崎の題目踊り（だいもくおどり）やったら知ってるけど」

と、杉子に首を振っていた。

ただ、「松ヶ崎の舞踏会」となると妙に現実味を帯びてきて、一度は否定した大や猿ヶ辻にも、

（せやけどあそこやったら、社長さんの集まりとかで、実はほんまにあるんかもしれへん）

と思わせる何かが、「松ヶ崎」にはあった。

松ヶ崎が、京都のどの辺りかは大も知ってはいたが、一応、真穂子に確認してみる。

「地下鉄で行けるあそこですよね？　確かに、北山（きたやま）通り沿いはお洒落（しゃれ）で、チャペルなんかも結構ありますけど……。そこで、舞踏会が開かれてるんですか？　今で

も？」

大が訊けば猿ヶ辻も続いて、

「松ヶ崎で行事いうたら、妙法の送り火と、涌泉寺の題目踊りが有名やわなぁ。それとごっちゃになってる、とかはないの？　ほんまの意味の、タキシード着て踊る舞踏会？」

と尋ねた。真穂子は、この二つの問いに目を輝かせ、

「そうなんです、そうなんですよ！　昔、堀野さんが主催されていたそうなんです。題目踊りとは全く別の、私的なダンスパーティーだったって……。凄いですよねっ？」

と両手を組み、昭久氏を見上げた。昭久氏も微笑みながら頷いており、

「元々、堀野家の本宅はこの堺町二条やったんですけど、松ヶ崎に移ったんですよ。それで、松ヶ崎の舞踏会っちゅうのは、戦前に、僕のお祖父さん達がやってたもんらしいんですよね。野中さんが連絡をくれた時は、そこまではお答え出来たんですけど、生憎、それ以上は僕もよう知らないんですよね。それで、ここの記念館にやったら、埋もれてる資料の中に写真でもあるんちゃうかなぁと思って、今日、野中さんに来てもらったっちゅう訳ですわ」

と、聞き取りやすい速さの、優しい京都弁で補足してくれた。

何と舞踏会は実在したのか、と大達は改めてのけ反り、松ヶ崎という地域の持つ優雅さに舌を巻くばかりだった。

松ヶ崎は、鴨川として合流する前の、高野川の西べりに位置する一地域である。京都を五つに分けるなら洛北にあたり、〝西山の妙、東山の法〟の二つで、五山送り火の一つ、「妙法」を成す山々が北に控える。深津と竹男の出身地である修学院は、高野川を挟んでこの地域の東隣だった。

平安時代の初めに書かれた『日本後紀』や、その後の『源氏物語』などにも「松ヶ崎」の名が見られ、古老の言い伝えでは、桓武天皇が平安京に遷都した折、百姓百人をその地に住まわせて朝廷への上納米を作らせたのが、松ヶ崎村の始まりだという。

鎌倉時代末期には、天台宗から日蓮宗へ村人全員が改宗し、この時、実眼という僧侶とともに村人がお題目を唱えて踊ったものが、今に伝わる「題目踊り」である。「妙法」の妙の字はこの時期に作られ、法の字はその後、江戸時代初期に作られたのだった。

全村改宗ののち、「天文法華の乱」と言われる叡山の厳しい弾圧に耐えた村人達の結束は固く、豊臣政権の時代には、村一帯が禁裏や各門跡、公家等の分領となって裕福な村になった。それ故なのか、昭和六年（一九三一年）に京都市に編入されるまでは、ほぼ一村独立状態を保っていたという。

こんな濃密な歴史を持っていても、村自体は終始のんびりしていて貧富の差がなく、教養も行き渡っていたらしい。一説によれば、古い家の主（あるじ）で碁（ご）や謡（うたい）を知らぬ者はいなかったという。

そんな松ヶ崎の地が魅力的に映ったのか、加えて、洛中（らくちゅう）から離れた郊外であるため広い土地が確保しやすかったのか、御一新（ごいっしん）（明治維新）の後、時代を経るにつれて会社の社長などが松ヶ崎に居宅を構え始めた。堀野家が松ヶ崎に移ったのも、この時期の事である。

こうして、松ヶ崎の貴族的なのびやかさ、裕福さは衰える事なく続いた。

町並みも、旧街道沿いの純和風の景観は残しつつも、そのすぐ南の北山通り沿いは、チャペルやゲストハウス、お洒落なカフェ等が建ってモダンに洗練されてゆき、松ヶ崎は今もなお、洛中の喧騒（けんそう）から離れ、和洋折衷（せっちゅう）の独特さを持つ優雅な町となっているのだった。

言ってしまえば、松ヶ崎は必然的に出来上がった、京の奥座敷と言っても過言ではない。おそらくは、誰もが認める「ええとこ」だった。

こういう背景があるので、アパートもちらほら建つ今はともかく、一昔前なら、松ヶ崎で社交的な集まり、つまり、舞踏会があったとしても何ら不自然ではない。

　なぜ、真穂子が松ヶ崎の舞踏会について調べることになったかについては、彼女自身が経緯を教えてくれた。

「星ノ音会って、実は他大学とも交流があるんです。どのサークルも皆、うちみたいに実は霊力持ちの集まりで、演奏して邪気を祓ったり、合唱して人の幸運を引き寄せる、というような活動やレッスンをしてて……。うちも、歌詞を提供したりするんですよ。持ち回りで定期的に懇親会をやるんですけど、今回は、星ノ音会の主催なんです」

　芸術と霊力をあわせ持つ人が集まるサークルなだけに、その懇親会では、個々の感性を高めるという目的もあるらしい。ある時はコスプレが必須だったり、ある時は和装で料亭での会食といった、非日常の趣向にするのが原則だった。

　さて今回はどんな内容にしようか、と、星ノ音会の部員一同があれこれ考えていると、不動産会社の跡取り息子である部員がぽつりと、

「そういえば昔、松ヶ崎で舞踏会をやってたらしいって、僕の父親が言うてましたよ」

　と、例の単語を口にしたという。

　舞踏会とは素晴らしい！　という事で満場一致し、では松ヶ崎の舞踏会とはどんなものか、という話になった。

しかし、言い出した部員は単語しか知らず、父親に聞いても、詳細は分からなかったという。

「舞踏会を、私達で一から作ろうという案もあったんです。けど、松ヶ崎と名がつくからには背景を知っておきたい、という意見が多かったんです」

部員の父親、つまり京都の経営者が知っていた噂である。とすれば、似たような老舗の本家筋に聞けば、手がかりくらいは摑めるのではないか。そう考えた真穂子達は、サークルのOBに片っ端から当たって情報を集めた。

その結果、同志社のサークルのOB、今も昔も松ヶ崎在住の堀野昭久氏に辿り着いたという。そして幸運にも昭久氏こそが、松ヶ崎の舞踏会を知る人、かつ主催者の孫だったのである。

ただ、当時の社長だった昭久氏の祖父が、戦前ダンスパーティーを開いていたのは確かでも、何せ私的な娯楽のこと。昭久氏が青年の頃には既に忘れ去られていて、今となっては、既に参加者は皆亡くなっているだろうとの事だった。

開催の時期や、服装などの詳細も不明である。これでは舞踏会の全体像が摑めないので、真穂子は情報収集を続けているのだった。

「ほんなら、僕はちょっと資料を探してきますわ。積んだままのやつも沢山ありますから、ちょっと、お時間を頂戴するかもですね……。野中さん達も、古賀さん達も、まぁ、館内でゆっくりしといて下さい」

　昭久氏はのっそりと町家に上がり、昔ながらの急な階段を軋ませながら、二階へ上がっていった。

　大達は、真穂子や芝と一緒に記念館を見学し、昔の酒造りの道具が置いてある天明蔵や、中庭にこんこんと湧き出る「桃の井」の水、町家の内部と明治時代の資料などを楽しんだ。

　再び、中庭に戻って水を飲む。すると、何かを見つけたらしい昭久氏が小走りにやってきて、

「何とか、一枚だけありましたよ。日付を見ると昭和七年になってますわ」

と、古びた白黒写真を見せてくれた。白枠の部分に、1932. February と書いてある。確かに太平洋戦争の前、今から約九十年前の、ちょうどこの季節だった。

　水音の響く中庭で、皆で輪になって写真を覗き込む。写真は踊っている様子ではなく集合写真で、十数人の男女が板敷のホールに並んでいた。

　真穂子の瞳が、絵本を読む少女のように輝いた。

「ドレスの人もいるんですね。まさに和洋折衷……！　先輩方に見せたら、喜んでくれそう」

　男性は背広か紋付き袴、うち二人は物好きなのかタキシードである。

女性は、訪問着や振袖がほとんどだったが、一人だけ膝丈のドレス姿がいた。着物で踊れるものかと大達は不思議に思ったが、女性達の草履をよく見ると、明らかに足を乗せる台が細くて、踊りやすそうである。

そんな彼女達の振袖は、牡丹や鶴といった古典柄の他に、西洋の蔓草や孔雀柄もあって華やかである。訪問着も、羽織や帯が、アール・デコを思わせる幾何学模様だった。髪型は、皆ウェーブのついた耳隠し、あるいは夜会巻きである。

彼女達がいかにお洒落をして、松ヶ崎にいながら西洋的ロマンを楽しんでいたか。それが写真を通して伝わってくる。

昭久氏によれば、ここには写っていないが、演奏は時代的にジャズバンドではないかとの事。さすがに男性が紋付き袴で踊るのは不自然なので、踊らない人もいたのだろうと推測された。

「ま、京都の中心部から離れた松ヶ崎の、私的なイベントやった訳ですし。あんまり、形式ばった事はせえへんかったんちゃいますかね。まぁ、うちのお酒ぐらいは用意して、好き好きにやってたと思いますよ。女性のお召し物が綺麗ですから、娘さんのお披露目とかも、多少はあったかもしれないですね」

白黒写真でも華やかな様子が分かり、年頃の娘である大や真穂子は、ついつい写真に見惚れてしまう。

舞台となった場所は現存する建物で、松ヶ崎にある島村(しまむら)家本宅、その離れだった。

「うちが主催して、場所は、僕の同級生の島村君のとこでやってたみたいですね。今度、彼にも連絡してみましょうかね」

と言ったところで昭久氏は写真を裏返し、

「あっ。これ、参加してた人の名前が書いてありますわ。……僕のお祖父さんに、島村滋(しげる)……。これは、島村君のお祖父さんですね。島村製作所の社長やったんですよ」

「島村製作所」

二十歳(はたち)の大でも知っている社名に、驚いた。

島村製作所とは、現在も京都市南区に本社を置く精密機器メーカーで、京都や東京はもちろん、全国に名が知れ渡っている大企業である。昭和初期の当時、堀野家と島村家はお隣さんだったという。

隣同士と言っても、前者は二千坪(つぼ)、後者は四千坪にも及ぶ敷地だったそうで、昭久氏いわく、修学院離宮と間違える人もいたらしい。

「ま、今は、どっちの家も土地の大部分を売りましたし、島村君のところは、家だけ残して東京へ引っ越しましたからね。あくまで昔の話ですよ。孫の島村君は、今でも東京の、系列会社の役員なんです。ただ、松ヶ崎の家には、たまに帰って来て掃除するみたいですよ。

他には、誰の名前が書いてありますかね。藤田さん、川越さん……。この人らは、近所の名士やった人ですね。あとの知らん名前は、当時のお得意様でしょうかねぇ。……ん？　この名前は何て読むんですかね。総代慎二郎？」

氏子総代か何かか、と昭久氏が首を傾げている。珍しい苗字なので、大ははっと気がつき、

「それ、ソウシロじゃないですか」

と、口に出していた。

「ソウシロ？」

「はい。私の同期に、同じ苗字の人がいるんです。京都じゃなくて、東京の人なんですけど……」

「あぁ、そうですか。ほしたら、その人も何か関係あるかもしれないですね。当時から、キンシ正宗は東京にも支店を持ってたんですよ。島村製作所も同じですから、そのツテで参加してたかもしれないですね」

総代という苗字がそう何世帯もあるとは思えず、それどころか、写真の背広姿の若い男性は、見れば見るほど総代和樹と似ている。真穂子と杉子が、

「この人、今でも通用するほど、カッコいいですねぇ……！」

「ええ男やないかい。役者顔やな」

と褒めそやす横で、芝や猿ヶ辻は、

「細っこい人やなぁ」

「女の人は何で、こんな儚げな男が好きなんかなぁ」

と要らぬ事を言って、反論を喰らっている。それを眺めつつ大は直感的に、この慎二郎という人が、総代和樹の先祖だろうと考えていた。

「私、彼に連絡してみます。ほんまにご先祖様やったら、写真とかが残ってるかどうかも、聞いてみますね」

大はそう言い、猿ヶ辻達と共に記念館をあとにした。


その日の夕方、大が総代に電話してみると、総代慎二郎は確かに彼の先祖だった。祖父の兄、すなわち大伯父にあたる人。いわゆる放浪画家だったらしい。

「若くして亡くなったんだけど、広告や、商品ラベルの絵も描いてたらしいよ。ダンスパーティーにいたとなると、きっとその縁じゃないかなぁ。もしかしたら、実家に何か残ってるかも」

という事で、彼自身も驚きつつ、実家に連絡してくれる事になった。夜に折り返し電話があり、ノートに描かれたスケッチが見つかったという。総代は、実家からそれを取り寄せ、持参すると約束してくれた。

「僕も気になるから、ついでに当時の風俗とか、そういうのも調べてみるよ。両親もデザイナーをやっててまぁまぁ詳しいだろうし、府立図書館なんかにも、今度の休みに行ってみようかなぁ。京都市歴史資料館っていう手もあるね。京都御苑の横にあるやつ。もう行った？」

「真穂子さんの先輩が、そこの学芸員さんに話を聞いたはるみたい。私も、それが御所の横にあるんは知ってるけど、最後に行ったんは高校の授業で……。お恥ずかしい……」

地元なのに、全くものを知らない自分を恥じてしまう。電話越しに、総代の悪戯めいた声がした。

「じゃあ古賀さん。今度、僕を歴史資料館に連れてってほしいなー」

「今、私、あんま行ってへんって言うたばっかりやん。困る姿を見て楽しむ気やろ？」

「当ったり前じゃん。しどろもどろになってる古賀さんをスマートに助けて、『どうだまいったか！』って言うまでが、セット」

「うわぁ、やらしい人」

「冗談だって。地元の事をよく知らないなんて、古賀さんに限った話じゃないでしよ。僕も同じようなもんだよ。実家が靖國神社のすぐ近くなんだけどさ、ガイドしてくれって言われても『自信ないんで無理でーす！』って言って、逃げる」

「ほな総代くん。今度、靖國神社を案内してくれへん？」

「えー、嫌だよー？　京都人に下手な案内なんてしたら、陰口言われて刺されそう」

「それ、前も似たような事を玉木さんが言うてたけど、京都人を何やと思ってんの？」

「綺麗で、優しくて、怖い人」

「最後のだけ訂正してな」

「はいはい。分かりましたよ。……まぁ、もし古賀さんが東京に行って、僕もそこにいるような事があったら、案内ぐらいはしてあげるよ」

「ありがとう。楽しみにしてるな」

しばらくの間、近況報告や世間話をしていた大達だったが、先に総代が長時間経っている事に気づき、電話を切り上げた。

「じゃ、また今度ね。お疲れ様ー！」

「うん。お疲れ様」

電話を切った大は、しばらくの間、余韻に浸りながらベッドの上に寝転がり、

(総代くん、どんなスケッチを持ってきてくれるんかなぁ)

と考えてようやく、彼との長電話は初めてではないか、と気がついた。

個人的な電話となると、塔太郎とさえした事がない。

稲荷神社の任務でひよりに言われた、

(そっから始まる恋っていうんも、最近の小説ではようあるでしょ?)

という言葉を思い出し、一人首を振った。


総代が公休日で、大も休みという約束の日。真穂子と「喫茶ちとせ」で待ち合わせた大は、彼女と向かい合う形で席についた。

私服で、しかも客としてここに来るのは何だか新鮮である。竹男や琴子も、厨房から顔を覗かせて、「クレームはやめてな?」と大を茶化し、真穂子にも声をかけている。

やがて、塔太郎が二人にコーヒーを出してくれた。

「真穂子さん、久し振りやなぁ。大ちゃんから話は聞いてるけど、サークルも順調みたいでよかったわ」

「その節はお世話になりました! 本当は、芝さんも一緒に来てほしかったんですけど、お寺の大掃除があるとかで……。でも、今日は、ドアは蹴破られないで済みますよ？」

真穂子の冗談に、塔太郎も大も吹き出してしまう。その後は舞踏会の話になり、傍らにいる塔太郎も聞いていた。

今日までの経緯はちとせのメンバーにも話していたが、塔太郎との会話は、依然少ないままである。

その時、店のドアベルが鳴って総代が姿を現した。

「ごめん、遅れちゃった！　皆さんもお疲れ様です！」

私服にも手を抜かない彼は、マフラーにコート、脇にはトートバッグを抱えている。その着こなしを見て大は感心し、

（前に、岡崎公園で会った時もそうやったけど……、総代くんの私服って、やっぱり都会的でお洒落やなぁ。大伯父さんといい、総代くんといい、そういう血筋なんかも。私も、こんな普通の服じゃなくて、もっとお洒落やったら、塔太郎さんの目、引けるんかなぁ……）

と、ぼんやり考えていた。

人懐っこい総代の挨拶に、塔太郎や厨房の二人も手を振り返す。総代はコートを畳みながら真穂子に自己紹介し、大の隣に座った。彼と初対面の真穂子は、写真の

人の子孫として歴史的ロマンを感じているだけでなく、総代の洗練された雰囲気にも、些か感激しているらしい。

三人が揃うと塔太郎は厨房へと入ってゆき、総代にもコーヒーを出す。その後は大達の邪魔をしないようにという気遣いからか、あるいは、やはり大と距離を置くためか、大達のテーブルへ来なくなってしまった。

「……」

「古賀さん？　どうしたの」

「ううん。何でもない」

総代に訊かれ、大は慌てて首を振る。塔太郎が距離を置くのに最早慣れつつあった大は、いつものように切なさを隠して総代や真穂子の方を向き、テーブルに置かれたノートを眺めた。

総代が表紙をめくり、日焼けして黄ばんだ一枚一枚を丁寧に繰る。ノートの絵はどれも荒い線画で色はなく、全て下描きのようなスケッチだった。それ以上に手を入れたり、あるいは完成された絵は、総代の実家にはなかったという。

それでも、当時の舞踏会の様子を知るには十分だった。

「これは踊ってる時の絵で、こっちは、会場の端で談笑している絵じゃないかな。樽を開けるお手伝いさんもいるし、ピアノやサックスの人もいるね。大伯父さん自身も踊っただろうけど、ダンスしてない時は、隅で描いてたんじゃない？　もしも僕だったら、きっと同じ事をしてるもん。これは……島村さんの家の、離れの外観かな。ここでダンスパーティーしてたんでしょ？　スペイン風で全体的にシンプルだから、昭和初期の建物かなー」

自身も絵を描く人間なので察しがつくのか、総代はすらすらと説明してゆく。

小ぶりなシャンデリアの下で、タキシードや背広姿の紳士と、着物の淑女とが身を寄せ、手を取り合い、踊る光景。流麗で、うっとりするようなロマンチックな様子が、絵から漂っていた。

スケッチと、真穂子が昭久氏の快諾を得てコピーした白黒写真とを交互に見ながら、大はため息をつく。

途中、細部を見ようとして、ノートを覗き込んでいた総代とうっかり頭がぶつかってしまう。慌てて謝る大に、

「あっ、これは。頭蓋骨にヒビが入ったかも！　……僕の事、見えてなかった？」

と総代が笑った。大はそのぐらい熱中していて、真穂子も、スケッチを眺めては頬を紅潮させていた。そういう総代も楽しそうにノートをめくりながら、自身が調べた事を教えてくれる。

「昭和初期って、お酒を出すカフェーやダンスホールが全国的に流行ってたらしい

ね。関東だと、小さなダンスホールを持つ家もあったって聞くよ。京都も例外じゃなくって、河原町（かわらまち）を中心に多かったみたい。その分、風俗的な問題で、警察の取り締まりも厳しかったらしいけど……。多分、堀野さんや島村さんのお祖父さんが、その文化を松ヶ崎に持ち込んだんじゃないかな。女性は、洋服もあったけどまだ着物が主流で、着物でダンスするのも珍しくなかったって。専用の草履があったらしいよ。絵の中のこれだね。横幅が、明らかに細いもん」

総代の話に、大は興味深く耳を傾けた。分かりやすく、かつ淀（よど）みなく解説する彼は、若き研究者のようで頼もしかった。

大は総代を見直し、真穂子も、うんうんと頷いては終始目を輝かせている。

「ほんまに、着物で踊ってたんやね。絵や写真を見てると、今にもジャズが聞こえてきそう。これを、京都でやってたんやなぁ……」

「はぁ……。私もこの中に交じりたいです……。私、星ノ音会にこれを報告して、絶対に再現させます！　このスケッチ、コピーしてもいいですか？」

「もちろん、いいよ」

大はふと、塔太郎にも見せたいと思い、席を立って彼を呼ぼうとした。

カウンター越しに厨房をそっと覗くと、塔太郎は、何やら琴子と楽しそうに喋っ

ている。普段なら気にも留めない光景だったが、この時ばかりは大もむっとするものがあり、

（琴子さんとは、普通に喋らはんのやな。それやったら、もういいもん……）

と、諦めて席へ戻った。そして、真穂子の顔、その後で総代の顔を見て、

「ここにいてもあれやし、今から堀野記念館に行かへん？　このスケッチを見せたら、堀野さんもきっと喜んでくれると思う！」

と言って立ち上がり、二人の背中を押すようにして店を出た。

それに気づいた塔太郎が、店の奥から「行ってらっしゃい」と声をかけてくれる。大の耳にはなぜか、彼の声色が寂しそうに聞こえた。

それでも大はこれ以上傷つくのが嫌で、「行ってきます。お疲れ様です」と簡単な挨拶をした後は、振り返らなかった。

張り切って先頭を歩く真穂子の後ろで、総代がこっそり、大に尋ねた。

「古賀さん、さっきからどうしたの。いつもと違って元気ないよ」

「そう？　別に普通やけど……」

「本当かなぁ。……ま、悩み事とか、辛い事があったらちゃんと言いなよ。僕でよければ二十四時間営業だから。愚痴だって、溜め込んでるのを吐き出すと、すっきりするよ」

「ありがとう」

「何なら、僕の方から、また電話しようか。前みたいにお喋りでもしようよ」

「うん！　ええなぁ、そういうの」

何の不安もなく、愚痴さえも許される相手がいるというだけで、大の心はほんの少し軽くなる。素直に、また電話しようかなと思えるのだった。

堀野記念館で昭久氏にスケッチを見せた後、真穂子は集めた情報や資料をまとめて、星ノ音会へ報告した。

和洋折衷の「松ヶ崎の舞踏会」は、部員全員の感性を深く真っすぐに刺激したらしく、参考にすべき資料や情報が揃えば、あとの準備は早かった。

昭久氏と、彼が連絡してくれた島村氏の厚意で当日はキンシ正宗のお酒が用意され、会場も当時と同じく、島村家の離れを借りる事が出来たという。

星ノ音会が主催し、話を聞いた他大学のサークルも、今回は凄いぞと意気揚々(いきようよう)。バンドサークルや歌唱サークルなどが、こぞって演奏に手を挙げ、協力してくれることになった。その中には、弦楽器の五重奏(クインテット)も含まれているという。その関係で、ここだけは当時と少し変わり、ジャズが主ながらクラシックもありの、豪華なプログラムになるらしい。

星ノ音会の会長や副会長などは、代表して舞踏会のための歌詞を書き下ろし、それを、歌唱サークルの人に歌ってもらう事になった。

もちろん、ドレスコードは当時に合わせて、男性が背広、タキシード、紋付き袴のいずれか。女性は、基本的に着物かドレスとなった。

大と塔太郎のもとに、真穂子から招待状が届いたのは、二月十日の事である。

真穂子に電話して詳細を聞くと、大は総代を紹介した縁で、塔太郎は真穂子を励ましてくれた恩人だから招待したという。彼女のファンとして、芝も招かれているとの事だった。

来賓として、昭久氏や東京から来る島村氏はもちろん、総代も招待されていた。

そんなふうに、他の部員達も、ＯＢや縁のある人に声をかけているらしい。

一番驚いたのは、松ヶ崎の氏神である新宮神社の祭神、伊邪那岐命と伊邪那美命の夫婦神も、主賓として招かれている事だった。

昭久氏が新宮神社へ赴いた際、近況報告がてら、神々へ舞踏会の話をしたらしい。すると、伊邪那美命が羨ましがって行きたがり、昭久氏が星ノ音会に相談すると、

「神様にご出席頂けるとは、何という光栄！」

と大歓迎で、あっという間に招待が決まった。

神仏が出席するというので、松ヶ崎を管轄するあやかし課、「新宮神社氏子区域事務所」からも、隊員が一人顔を出す事になったという。

その事を踏まえると、直接的な関係者ではない大や塔太郎を招待したのも、あやかし課隊員が一人でも多ければ心強いというサークル側の意図が、少なからずあるのかもしれなかった。

舞踏会は、各方面の協力でしっかり準備されているらしく、電話越しの真穂子は、もうはち切れんばかりのはしゃぎようだった。

「お酒はもちろん、お食事も用意しますからね！　今回は、星ノ音会も本気出してるんですよー！　なので、ぜひぜひ来て下さいねっ。会長や他の先輩方も、参加者は多い方がよくて、無理にダンスしなくてもいいって言ってるので！　それでは、ご返信お待ちしてまーす！」

出欠の返信の締切は奇しくもバレンタインデーで、既に参加に丸をつけて返送した大は、仕事の合間に駄目もとで訊いてみた。

「あの、塔太郎さん。今度の星ノ音会の舞踏会って、行かはりますか？　もし行くんでしたら、私も塔太郎さんも夜勤じゃないですから、一緒に……」

「俺、それ、まだ返事出してへんわ。締切、今日やったっけ」

「はい」

「舞踏会なぁ」

「……私だけじゃなくて、総代くんも、行くみたいですよ」

「あっ、そうなん」

「はい。ですから、私としては、知り合いは多い方がいいなって……」

「そっか」

「……」

「……」

塔太郎は視線を窓に移し、黙ったまま動かない。次に出るだろう「俺、行かへんわ」という返事は容易に想像でき、それを覚悟していた大だったが、

「……俺も、参加さしてもらおっかな」

という声が聞こえると、弾(はじ)かれたように顔を上げた。

「ほんまですか⁉」

「うん。踊るんは自信ないけど、興味はあるし」

大の心の中が、ぱぁっと芽吹いたように明るくなる。最近、寂しさが積もり積もっていただけに感激は一入(ひとしお)で、

「そんなん、私もおんなじですよ！　真穂子さんは、お食事もあるし、無理にダンスしなくても大丈夫って言うてましたから！　……めっちゃ嬉しいです。塔太郎さ

ん、ありがとうございます！　もう。何で笑うんですか？」

と、その舞い上がりようを塔太郎に笑われるのさえ何だか嬉しくて、頰が緩んだ。

「だって。何で大ちゃんがお礼言うねんな。自分も招待客やろ？」

「いいじゃないですか、別に。嬉しいんですもん」

「俺も、楽しみになってきたわ。ただ俺、当日は府警本部に行くねん。遅くなるかもしれんし、ごめんやけど、行くんは別々にさして。――服装って、紋付きかタキシードやったっけ。どっかで借りなあかんなぁ」

「男の人は、スーツでもいいみたいですよ」

「大ちゃんは？」

「パーティードレスが一着あるんで、それにしようかな、って……」

「何や。てっきり、振袖かと思ってたんに」

「振袖も、あるにはあるんです。成人式に着たやつで、柄も綺麗なんですけど。お母さんのお下がりやしと思って……」

「それにしてえな」

「えっ？」

「俺、大ちゃんの振袖姿、見てみたい。大ちゃんがそれを着るんやったら、俺も、ちょっと頑張ってみよっかなぁ」

「……ほんまに？」

「うん」

「ほ、ほな、それにします。振袖にします！　当日、楽しみましょね！」

「せやな」

大が手を握らんばかりに喜ぶと、塔太郎も久し振りに、以前のように微笑んでくれる。

その日の帰り、大が「日頃のお礼です」と手作りのチョコを渡すと、塔太郎は「ありがとう。めっちゃ嬉しい」と言い、小さく包装されたそれを、大事そうに受け取ってくれた。


舞踏会当日の夜。雪は降らなかったが、相当な冷え込みとなった。

頬に当たる風は痛いほどで、吐く息が凍るのではないかと大は思う。自分でしっかりと結い上げた髪や、美容院で丁寧に着付けてもらった振袖の中には体温が籠もっていて、そこだけが暖かかった。

タクシーに乗って松ヶ崎に向かい、旧街道沿いにある島村邸の門まで来た大は、星ノ音会の部員の案内で、本宅の横にある離れへと辿り着く。土地を売って縮小したとはいっても広い庭園があり、砂利を踏む草履の音が、静けさの中に消えていった。

（この姿やったら、松ヶ崎の舞踏会でもおかしくないはず。……塔太郎さん、何て言うてくれるかな）

今の大は、塔太郎が望んだ振袖姿である。美容師に薄化粧をしてもらい、髪は後れ毛を出さないようきっちりと巻き込んでいた。いつだったか髙島屋で購入した赤いリボンの髪飾りで、いつもの一本簪は隠してある。

深紅の振袖は、流水や花、扇面に御所車が配されたもの。これに緞子の帯、鸚緑色の絞りの帯揚げや帯締めを締めると、古臭いかもと不安だった大の心配とは裏腹に、美容師達からは「かえって上品ですよ」と好評だった。草履だけは、専門店で細身の物を借りている。

寒い分、空気は張り詰めたように研ぎ澄まされ、夜空に散らばる小さな星々も、愛おしくなるほどに瞬いている。暗い松ヶ崎の山々を借景とした離れは、煌々とした灯りで賑わっていた。

「古賀大様ですね。この度はありがとうございます」

「ご開催、おめでとうございます」

玄関で受付を済ませ、一階のクロークに、着替えの入ったバッグを預ける。

二階に案内されると、開かれた扉の向こうは大きな板敷のホールで、そこが舞踏会の会場だった。二つあるシャンデリアから部屋いっぱいに広がる光を受けて、大は、しばし呆然とした。

（何て、綺麗な空間なんやろ……）

磨かれたチョコレート色の床に、レリーフのある絹色の壁や天井が映える。周囲にはアーチ形の窓がいくつもあり、それが開放感を出していた。

ほとんどの出席者が既に集まっているらしく、当時の写真やスケッチと、ほとんど変わらぬ光景に目を瞠った。談笑するタキシード姿の男性達や、振袖やパーティードレスをまとった女性達。部屋の隅には楽器を手にした人もいて、開宴前の、最後の調整をしているらしい。バーカウンターには、キンシ正宗の日本酒や地ビール、リキュール等が並んでいた。

会場を見回すと、顔見知りが何人かいる。他大学の人と話している真穂子の服装は、スカイブルーのパーティードレス。両側のお下げをお団子に巻いたラジオ巻きという可愛い髪型で、紅梅の花を一輪挿していた。

以前、新京極での事件の現場にいた星ノ音会の会長や副会長も、訪問着や膝丈のドレスを堂々と着こなし、しゃんとした姿勢で舞踏会の運営にいそしんでいる。髪型は、耳隠しや夜会巻きで大正・昭和初期の淑女を想起させ、彼女達の帯や髪にも、白梅や椿の花が見えた。

よく見れば他にも何人かの女性出席者が生花を挿していて、そのせいか、会場は甘い香りに包まれていた。

様々な人がいる中で、昭久氏と島村氏らしい男性の紋付き袴は特に貫禄があり、その二人と話している長身の女性だけ、服装がパンスーツである。四十代ぐらいの彼女は、ショートカットで切れ長の目は大変凛々しく、まさに男装の麗人だった。左腕に紫の腕章が見える事から、彼女が新宮神社氏子区域事務所の、あやかし課の隊員らしい。

大はその後も会場をじっと眺め回してみたが、塔太郎はまだ来ていなかった。最初に、誰へ声をかけようかと悩んでいると、横から肩を叩かれる。顔を上げると、グレーのタキシードを着た総代が立っており、

「どうも、古賀さん。凄いね。この中で一番可愛いじゃない」

と、開口一番に褒められた。

「ありがとう総代くん。その言葉、私で何人目？」

大はいつもの軽口かと流したが、総代は真顔で首を振り、

「古賀さんにだけだよ。僕、見つけてびっくりしたもの。本物のお嬢様が、西洋画から抜け出たのかなってね」

と言う。ムードを盛り上げる社交辞令かもしれなかったが、真剣な表情で称えら

れると大も悪い気はせず、素直に微笑み返した後は、自分も彼の事を褒めてみた。

「そっちも、タキシードがよう似合ってんで。まるで、映画に出てくる王子様みたい」

「いいね、その表現。じゃあ、その王子様とお嬢様とで、踊ってみる？」

「えっ」

「駄目かな？　気心知れた者同士の方が、踊りやすいと思ったんだけど」

「あ、そっか……。今日は、ダンスパーティーなんやもんね」

無理に踊る必要はないと聞かされていただけに、大は、自身も見守る側だと思っていた。なのでいざ踊るとなると、思わずはにかんでしまう。総代は、ハンドバッグを握る大の手に力が入っているのに気づいた。

「ま、それは後にしようか。とりあえずは、これをあげるね」

と、総代は懐から小さなノートを出し、手早く描いたのは黄色い花。大輪ではなく、丸い小さな花が沢山ついているものだった。

それを出現させて、大に手渡す。生花となるよう意識して描いたのか、ふんわりと優しい香りがして、大は思わずうっとりした。

「ありがとう！　ええ匂い……。これ、何のお花？　見た事はあるんやけど」

「ミモザだよ。髪飾りによく使われるんだ」

その時、大達を見つけた真穂子が、嬉々としてこちらへやってくる。彼女はお礼と歓迎の言葉を述べた後で大のミモザに気づき、

「古賀さんも、総代さんに描いてもらったんですね！」

と言った。大は、あっと悟ると同時に総代を横目で睨み、

「この女ったらし！　真穂子さんどころか、会長さん、副会長さん、他の人らが挿したはる花も、全部自分が描いたげたんやな？」

と呆れ顔をして見せた。

「うわ、バレた」

「バレたちゃうわ。相変わらず、キザったらしい事して」

「今日ぐらい見逃してよ。舞踏会なんだからさ。実際、お花があったら会場も豪華になるでしょ？　当時は、女性が生花を髪に挿して、踊る事もあったらしいんだ。いい香りがするからって」

「そうなん？」

「うん。それにね」

総代は大から目を逸らして会場を見回し、

「ミモザを描いたのは、古賀さんにだけだよ」

と、真穂子に聞こえぬように告げた。

「何で？」

「それはね……」

総代は何かを言おうとしたが、口をつぐむ。大が不思議そうにしていると、うーんそうだな、と役者めいた口調に戻っていた。

「古賀さんって、リボンも振袖も真っ赤なんだもん。そこに、赤い椿や梅を置いても目立たないでしょ。白でもいいんだけど、それだと面白みに欠けるしなぁ。だから、黄色にしてみた」

「私で試さんといて下さい。次、それをやったら、モデル料貰うしな？」

「ケチだねー」

そのうち、真穂子が手を引くようにして、大達を昭久氏のもとへと連れていく。

昭久氏や島村氏、新宮神社氏子区域事務所のあやかし課隊員・谷崎海里とも挨拶を交わす。島村氏は、昭久氏に似て大変に穏やかで、総代と話をはずませていた。

谷崎の方は、聞けば昨年の特練の教官で、つまり、塔太郎や朝光ケンを指導していたらしい。初めて話す彼女の声はよく通り、細くとも端正な姿は、宝塚歌劇団の男役だったと言ってもおかしくなかった。

「初めまして。新宮神社氏子区域事務所の谷崎です。古賀さんは、坂本くんの後輩やったね？　総代くんの事も、朝光くんから聞いてるわ」

やがて開宴時間となり、主賓が姿を現す。髪型を洋風にし、タキシード姿の伊邪那岐命と、桃色のドレスに身を包んだ伊邪那美命は、会場の誰よりも気品に溢れ、大をはじめとした出席者達の目を奪っていた。

星ノ音会の会長や来賓の挨拶、乾杯も済み、いよいよダンスとなる。最初の音楽は五重奏によるクラシックで、隣り合った人々がパートナーとなって踊り始めた。谷崎の横にいた大はこれに乗り遅れ、総代も、島村氏と話していたのでダンスし損ねている。大達は会場の隅からダンスを眺めつつ、酒や会話を楽しむ事となった。初めての人も多いのか、誰も皆、前後や四角く移動するだけの簡単なダンスである。四拍子なので、リズムも取りやすそうだった。

これなら自分にも出来るかも、と大も思えるほど、「松ヶ崎の舞踏会」は昔の雰囲気を踏襲しつつも、親しみやすいパーティーだった。演奏者達も、奏でる音に自分の霊力をのせているらしい。会場の空気が徐々に熱を帯び、ダンスも話し声も、一層賑やかになった。

ふと総代を見てみると、彼は昭久氏や島村氏、それに居合わせたらしい振袖姿の女性と、グラスを片手に美術談議と洒落こんでいる。

「うちの本宅には、島村コレクションなんて言われてる古い物がありましてね。幕末から戦前の物で、名のある職人の作品もありますよ。時間があったら、後で見に来ますか」

などと島村氏に誘われて、喜んでいた。

この時間になっても塔太郎の姿は見えず、運営の手伝いで踊り損ねていた真穂子も、入り口の方をちらちら気にしている。互いに言葉をかわせばその話題となり、大が念のため確認してみると、芝はもちろん塔太郎も、確かに出席となっているという。

「芝さん、今どこにいるんでしょう……？　もう！　招待状には、時間も地図も書いてあるのに」

真穂子が頬を膨らませるのに対して、大は、塔太郎がもう来ないのではと不安になる。

（府警本部に行くって言うてたしなぁ。それが長引いてるとか、急に通報が入って呼ばれたんかも……。警察の仕事って、そういうとこ、あるし。分かってた事やん）

尤もらしい理由を予想しては諦め、既に気落ちしている自分を何とか励まそうとした。

舞踏会は何の問題もなく進み、ホール中央では、伊邪那岐命と伊邪那美命が見事なダンスを披露している。夫のリードに合わせた妻の動きは、花弁が一枚ずつ、綺麗に開いてゆくようなたおやかさ。ドレスの裾も、羽衣の如く揺れている。即興でターンまでしてみせると、会場のそこかしこから拍手が起こった。

「嗚呼、何といふ美しさだらう!」

出席者の一人が高らかに叫ぶ。彼はそのままバンドの方へと歩み寄り、演奏に合わせて歌い始めた。そういうプログラムらしい。

それは、恋の歌詞であり、少し切ない。別れを選択した決意の裏で、いつか再び巡り合える未来を願う……というサビの部分は、大の心にも沁みるものがあった。ちょうど、その時である。一階から、ちょっとすんまへん、という昔ながらの関西弁がして、

「野中真穂子さんから招待状をもろた、芝いう者ですけど。場所、ここで合ってますやろか」

という芝の声に続いて、

「遅くなってすみません。坂本です」

という塔太郎の声がした。総代達は気づいておらず、大と真穂子だけが、同時に振り向いた。

待ち望んだ塔太郎の姿が、そこにあった。大は、あっ、というひと言さえも声にならず、

「塔太郎さん」

と、やっと小さく呼びかけると、向こうも気づいてくれた。

「こんばんは。大ちゃん」

塔太郎の服装は、タキシードではなく燕尾服だった。白のクロスタイにベスト、その上にテールの伸びた黒ジャケットという姿は、一分の隙もない。彼の姿勢がいいので尚更そう見え、大の頰は、既に自覚できるほど熱かった。

これ以上美しいものがあろうかというほど、大は塔太郎に魅了されていた。塔太郎も、おめかしした大を見て驚いているのか、

「その振袖……」

と言いかけたが、それに被さるように佳境を迎えた演奏と、芝に詰め寄る真穂子の足音に掻き消された。

「芝さん、遅ーい！　来ないのかと思ってましたよ！　坂本さんも、来て下さってありがとうございます！」

「うん。ご招待、ありがとう」

「真穂子さん、そんな怒らんといてぇな。僕、こんな場所初めてやから、準備で色々難儀したんや」

今の芝は鬼ではなく、借りてきたタキシードに合わせて小柄な男性に化けてい

る。頭を掻く芝に色々と話しかけた後、真穂子は芝を引っ張るようにバーカウンターへと連れていった。

残った大と塔太郎は、互いに歩み寄るも言葉が出ない。お互いに、妙に硬くなっているのが分かり、

「……お待ちしてました。お召し物、素敵ですね」

「……遅くなってごめんな。大ちゃんも、振袖が凄く似合ってる」

という、ぎこちない会話となるのは不思議だった。

やがて、塔太郎は目立つ燕尾服となった経緯を話し、

「芝さんの外出許可が、なかなか下りひんかったらしいねん。あやかし課隊員の同伴が条件、って事で俺と合流したんやけど、芝さんにタキシードを譲ったら、俺の分がなくなって……。お店の人が、これしかないですって出してくれたんが、この服やってんや。手袋って、した方がええやんな？　こんな凄いの、初めて着るから分からへんし……、大ちゃん？」

白手袋をはめ直しつつ、大の機嫌を窺っている。その何気ない仕草さえ、大には刺激的だった。胸の鼓動は高鳴って止まず、とうとう、

（今、ここで、この人に攫われてしまいたい）

と潤んだ目で塔太郎を見上げてしまうのは、想いを秘める者として無理もない事

だった。

それでも大は、一生懸命に理性を保って話題を変え、

「私の振袖、どうですか？」

と訊いてみる。すると、今度は塔太郎が黙ってしまう。「どう、って……」と小さく呟いた後は、薄化粧した大の目元を見て、振袖を見て、そうして再び黙り、

「……そんなに、綺麗になってくれるとは思わへんかった」

と、絞り出すように言う。その後は、目をじんわりと細めて、口元に手を当てる。赤くなった頬を誤魔化すかのように、大から目を逸らしていた。

大も、嬉しさに震える心を落ち着かせながら、襟元に手を当てた。

「よかった……。私、変じゃないですよね？　ちょっと不安やったんです」

「何でえな。着物の柄もええし、どっからどう見ても完璧やのに。他の人にも、そう言われたやろ？」

「はい、一応……！　美容院でも褒められましたし、総代くんにも、キザっぽい事を言われました」

「総代くんに？」

塔太郎は顔を上げて、バーカウンターにいる総代を見た。

「彼は、何て？」

「本物のお嬢様が、西洋画から抜け出たって」

「お嬢様が、西洋画から……」

大の言葉を反芻した塔太郎は、再び総代を見て、

「……さすがやなぁ。ええ喩えやわ」

と感心する。塔太郎の表情は少し悔しそうな気もしたが、どんな内容であれ大にとっては塔太郎からの褒め言葉が一番で、表現の優劣は関係なかった。

　このあたりで、ようやく他の者も塔太郎に気づいたらしい。谷崎がこちらへ来ると、塔太郎が心底驚いたといった表情で目を丸くした。

「えーっ、谷崎教官⁉　何でここに⁉」

「何でて。ここ松ヶ崎やで？　むしろ、私がいなおかしいやろ。こっちかって坂本くんが、しかも正装してくるとは思わへんかったわ。誰かの縁で呼ばれたん？」

「はい。星ノ音会の野中さんから、招待状を頂きまして。服は成り行きというか、しゃあなしというか……」

「ふうん。まぁ、似合ってるしええんちゃう？　レディーを、ちゃんとエスコートしたげや」

「はい。お疲れ様です」

谷崎は、大にも手を振って去っていく。彼女は既に男装の麗人として人気が出て

いるらしく、複数の女性からダンスを申し込まれていた。谷崎本人は、女性達と親し気に話しこそすれ、ダンスに関しては「職務中ですから」と丁重に断っている。その口調や女性達へのフォローの仕方は、本物の男性よりも男らしかった。

「谷崎さん、惚れ惚れしますね。あの人が特練の教官やったって聞いてますけど、確かに強そう……」

「実際、強いで。泣く子も黙る鬼教官や」

塔太郎が笑いながら、谷崎の事を話す。谷崎は霊力で猛禽類を造る事が出来、それを三羽ほど意のままに飛ばして犯人を捕まえるという。練習試合では、塔太郎もケンも相当に痛めつけられたそうで、ケンが他人に分からぬ英語で愚痴ってしまうほど、谷崎の術は厄介らしい。

思い出しながら、自分の事を話してくれる塔太郎。大は、重ねていた両手をきゅっと握った。

舞踏会という特別な場のせいか、近頃開いていた二人の距離が、いつの間にか元に戻っている。久し振りに味わう彼との時間があまりにも幸福で、ともすれば涙が出そうだった。

歌が終わり、作詞者である星ノ音会の会長が、バンドや歌手と一緒に喝采を浴びている。盛り上がるホールの隅で、大はこのまま時が止まればいいのにと思いながら、意を決して塔太郎を呼んだ。

「塔太郎さん」

「ん？」

目が合い、こちらから呼んだのに俯いてしまう。これではいけないともう一度顔を上げ、

「次の演奏になったら、その、私と……」

息が詰まっても何とか堪え、

「私と……っ」

踊って頂けませんか、と言おうとしたところで、何かが倒れる音がした。同時に悲鳴も上がり、「彼女を放しなさい！」という谷崎の怒鳴り声がする。大も塔太郎も、先ほどまでの一切を置いてその方に向いた。

会場の奥の窓際で、全身真っ黒の影法師のような男が、訪問着の女性を捕らえている。女性は、星ノ音会の会長だった。足元には楽譜が散らばって譜面台も横倒しになっており、先ほどの倒れた音はそれらしい。

会長は脇から左手を回され、口と顎を強く摑まれているので声すら出せない。彼女の真っ青な顔が、余興の類ではない事を物語っていた。

「動くな！　動いたら、この人の顔を潰してやる。俺も死ぬ！」

男は、黒いだけでなく体の輪郭も霧のように揺らいで見えづらかったが、どうやら制帽に詰襟の、軍服のような服装らしい。右手には、しっかりとサーベルが握られていた。

　男がいつ会場に入り込んだのか、そもそも男は何者なのか、全く分からない。人質がいるので接近するのも難しく、部員の誰かが言霊でどうにかしようとすると、

「余計な事をするなと言っただろう！」

と叫ぶ。そのせいで、谷崎も右手を男に向けて構えたまま、それ以上は動けないらしい。大が横目で塔太郎を見ると、彼も男の指示に従って棒立ちのように見せかけて、いつでも走り出せる体勢を取っていた。

男はまだ周囲を警戒し、倒れた譜面台を取ろうとする人を怒鳴りつけ、

「皆、一ヶ所に移動しろ。早く！」

と急き立てながら、サーベルを会長に近づける。会長の身の安全が最優先として全ての人間が一旦はバーカウンターに集まり、大達は総代と合流した。

「総代くん、一体何があったん？　分かる？」

大の問いに、総代は周囲の混雑に紛れて自分の見た事を話した。

「窓から突然現れたんだ。上半身が出てきたと思ったら、運悪くそこに会長がいて……。あっという間だった。僕も谷崎さんも離れてたから、どうしようもなかっ

た」

大や塔太郎に目配せした後は、真剣な表情で男を見る。真穂子も、芝と一緒に泣きそうな顔で大の傍にいた。

この間、谷崎が男と対話を試み、慎重に人質を解放するよう説得したが、

「お前らに話す義務はない！　この人だけいればいい！　動くな！」

と喚くだけで話が通じない。

その間、冷静な面持ちの昭久氏が、島村氏に尋ねていた。

「彼の気配、あやかしには違いないけど、君にちょっと似てへんか。うちのお酒どころか氏神さんもいはんのに、部屋に入り込めたんやで。君のご先祖か何かちゃうの」

「えっ、まさか。僕は、あんなご先祖知らんで」

島村氏も霊力を持っているのか、片手で輪を作り、単眼鏡のように自らの目に当てる。やがて、島村氏は正体を見破ったらしく息を呑んだ。

「懐中時計や。君はひょっとして、うちの付喪神か」

その瞬間、男がサーベルを振って背後の窓を割った。ダイヤモンドが砕けるような光景と同時に、谷崎が氷の鷹を飛ばして男の頭部を狙う。男は、谷崎が弱く飛ばすのを読んでいたのか会長を抱き込むような形で頭を下げ、鷹を避けた後は、すぐさま会長を肩に担ぎ上げて窓から逃げた。

「待ちなさい！」

叫んだ谷崎はもちろん、塔太郎も窓から飛び降りて男を追う。塔太郎の、

「大ちゃん、あとは頼んだ！」

という指示に、大は勇ましく「はい！」と答えた。

大と総代は、ただちに手分けして窓や入り口へと走り、共犯者が潜んでいない事を確かめる。総代が身分を明かして落ち着くよう周囲に指示すると、怯えたような騒ぎがぴたっと止んだ。何人かの部員が、結界を張ると申し出て自作の詩を唱えてくれた。

「ほな、キンシのお酒も沢山あることですし、僕も手伝いましょう」

昭久氏が、バーカウンターから青い切子瓶の純米大吟醸を手に取る。それをグラスに注ぎ、恭しく伊邪那岐命と伊邪那美命に献上した。二柱が厳かにそれを飲んだ後、昭久氏は会場の四方に酒の入ったグラスを置いた。

伊邪那岐命と伊邪那美命は、手を軽く振って空中から一枚の紙を出す。これは、あやかしの世界の令状である「交戦退治許可状」で、大にそれを託した後は、

「あの子、無事で帰ってくるかしら。心配だわ」

「大丈夫さ。谷崎がやってくれる」

と、身を寄せ合って窓を見つめていた。

星ノ音会の部員達の詠唱が終わると、昭久氏のお酒の力も相まって、会場の空気がぴしっと引き締まる。令状の効果で割れた窓も元通りになると、大と総代は窓へ駆け寄って戦況を確認した。

目に入ったのは、閑静な夜の松ヶ崎で起こっている、激しい交戦の様子だった。

犯人は恐ろしく強靭な体をしており、会長を担いだまま、松ヶ崎一帯の建物の屋根の上を跳び移り、逃げ回っている。谷崎も負けじと、同じように追いかけつつ白銀の鷹を操っていた。

谷崎の操る三羽の鷹達は突進して犯人の足を止め、あるいは爪で攻撃して、犯人を捕らえようと試みている。

鷹に交じって塔太郎も接近するが、如何せん、犯人は会長を宝物のように抱き込んだまま、サーベルを振り回して鷹を追い払っている。谷崎と塔太郎の二人がかりでも決め手を欠いているのは、人質に鷹や雷が当たるのを避けているからだった。

その代わり、犯人を北山通りから南へは一切出さず、半円状に移動させている。特に塔太郎は、犯人と常に適度な距離を取って全方向に対応できるようにしており、疲弊した隙を見て、取り押さえる作戦なのかもしれなかった。

犯人の戦い方から、その目的は、会長の拉致であるらしい。

「あいつ……人質は取ってるけど、それを盾にはしてない。むしろ、怪我しないように気遣ってる時さえある。確か、人質を『この人』って言ってたよね。犯人にとって、会長さんは単なる人質じゃないのか……？」

総代は、星ノ音会の部員達へはもちろん、他大学のサークルの人にも謎の男に心当たりはないかと訊いたが、皆、口を揃えて分からないと答えた。

一方の大は、島村氏に先ほどの事を訊いてみる。

「犯人が逃げる直前、〝うちの付喪神〟とおっしゃっていましたよね。何か、お心当たりでも……」

「心当たりというか……。指で輪を作ってそこから覗くと、僕はその正体が何となく見えるんですけどね、彼の姿が懐中時計に見えたんですよ。見覚えのある時計やったもんで、多分、うちのコレクションの一つちゃうかと……」

島村氏の隣で、昭久氏も頷いている。昭久氏いわく、島村家のコレクションには金工の名品も多いらしい。懐中時計も複数あるとの事だった。

島村家の骨董品(こっとうひん)の付喪神なら、ここに住んでいるのも同然である。会場に難なく侵入出来たというのも、納得がいく。

その時、霊力による谷崎の声が、天井から降るように会場内に響いた。

「古賀さん、総代くん。谷崎です。至急、御祓令状(おはらいれいじょう)を取得して下さい」

直後に塔太郎の声も聞こえて、

「犯人は、雷の拳で殴っても再生しよった。多分、本体はそっちのどっかにある。探してくれ！」

それきり、通信が途絶える。これで犯人の正体がほぼ判明し、大と総代はただちに二柱へお願いし、「御祓捜索差押許可状」を書いてもらった。島村氏によると、

「うちの本宅の一室に、コレクションの部屋があります。懐中時計も、そこにあるはずです」

との事で、伊邪那美命から、

「ここには私達がいてあげるから、行ってきなさい」

と送り出される。大と総代は、島村氏に連れられて本宅へと走った。

スペイン風の洋館である離れとは違い、本宅は純和風である。その中の一室が物置に改装されており、引き戸を開けると、冷えきった部屋いっぱいに、大小様々な桐箱が置かれていた。

「島村さん、懐中時計は」

総代が訊くと、島村氏は棚の一番上を指差す。大が背伸びして薄い桐箱を取ろうとすると、大より背の高い総代が、後ろから覆いかぶさるようにして桐箱を取った。

「ごめん」

総代は、棚と自分との間に大を挟んでしまった事を素早く謝り、島村氏の前に置

く。大もすぐさま御祓令状を広げ、開かれた桐箱を覗いた。

中には、さらに小さな桐箱が十数個収まっている。たいていの蓋に箱書きがあり、いくつか開いてみると、金色や銀色の懐中時計が入っている。どれも、背面や蓋に花や動物、人物などの彫刻があって見事な品ばかりだった。

この小さな桐箱の一つ一つに、懐中時計が入っているらしい。御祓令状で調べるには箱を開けて一つひとつ確かめるしかなく、時間がかかりそうだった。

「島村さん、問題の懐中時計はどれでしょうか」

「見えたのは一瞬やったから、どれやったか……！　金、あるいは真鍮なんは確かやけども……！」

島村氏も困っており、じっくり観察する暇がなかった事が悔やまれる。大が虱潰ししかないと言いかけると、総代が一つの桐箱を取り上げた。その箱だけ箱書きがなく、中には、真鍮色の懐中時計が入っている。総代は、他の懐中時計と比べながら丁寧に文字盤と背面、蓋を確認した後、

「これだけ仲間外れだ。名工の品じゃない。一番、付喪神がつきやすい物だ」

と断言した。背面に川と橋が彫られているそれは、大の目からすれば美しいものだった。

「古賀さん、令状を」

「うん」

総代に求められて、令状をそれに貼り付ける。すると、懐中時計から男の咆哮が上がり、激しく震え出した。

「やっぱり。——島村さん、壊してもよろしいですか」

「ええ、大丈夫ですよ！」

総代は懐からさっとノートを出して、最後の頁に描いてあった短剣を出現させる。薄暗い電灯と、小窓から射す月明かりに短剣が光ったかと思えば、まっすぐ懐中時計へと振り下ろされた。

一撃目で硝子にひびが入り、二撃目で文字盤が破壊される。咆哮が悲鳴へと変わり、ぱらぱらと硝子の破片を撒いた後、懐中時計は動かなくなった。

緊張の糸を切らさずに、大達は懐中時計を睨み続ける。やがて再び、谷崎と塔太郎の声がした。

「——犯人、確保。そっちへ戻ります」

「大ちゃん、総代くん。ありがとう！　急に犯人が倒れたん、自分らのお陰やろ⁉　会長さんも無事やで！」

大は安堵して膝をつき、総代も座り込みながら頭を掻いた。島村氏は総代に拍手しており、その審美眼に感服していた。

「いやぁ、総代さん。素晴らしかったです！　その時計は本当に、当時の市販の物らしいんですよ。以前来てくれた、学者の先生がそう言うてました。まさか、これにあんな付喪神がついてたなんて……。鑑定の講義、後で聞かしてもらいますよ」

谷崎と塔太郎は犯人を縛り上げ、懐中時計の押収のために、会長を伴って島村邸へと戻ってきた。安堵した様子の会長は皆に迎えられ、真穂子も含めた後輩らしい数人が目元の涙を拭っている。大も塔太郎と谷崎を心配していたが、二人もまた、負傷どころか衣服の破れさえなかった。

この頃には犯人も観念したのか、あるいは依り代を壊されたためか、すっかり大人しくなっている。会長や島村氏の証言を元に、会場内で簡単な取り調べが始まった。

谷崎を中心に調べを進めていくと、犯人の正体は、やはり懐中時計の付喪神だった。付喪神というよりは、時計に宿った人間の妄執が、人型になったものだという。

会長を攫ったのにも理由があって、彼女をかつての恋人の転生者、あるいは本人だと錯覚したらしい。

島村氏は、総代によって壊された懐中時計と、男とを交互に見ながら言った。

「この時計自体は知ってましたけど、君は初めて見る人やねぇ……。島村コレクシヨンは、主に祖父が集めてたもので、君も、元はどなたかの愛用品で、祖父に買われたんですか」

島村氏の問いに、男は黙って見返した後、逆に尋ねた。

「……君は、島村滋の孫かい」

「ええ、そうですよ」

「そうか。ではさすがに、懐中時計の事は知らないんだな。或いは、文子さんの話を、誰もが避けたに違いない。俺自身、時計の中に籠もって島村の人間とは交際しなかった。仕方ない」

彼の口調は、徐々に独り言めいてきた。

軍服のような詰襟を着ているからには軍隊関係者で、島村家との間に確執があった男の妄執かとも思われたが、男は自嘲気味に否定した。

「軍人じゃない。この服装は戦前の、京都の警官のものさ。懐中時計の元の持ち主はだな、松井貢という五条署の巡査なんだよ。しがない傘屋の子さ。時計は、文子さんが貢に贈ったものだ。文子さんというのは……島村家に身を寄せて、すぐに死んでしまった女給、いや、ご令嬢さ……」

男は、事件の全貌を話し始めた。

大正末期から昭和初期というのは、カフェーやダンスホールが全国的に流行っていた時代で、京都も例外ではなかった。

今でこそカフェと言えば喫茶店を指すが、「カフェー」というのは当時の規定で、客席を西洋風にし、酒類を提供し、かつ婦女を侍らして顧客を接待する店を指しており、カフェーが、後に出てくるダンスホールの前身でもあった。

そこで働く女給達は皆、耳隠しや断髪、着物や洋装にエプロンなどという華やかさである。当然、男女の触れ合いも起きやすかった。

繁華街だった河原町や新京極にはそういうカフェーが多くあり、風俗的な問題が後を絶たなかったという。当時の京都府警はそれらを厳しく取り締まっており、五条署も力を入れていた結果、「あそこはご親切が過ぎる」と、紙面で嘆く経営者もいた。

その日、五条署の巡査だった松井貢が上司と店へ入ると、案の定、ふしだらな場面に遭遇した。上司は当事者達をこっぴどく叱り、貢はそれを、部下として隅で見守っていた。

その時、一人の女給が、貢の足元に酒をこぼしてしまう。「ご親切」の仕返しか、と思った貢が睨むと、訪問着にエプロンを着て、耳隠しも美しい若い女給が怯えて

おり、

「失礼致しました。わざとではございませんの……。お酒を仕舞おうとしたら、手が震えてしまって。私、まだ日が浅いものですから、警察の方と隣り合うのは初めてでございます。どうぞお許しを……」

と、一生懸命に謝ってくる。

その健気さに、貢は無礼を許しただけでなく、心までも奪われてしまった。後日、彼女を忘れられなかった貢は思い切って客として店を訪ね、彼女を探した。訊けばすぐに見つかって指名が出来、「文子」と名乗ったその女給とは、話せば話すほどお互いに惹かれ合い、夢のような時間を過ごした。

それは決して貢の一方的な幻想ではなく、文子の方も、真面目な貢を好きになっていたらしい。やがて二人は人目を忍んで会うようになり、ある日は河原町の隅で、ある日は四条大橋の下の暗がりで、貢と文子は清らかに愛し合った。

貢の職業が警察官だった事もあって、お互いに私服で会い、恋人を人に自慢するような性格でもなかったから、二人の関係は誰も知らなかった。

その頃、貢は文子から贈り物を貰い、それが、真鍮製の懐中時計だったのである。

文子は詩作や小説が好きで、雑誌にも投稿していた。情熱的な恋愛小説や詩集に影響されて、貢へ贈り物をしたのだろう。時計の背面に彫られた川と橋の絵も、文子なりに、逢瀬の場所である四条大橋を重ねていたらしい。

名工の品ではなく巷で買える時計だったが、少ない給金から自分のために買ってくれた事を貢はこの上なく喜び、以後、恋が破れるまで、貢はこの懐中時計を肌身離さず持ち歩いたのだった。

今回の犯人、すなわち懐中時計の付喪神は、この時に貢の魂の一部が宿ったものである。つまりは懐中時計へ注がれた、文子への純粋な愛と言えようか。

そのまま何の障害もなければ、そのうちに貢が求婚し、文子も歓喜の涙を流して受け入れるという、麗しい純愛で終わるはずだった。

ところがある日、貢が何気なしに新聞を読んでいると、小さな記事が目に留まった。内容は、東京の有名な印刷会社「中川印刷」の社長令嬢が、何と女給をしている……という記事で、その店というのが文子と同じ店、そして、そのご令嬢の名前も「文子」だった。

胸騒ぎがして貢が店に行ってみると、既に文子は店を辞めており、残り香さえも残さず姿を消していた。適当な女給に一円を握らせて話を聞くと、

「それは本当ですわ。あの子、あんな天使のような顔をして、結婚していたのですよ。といっても、既に乱暴な夫とは別れて、実家に身を寄せていたそうですけど……。出戻りという立場が辛くて、京都まで逃げてきたのです。それで自活の道に

悩んで、女給になったという訳ね。名前も、違うものにすればいいのに本名のままで女給をしていたものですから、やっぱりそこは、世間知らずのお嬢様ですよ」

貢はさらに一円を握らせ、

「え？　彼女の居場所ですって？　確か、うちのお得意さんの島村滋さんが、一旦は松ヶ崎のお家に引き取るというお話を、小耳に挟みましたよ。島村さんは、ご商売で中川印刷とも繋がりがありますから、その関係でしょうね。そのうち彼女も、東京へ戻ると思いますわ」

聞くが早いか、貢は支払いをして店を出て、松ヶ崎まで急いで島村邸へと辿り着いた。

そこで貢が見たものは、東西に延びる長い塀と、誰が見ても名士の家と分かる門構え。そして、その先にある本宅が全く見えぬという、四千坪の広さを誇る島村家の大豪邸だった。

五条署の巡査だと名乗り、表を掃除していた下男(げなん)に確認してみる。すると、確かに文子は引き取られて屋敷の中にいる、数日のうちに中川家の者が迎えに来るだろうと下男は説明し、

「旦那(だんな)様にお伝えしまひょか」

と言ったが、恋人ではなく巡査として中へ入る事が情けなく感じ、貢は断った。

しかし貢は、すぐには立ち去る事も出来ず、長い間じっと、塀の向こうを見つめ続けた。

（彼女は、こんな家に身を寄せられるほどの、高貴なお人やったんか……）

心の中で、文子が高嶺の花に変わってゆく。自分の恋が、冷酷な現実によって悲しく打ちのめされてゆくのを、貢は本能で感じ取っていた。

この離宮にも似た広い屋敷の中に、彼女はいる。島村製作所の本家に保護されている。そして、彼女の父親もまた、似たような屋敷を持っているであろう、大会社の社長である。

思えば、彼女が女給らしくない上品さを兼ね備えていたのは、本当は令嬢であったからか……。

一方の自分の出自はというと、ただの傘屋の息子である。警察官という立派な職業に就いてはいても、ただの下っ端の巡査である。給金だって、中川印刷や島村製作所の社長とは、天と地ほどの差がある……。

何もかもが、自分と違いすぎていた。今、この敷居を越えて彼女に会えたとて、その先はどうなるというのだろう。平凡な自分と一緒になったとしても、何一つ不自由のない生活をさせてやれる自信は、ない。「何と可哀想なご降嫁だ」と、新聞に書かれるかもしれない。

そうなるよりも、自分とは別れて実家に戻り、より将来性のある男と縁組する方が、彼女にとって幸せに決まっている。一度結婚に破れたとはいえ、実家の財力と家柄、そして京都まで迎えに来るほどの熱心さがあれば、次は善い人に巡り合えるだろう。

彼女との恋は、一時の夢に過ぎなかったのだ。

そういうふうに、貢はほとんど男の矜持というべきものによって、文子を諦めた。貢は下男に懐中時計を託して松ヶ崎を去り、巡査も辞めた。その後は彼の行方を知る者はいなくなったという。

一方の文子も、下男から懐中時計を手渡され、それが五条署の巡査からだと聞いた瞬間、貢との別れを悟って泣き崩れた。

その後の文子は、懐中時計を島村家に残して東京の実家へ戻り、そのまま再婚する事なく亡くなったという記事が、新聞に出た。

ごく小さな記事だったが、それには、彼女は自ら命を絶ったという噂がある、と書かれてあった。

「……東京で文子さんが亡くなった事を知って、当時の島村家の人達は悲しんだ。

俺はもっと悲しんだ。四条大橋の下で、貢が懐中時計の俺を見て喜び、文子さんが嬉しそうに微笑む姿。俺という恋の残滓を残して、二人はこの世から去ってしまった……。

文子さんの、これから河原町に出来るというダンスホールの話を、貢は楽しそうに聞いていた。二人で、いつか一緒に踊りましょうねという話に、懐中時計の俺もその時いるだろうと想像して、幸せだった。だからこそ、貢が去り、文子さんが亡くなったと知った時、俺は何も思い出したくなくて時計の中に引き籠もった。何も知らない島村滋がダンスパーティーをしていても、無視した。

それから九十年。今になってなぜか俺は目覚めた。離れの方から、覚えのある賑わいが聞こえたものだから、壁伝いに窓から覗いたんだ。そうしたら、昔を思い出させるダンスパーティーで……。

しばらく見ていたら、歌われている歌詞の内容に気づいたんだ。まるで、文子さんと貢の事を謳っているようだと。この歌詞から漂う霊力で、俺は目覚めたのだと理解した。やがて、作詞者だという会長さんが前に出て……。彼女の姿も、文子さんによく似ていた。……今よくよく見れば、やはり別人だけどな。それで、俺は勘違いしたんだ。彼女が帰ってきてくれたのだと。だからあんな歌詞を書いて、俺を、貢を呼んでいるんだと……。

そう思った俺は、気づけば我を忘れていた。今度こそ、彼女を攫いたかった。貢の代わりに。四条大橋へ連れていって、自分の事を話して、ただ隣り合うだけの一夜を過ごしたかったんだ……。

会長さん。馬鹿な俺のせいで、怖い思いをさせて申し訳なかった。そして皆さん。ご迷惑をおかけして、本当に申し訳なかった」

これが本来の性格だったのか、最初の凶暴さが嘘のように、話し終えた犯人は誠実だった。会長はもちろん、谷崎、塔太郎、島村氏など全ての人に心からの謝罪をし、谷崎に伴われて会場を後にした。

その去り際、島村氏と会長が、犯人を呼び止めた。

「中川さんの事ですけど……。お孫さんご一家が、まだ、東京にいるんですよ。今は小さな印刷会社ですが、お家は立派に続いています。私が連絡して仲立ちしますから、刑期を終えたら、文子さんのお墓参りへ行きましょう」

「私の書いた歌詞を、文子さんと貢さんに捧げます。部の雑誌に収録する際も、その一文を入れさせて下さい。お二人のご冥福を、心よりお祈り申し上げます」

犯人は涙をひと筋流し、最後にもう一度、深々と頭を下げていた。

事件が解決し、会場がしんみりと静まり返る。誰もが、悲恋に黙禱を捧げていた。悼む時間を終えて、やがて小さく手を叩いたのは、伊邪那美命だった。

「さぁ、皆さん。いつまでも悲しい顔をしては駄目。会長さんも無事に戻った事だし、この辺で、気持ちを切り替えなくては。——歌と音楽をお願い。貢さんと文子さんに想いを馳せながら、舞踏会を最後までやりましょう」

伊邪那美命に背中を押されるようにして、ジャズのバラードが始まる。歌唱サークルのドレス姿の女性が、曲に合わせてしっとりと歌い始めた。

一組、また一組と踊り始め、舞踏会は元の賑わいを取り戻していく。中央の一組分が空いているのは、会場にいる誰もが、そこを貢と文子の場所としているからだった。

（文子さん、とても素敵です。リードが下手くそですみません……）

（そんな事ないわ。私ね、あなたの優しいこの手が、大好きなのよ……）

実際には見えずとも、仲睦まじく踊る二人の姿が目に浮かぶようである。大も、彼らが来世で結ばれる事を祈っていた。

何組かが入れ替わり立ち替わり踊る中で、やがて大は、自分も踊ろうと決心する。求める相手はただ一人。彼が自分の手を取ってくれるかどうか……。

その成否が今後を決めると信じた大は、最後の賭けとばかりに息をぐっと呑み、塔太郎を呼んだ。

ところが同時に、昭久氏と島村氏、そして総代が、大達に声をかけてくる。大は慌てて身を引き、塔太郎は総代に軽く手を振っていた。

「古賀さん、坂本さん。お疲れ様でした！」

総代は嬉々として大の隣に立ち、島村氏は頭を掻いていた。

「いやぁ、あやかし課の皆さん。本当にありがとうございました。うちのコレクションがご迷惑をおかけしましたが、それを逮捕してくれて、何と感謝すればよいやら……。それにしても、数あるコレクションの中から瞬時に見破られた総代さんは、まさに一番のお手柄でしたね！　見比べて、ぱっと『これだ』と決めはった。堀野君にも、見してあげたかったよ」

総代をべた褒めし、昭久氏に本体発見の経緯を説明している。総代はというと、顔を赤らめながら笑いを取っていた。

「本っ当にまぐれなんですよ！　あの箱だけ箱書きがなかったんで、おかしいなって思ったんです。あとはその雰囲気とか、勘っていうか……。もし外れだったら、カッコ悪い事この上ないですよね。だから当たってて、凄くほっとしてるんですよ！」

それは単なる謙遜で、総代の審美眼はいまや全員の知るところである。昭久氏と島村氏は、総代家の血筋がその目を培ったのだろうと分析し、芸術に関しては

素人の塔太郎は、

「凄いなぁ。ほんまもんの鑑定家みたいや。俺やったら、絶対分からへん」

と、素直に総代の実力を認めていた。

バラードが終わり、別の曲に変わる。昭久氏が「自分達も若いんですから」と大達にダンスを促すと、すぐさま総代が、

「では、お言葉に甘えて。――古賀さん、踊ろう」

と、大に申し入れた。

大は「えっ」と声を漏らし、思わず総代を見上げた。

「あの……」

「大丈夫。僕がちゃんとリードするから」

あっという間に、総代が大の髪に何かを挿す。ふんわりと香ったそれは、開宴前に描いてもらったのと同じミモザだった。

何も知らない昭久氏と島村氏はそれを見て、

「いいお花ですねぇ」

と褒めている。花を返すのは場をしらけさせるようで気が引けてしまい、その一瞬の甘さが、後から思えば運命の分かれ目だった。

「私は……私……は……」

戸惑っていた大が見たのは、何も言わずにこちらを見返し、やがて、自らの手を総代へ向ける塔太郎。

「ええやん、行ってきいな。——お似合いやで」

小さく呟かれたそのひと言が、決定打だった。自分を送り出し、なおかつお似合いとまで言う他人行儀さに大はショックを受け、塔太郎への想いは、もはや完全に行き場を失ってしまった。

ここまで来れば望みは断たれており、大は塔太郎に偽りの微笑みを浮かべて、お辞儀(じぎ)する。あとは、もう全て忘れてしまおうと総代の手を握り、

「……お誘い、感謝します。行こう、総代くん」

「うん。こちらこそありがとう。よろしくね」

と、二人並んでその場を去った。

それからの大は、塔太郎を視界に入れないようにして、半ば闇雲(やみくも)に舞踏会を楽しもうとした。

耳に入る音楽や揺れる自らの袖、宣言通り自分をリードしてくれる総代とのダンスに集中する。心の中から滲(にじ)み出てくる塔太郎との思い出を、次々と、封じ込めるかのように墨塗りしていった。

その最中、小声による総代との会話は唯一の逃げ道で、大は、それが途切れてしま

わないように、悲しみの中に溺(おぼ)れてしまわないようにと、努めて話題を出し続けた。

　その会話だけでなく、今こうして手を繋ぎ、身を寄せている総代の体軀(たいく)は思った以上に頼りがいがある。さらに今夜、戦闘中とは違った知的な一面を、彼は大達に魅(み)せたのだった。

「あの時の鑑定って、ほんまに勘やったん？」

踊りながら訊いてみると、総代は「勘っていうか、勢いだったね」と否定はしなかったものの、

「ただ、本当の事を言うと……」

　と、コレクションの部屋では明かさなかった持論を、大にだけそっと打ち明けてくれた。

「金工、特に幕末から戦前の物はね、一流の品だと素人でも分かるぐらいに凄いんだ。彫金(ちょうきん)の技法は真似(まね)できないほどの細やかさで、象嵌(ぞうがん)だと色鮮やか。作品全体の構図は緻密(ちみつ)あるいは大胆。これが金属だなんて信じられないって、はっとさせられるよ。懐中時計の場合だと、例えば加納夏雄(かのうなつお)の片切彫(かたきりぼり)は、筆で描いたんじゃないかと思うぐらいに滑(なめ)らかなんだ。

　そういう傑作(けっさく)には、悪いものは基本的につかない。作品自体の存在感が強すぎるからだ。あの時に見た懐中時計は、ほとんどがそういう逸品(いっぴん)だった。見ただけで分

かった。

その中で犯人の懐中時計だけは、彫られている川や橋の線が頼りないような気がしたんだ。構図だって量産品めいていたし、すぐに一流の品じゃないって分かった。箱書きもなかったしね。そう思ったのはあれだけだった。だから、まずはこれに令状を当てればいいって、考えたんだよ。

要は、咄嗟に自分の感性を信じた。……そんなところかな」

芸術に関する話だからか、総代はいつになく真剣に、そして熱く語っている。大は、彼の揺るぎない資質を垣間見た気がして、感動のあまり言葉を失っていた。

今までの軽い印象や、同期という自分の評価が一変し、この人は適材適所でこんなにも輝く人だったのかと、心からの敬意を抱き始める。

自分の感性を信じるというのはまさに金言で、総代は単なる同期以上の、大によい刺激を与える人となっていた。

黙って聞いている大を見て総代は不安に思ったのか、

「まぁ、これはあくまで、僕の考えだからね。専門の先生とかには言わないでよ。絶対に怒られるから」

と軽い口調に戻し、

「それとも……普段の僕とのギャップに、ときめいたりしちゃった?」

とさらなる冗談を言うので、大は緊張の糸が切れたように、無邪気に笑った。

「かも、しれへん。――でも一瞬だけな？」

この返しを予想していなかったのか、総代は珍しく、顔を赤くする。大はしてやったりと思い、もう一度笑った。

その後、「古賀さんにときめいてもらえるなんて、嬉しいなぁ」「もっと可愛い子がいいんやろ？」「いやいや、女性だったら誰でもウェルカムだよ」「出た、女ったらし！」「だから違うってばー」というのいつもの調子に戻ると、大は総代とのダンスを終えた。

ホールの端に戻った後は自然と別行動になり、総代は、真穂子や他の出席者達との会話を楽しんでいる。大も、バーカウンターで飲み物を貰い、目立たぬようにして一時を過ごした。もちろん、塔太郎から逃げるようにして。

そうしているうちにすっかり酔いが回ってしまい、大は、火照った体を冷まそうと、そっと会場をあとにした。その直前、見回した会場には総代も塔太郎もいなかったが、大は気にも留めずに階段を下り、離れから庭に出た。

いざ外に出てみると、さらに冷え込み、身震いするほどの寒さである。しかし、今の大にはかえってそれが心地よく、夜空を見上げながら、静寂に包まれた庭を一周して戻ろうと考えつつ歩き出してみると、男達の声が聞こえてきた。会場から漏れているのではなく、庭からだった。

草履を擦らせて声のする方へと向かうと、確かに、離れの陰に誰かがいる。そしてそれは間違いなく、総代と塔太郎の声だった。

大は立ち止まって咄嗟に身を隠し、二人がこんなところで、一体何の話をしているのかと耳をそばだてた。

距離がある上に、二人は小声で話している。ゆえに内容はほとんど分からなかったが、一度だけ総代の声で「古賀さん」という単語が聞こえてきたので、自分の話題ではあるらしい。はっとして身構え、出ていって二人の話に交じるべきかと迷ったが、次に聞こえてきた塔太郎の言葉に、大は絶望した。

「――大ちゃんが誰と付き合うとかは、そんなん、俺はどうこう言うつもりはない。言うのは、仕事に関係する事だけや。ただの後輩やしな」

よりによってこの言葉だけが耳に明瞭に届いてしまい、大は何も言わず、物音も立てずに、離れへ戻った。その後も二人は話し続けていたようだったが、聞く気にもなれなかった。

（……）

足取りはおぼつかなく、全身がどんどん冷えてゆく。顔も、真っ青に違いなかった。

先の塔太郎の言葉だけが頭の中をぐるぐる巡り、体中を刺し、大の心を冷たい底へと深く沈めてゆく。

（塔太郎さん、私の事、何とも思ってへんかったんや……。やっぱり、今までの事は全部、他の人や後輩を大事にする気持ちなだけやったんや……）

いつだったか、友人である梨沙子が例に出した失恋話のように、塔太郎もまた、自分を大事な後輩としか見ていなかったのである。塔太郎がくれた優しさや温かさを大は勘違いして、塔太郎を男性として好きになってしまった。大の恋は、そんな一方通行だったのである。

もしかしたら塔太郎は既に、大の想いに気付いているのかもしれない。とすると、塔太郎にしてみれば大は面倒な存在だろう。加えて、稲荷神社での一件のように付きまとうのだから、距離を置こうとするのも当然だった。

大は、今までの全てに合点がいった。

茫然自失のまま離れに戻った大は、会場ではなく一階のクロークに向かう。そこに着替えの私服が預けてあり、大は無表情のまま、それを受け取ると控室に向かった。

帯締めに手をかけて解いた後は、帯揚げ、帯、振袖の腰紐を解き、まとっていたものを取っていく。目からは涙が溢れていたがそれを拭うこともせず、手つきが乱暴になるのも構わず、振袖をも放り投げた。

その後、私服に着替えようとしたが耐え切れず、大は長襦袢姿のままでぺたんと座り込み、両手で顔を覆って泣き崩れた。

もう、どうにもならない。自分の恋は、他ならぬ彼自身によってとどめを刺されてしまったのだ。諦めなければならない。

(私は、もう塔太郎さんを好きなんとちゃう。好きなんとちゃう。好きになったら、あかんねん……！)

自らに言い聞かせるように、何度も何度も念じるように繰り返す。それでも塔太郎への想いを止めることはできず、

(もう、ええ加減にして！『大』のあほ！　どっか行って！)

と自分自身をなじり、自らの精神を打ち据えていた。

それでも一つ幸運があるとするならば、塔太郎に直接、告白をしなかった事だろうか。これで面と向かって「好きじゃない」と言われていれば、大は塔太郎の目の前で泣き崩れたかもしれないし、その後、喫茶ちとせでどんな顔をすればいいのか、考えるだけでも恐ろしい。

このまま全てなかった事にしてしまえば、多少の距離はあっても、先輩後輩のままでいられる。

初めて配属された日の、あの真っ新な頃には、戻れるのである。

（ごめんなさい、塔太郎さん。次に会う時は、あなたに恋心なんか抱かへん、違う私になってますから。ちゃんとした、ただの後輩になりますから……。喫茶ちとせの人間関係も乱しません。安心して下さい……）

大は感情のままに、髪につけていたミモザもリボンも投げ捨てた。一緒に簪も摑み取ったので髪が解けたが、号泣していた大は全く気付かなかった。

長い髪が肩にすべり落ち、大の精神は深い眠りに落ちてゆく。誰かと入れ替わるような感覚を最後に、意識はそれきり途絶えた。

幕間　三

彼女——古賀大は、本当に凜々しく成長した。

出会った日の事を塔太郎は今でもよく覚えており、最初の対面は、任務に行こうとしてぶつかった時。二回目は、神宮道での戦いの後である。

ぶつかったあの時は、急いでいても顔だけはきちんと見る事が出来、小柄で可愛い子やな、という印象だった。のちに「大」という名前を珍しいと思いつつも、京都らしくてこれもまた可愛いと感じたのは、彼女を気に入っていたからだろう。

彼女の名前が大文字山から取ったというのは察しがつき、それを伝えると、

「そうです！　大文字山です。よく分かりましたね」

と、嬉しそうに笑ってくれた。

あやかし課隊員として働き出した大は、初々しくて、いつも一生懸命だった。笑顔で喫茶店業務をこなし、任務では自分の精一杯を出そうとする。

その姿を見て、塔太郎はもとより、深津達からの評価も上々だった。

同じ後輩でも、玉木とはまた別の、後ろについて背中を押してあげたくなる新人さん。そんなふうに、塔太郎の目には映っていた。だからこそ、彼女の持つ不思議

な力の事を知った時は、今にして思えば誰にも先を越されたくない気持ちで、

「後ろにいるなんて勿体ない！ 使えるようになったらええやん」

と、彼女を後押ししたのだった。

自分と境遇が似ている彼女を、他ならぬ自分が、支えてあげたかった。

こうして塔太郎は、京都御苑の芝生で「まさる部」と称した大の修行に付き合うようになり、仕事では協力し、励まし合い、たまに二人して馬鹿をやっては深津に怒られたりと、楽しい時間を重ねていった。

「まさる部」の修行は自分のためにもなったし、猿ヶ辻という神猿と新しい縁を得た事も、大に感謝したい一つである。

斎王代に絡む生霊事件、宵山での出産、清水寺の激闘などを乗り越えた大は、貴重な花が一輪ずつ咲いていくような、そんな目覚ましい成長を見せてくれた。

特に出産の時は、男の塔太郎ではどうしたらよいか分からず困惑したが、大は躊躇うことなく自ら妊婦の手を握り、魔除けの力を流して赤ん坊を救ってくれた。

あの時の彼女は、どれほど頼れる存在だったか。大が八坂神社の本殿に迷い込んだと聞いた時は、そんな存在を失うのではないかと胸が潰れそうになり、無事に帰ってきてくれると、安堵のあまり人目も憚らず抱きしめた。

彼女は泣いても震えてもおらず、むしろ安心させるかのように「私は大丈夫です

よ」と言い、塔太郎を抱き返した。そのたおやかな強さが、塔太郎の中で、一層の信頼感を生んでいた。

　そういう下地があったからこそ、塔太郎は弁慶の亡霊の事件の際、大に武田詩音を任せる事が出来たし、清水寺での戦いでも、大を全面的に信頼出来たのだろう。

　その頃からだろうか。塔太郎の中で、大がもう「新人さん」ではなくなったのは。とても特別で、尊ささえ感じられる「女性」となりつつあったのは。

　一方では、まだ一年目だからと言い訳して彼女を甘やかしてあげたい気持ちもあり、彼女の事を、自分が一番よく知っていたいという気持ちもあり……。

　そういう複雑な心境に、自分でも首を傾げる事が、多々あった。

　けれども、先輩という立場だからと、努めて考えないようにした。

　そうこうしているうちに年が明け、彼女は師匠の猿ヶ辻にすすめられて、山王七社への挨拶を果たした。古賀大は、日吉大社の神々から快く迎えられたのである。

　それに先輩として立ち会った塔太郎は、自分の事ではないのに、自分の事以上に喜び、幸せだった。

　自らの力を恐れていた彼女が、今、自らの力を誇りに思い、こんなにも伸びている。神々に与えられた任務までこなし、陽光に照らされるように輝く彼女は、この上なく澄んで美しかった。

「というても……誤飲を見抜いたのは塔太郎さんで、実際に刀を振るったのはまさるですよ？　私自身は、何もしてませんよ」

「ええねん、ええねん。ちゃんと助けられたんやから、大ちゃんにも満点や。先輩も『まさる』も実力のうちって言うやろ？　これで山王七社の神々も……」

（大ちゃんの実力を認めてくれる）

そうしたら、山王七社が彼女を巫女にと、望むかもしれない。

彼女の前でそう口にしかけた時、塔太郎は、はっと気づいて口をつぐんだ。

神々がお望みならば、あやかし課を辞めて巫女になったっていいし、そもそも、以前のような会社員に戻ってもいいのである。

今となっては、まさるも以前のように無暗に暴れはしないだろうから、平凡な生き方をすることも可能である。何かあれば、今度こそ山王権現が力になるだろう。修行の必要もなくなる。

それはつまり、大があやかし課、ひいては塔太郎のもとを離れるという事で、その可能性が、塔太郎の中に浮かんだのである。

その途端、塔太郎は何だか寂しくなった。ずっと彼女が、自分の隣にいるとばかり思っていた。

（もしほんまに、神々が大ちゃんを望んだら。俺どころか、猿ヶ辻さんでも反対は出来ひん。望まれるんは大ちゃんにとっても名誉な事やから、俺は反対は、そら、せえへんけど……）

それでも塔太郎は、彼女にあやかし課を辞めないでほしいと願っていた。辞めないでというよりは、自分との縁を切らないでくれという方が、正しいかもしれない。平和な日常と、あやかし退治で一生懸命な日々を、これからもずっと、彼女と過ごしたかった。

そんな塔太郎の願いを砕いたのは、深津から告げられた実父の存在であり、稲荷神社の任務で思い出された過去であり、精神的にまいっていた姿を大に見られた事だった。

隠していた自分の過去が明るみに出て、彼女を失望させてしまった。そう気づいた塔太郎は落胆し、今更ながらに己の正体を思い出し、真の立場を思い知らされたのである。

（あやかし課にいてほしいだなんて、とんでもない。

格好いいエースでいたかった？　何言うてんねん）

自分は、あの神々に愛されている綺麗な彼女に、何かを願う資格などない。

実父が原因といえども神の力を得て、その力で事件を起こしてしまった事もある、罰当たりな男。今はそこに、このところ京都で続く事件に実父が関わっているのではないかという、厄介な事情も出始めている。

(俺という人間はほんま、どうしようもなく、めんどいやっちゃな)

帰りの電車の中で、乾いた笑みを浮かべたものだった。

もし今後、実父や宗教集団——「京都信奉会」が、京都で何かしらの事件を起こしたら。実の息子である塔太郎は、無関係ではいられない。

現に今、再鑑定の結果から自身の疑いは晴れたが、逆に、実父の関与はほぼ確定である。その関係で、府警本部では極秘に、自分も交えて今後を協議している真っ最中だった。

その件について塔太郎は、むしろ率先して解決のために働きたいと思っているし、前線への出陣だろうが、遺伝子の提供だろうが、何だってする気でいる。だからこそ、塔太郎は大と距離を置き、先輩と後輩という関係だけになろうと考えた。彼女が巻き込まれないように。またその師である猿ヶ辻にも、あらぬ疑いがかからぬように。

もうこれ以上、神仏や周りの人に迷惑をかけたくない。

ましてや大ちゃんには、一点の汚れもつけたくない——。

そう決めた塔太郎は、大との会話を徐々に減らしてみた。

　しかし、それは思いのほか、上手くいかなかった。

　自分が会話を打ち切るような返事をすると、大はいつも悲しそうな顔をしたし、何より自分も辛い。その度に塔太郎は、

（俺は一体、何をしてんねや）

と、心の中で自分の迷走ぶりをなじり、彼女への思いを断ち切れない甘さを憎んだ。

　ただ、努力は無意味ではなかったようで、大の方も諦めたのか、彼女からも少しずつ距離を置いてくれたのは有難かった。特に総代といる時は楽しそうで、大の心が自分から離れていくと分かれば、ほっとすると同時に、切なかった。

（先輩よりも、同期といる方が、大ちゃんも気が楽やんな）

　そう、自分に言い聞かせていた。

　大と総代は以前から仲が良く、それは同期のよしみと分かってはいたけれど、無意識に総代を羨み、嫉妬していたのかもしれない。

　ゆえに松ヶ崎の舞踏会に誘われて、総代も行くと聞いた時、こういう時こそ距離を置かねばならないのに、塔太郎は「行く」と答えてしまった。

　それだけでなく、大に振袖を着てほしいと望んでしまった。

　その時の彼女は全身で喜びを表し、最近では少なくなった笑顔も見せてくれる。

そんな様子に塔太郎はやはりほだされてしまい、結局、今回だけ、あと少しだけ、と自分自身に言い訳しながら、舞踏会が楽しみで仕方がなかった。

芝にタキシードを譲ったので図らずも燕尾服を着ることになり、舞踏会に来てみれば、そこはまさに別世界だった。

普段の煩いを忘れさせるほどの豪華さで、いつだったか小説で読んだような、煌びやかな会場に目が眩む。

「塔太郎さん」

と、呼ばれて振り返ってみれば、振袖姿の大が立っている。たとえ宮廷に出しても恥ずかしくないような姿で、澄んだ瞳で、自分を見ていた。

塔太郎は、今度こそ本当に眩暈がした。

「こんばんは。大ちゃん。……その振袖……」

自分のうわ言めいた声を、野中真穂子の声がかき消す。それ以降は、ろくな言葉が出なかった。

御所車が描かれた深紅の振袖は、誰かが彼女のために誂えたと錯覚するほど、「古賀大」の持つ気品と一致している。反して、丁寧に結い上げられた髪にリボンをつけているのは、無邪気さがあって愛らしい。

薄化粧もしている事に気づいた時、少女が大人になった瞬間を見たような、健全かつ絶妙な色香に囚われた気がして、胸が詰まった。

「……お待ちしてました。お召し物、素敵ですね」

「……遅くなってごめんな。大ちゃんも、振袖が凄く似合ってる」

その後は、沈黙を埋めるかのように燕尾服となった経緯を話していたが、噛まないように何とか喋っていた自分を、大は無言で聞いているだけ。

不安になって「大ちゃん?」と訊くと、彼女は少し虚ろな、夢の中にいるかのような表情で、自分を見上げていた。

これは単に服に見惚れているだけで、自分にではないだろうと分かってはいても、何とも扇情的で、

(今、ここで、彼女を攫ってしまいたい)

と衝動的に思ったのを、塔太郎は急いで打ち消した。

「私の振袖、どうですか?」

と訊かれると、頬が熱くなるのを必死に隠して、

「どう、って……。……そんなに、綺麗になってくれるとは思わへんかった」

と、答えるのが精一杯だった。

後で、総代も彼女を褒めたと聞いて先を越されたと思い、しかも総代の方が上手

いと悔しくなった時は、自分も小さい男やなぁと、自虐交じりに苦笑したものだ。

ただ、その時ふと、

（総代くんは、ええ男やからな）

と思ってしまったのは、後から思えば恋愛の神が塔太郎の心に投げ入れた、悲しい分別かもしれなかった。

その後、谷崎教官と会い、大に特練の話をしていた時間は、「あぁ、これがいつもの調子や」と感じるほどに、塔太郎の心を癒してゆく。

自分で距離を置くと決めていたにもかかわらず、心の奥底ではずっと彼女の傍にいたいと願っていたのは、何とも情けない話である。

そんな折に彼女から、

「次の演奏になったら、その、私と……」

と言われ、まさかダンスに誘われているのか、いやいや真面目な彼女の事だから後輩としての礼儀に違いない、と浮かれる自分を諫めようとした矢先、事件が起こったのだった。

それが無事に解決し、総代が才能を発揮したと聞いた時、塔太郎は先の分別をきっちりと確信し、自分と彼との差を、星を見上げるような気持ちで思い知った。

総代は東京の、絵画に関わる一族の人間である。戦前の、この松ヶ崎のダンスパーティーにも、彼の先祖が参加している。彼自身も絵を描く事を武器として戦うだけでなく、救護まで出来る逸材であるし、性格だって、気まずい雰囲気を払拭出来るほどの明るさである。

そういう由緒正しき出自や実力、よい性格、さらには審美眼まで持つ総代と、京都御所に近い堺町二条で生まれ育ち、山王権現由来の力を持つ才色兼備の大。

並ぶだけで、ため息が出そうな二人である。

その総代が大にダンスを申し込んだ時、その顔つきを見て塔太郎は直感で、彼の大への好意に気づいた。

よほど彼女を取り返そうかと思ったが、身のほどをわきまえろと誰かに言われた気がして、言葉を呑み込む。

加えて夢が醒めたかのように、彼女と距離を置くべきだった事を思い出した。

（そうや。俺は大ちゃんから、離れなあかんかったんや。犯人を追って走り回るだけの俺よりも、総代くんの方が、ダンスの相手には相応しいわな……）

腹から込み上げる無念さを圧し殺して、塔太郎は大に促した。

戸惑う大の背中を押すように、自身にとどめを刺すひと言も添えて。

「ええやん、行ってきいな。——お似合いやで」

この甲斐あって、彼女は微笑んで総代の手を取り、二人並んでダンスの輪へと入っていく。美男美女の理想的な光景を見るのが辛く、塔太郎は離れの外に出た。

壁に寄りかかって寒風に身を晒しながら、もう帰ってしまおうかと暗闇の中でしばらく考えていると、誰かの足音がする。

振り向いてみれば、彼女と踊っていたはずの総代だった。

「お疲れ」

「お疲れ様です。ご休憩中にすみません」

「いや、適当に突っ立ってただけやから。……それより、大ちゃんと踊ってたんちゃうん？」

「もう終わりました。僕も彼女も初めてでしたから、何とか踊れてよかったです」

塔太郎は耳に蓋をしたいような気持ちがあって、「そうか」と返したかもしれないが、自分ではよく覚えていなかった。

その後、舞踏会や事件のことをひと通り話してから、顔を上げて何故ここへ来たのかと問うてみる。彼は、普段の飄々とした雰囲気など全く感じさせない誠実さで、

「実は、坂本さんに相談があるんです」

と言い、塔太郎を見つめていた。

塔太郎は職場の相談かとぼんやり考えていたが、やがて、大をダンスに誘った時

の彼を思い出し、まさかと身を硬くする。

案の定、総代は緊張したように口の端を結んでいたが、

「僕、古賀さんを好きになりました。女性としてです」

と告げるのに、塔太郎の思考は止まってしまった。

「……いつから？」

「自覚したのは、彼女とダンスした時です。でも多分……ずっと前から、惹かれてたんだと思います。古賀さんは、いつだって真面目で明るい子です。でも、お茶目なところもあって……。過去最高の笑顔を見て、ただの同期に戻れなくなりました。出来れば、彼女に告白したいと思っています」

「それを、何で俺に言うねん」

「伝えた方がいいかなと思ったんです。坂本さんは、古賀さんの直属の上司ですから」

「別に、上司やからって許可を取る必要はないねんで。恋愛は自由なんやから」

俺以外はな、と、塔太郎は心の中で付け加えた。

「そうかも、しれませんけど。でも、古賀さんは今、日々の仕事や修行を凄く頑張っているじゃないですか。もし僕がアプローチして、そんな古賀さんの邪魔になったら、本人だけじゃなくて、坂本さんにも申し訳ないかと……」

「なるほどな。その辺を考えてくれてるんやな。要は、大ちゃんが修行の上で、恋愛禁止じゃないかどうかを確かめたい訳や。本人に訊けば気づかれるかもしれんし、俺に相談した訳やな」

「さすがです。そうなんです」

総代が頷く(うなず)のを見て、塔太郎は彼の気遣いに感心した。

自分のやりたいようにすればいいのに、大本人の事はもとより、上司である自分の事も考えている。彼女への恋心はあっても、自分やあやかし課も大事にしようとする意図が、そこから汲(く)み取れた。

(大ちゃんの事を、真面目やって言うけれど、自分もちゃんと真面目やんか。……やっぱり総代くんは、ええ男やな)

そう思った塔太郎は、心から微笑んだ。

彼女の相手が総代というのは、理想かもしれない。

見知らぬ男ならともかく、総代ならば、自分は何とか手放せられる。

「――ええで。協力するわ」

ごく小さく、塔太郎は呟いた。

「えっ？」

「大ちゃんの事、好きなんやろ。それやったら、俺も上手い事やって、総代くんと大ちゃんが二人きりになれるようにする。大ちゃんの好きなもんとかも分かったら、こっそり教える。これからも合同任務はあるやろし、栗山（くりやま）は、まぁ俺が適当に相手しとくから。任しとけ」

頑張って明るく言うと、総代の方は、協力云々（うんぬん）までは考えていなかったらしい。

「あの……いいんですか？　確かにそうして頂ければ、凄く有難いですけど」

と言うのに、塔太郎は言葉を被（かぶ）せた。勢いが揺らいでしまわぬうちに。

「もちろん。別に構へん。せやから言うたやんけ。恋愛は自由やって。先を越して、栗山に泡吹（あわふ）かしたれ！」

「……ありがとうございます。例えば、彼女が運よく僕と付き合ってくれる事になっても、喫茶ちとせで、彼女が怒られるなんて事はないですよね？」

「ある訳ないやん」

塔太郎は笑い、一言一句を自分の心へ刻み付けるように、はっきりと伝えた。

「――大ちゃんが誰と付き合うとかは、そんなん、俺はどうこう言うつもりはない。言うのは、仕事に関係する事だけや。ただの後輩やしな」

塔太郎の断言を聞いて、総代も不安が和（やわ）らいだらしい。しばらく無言だった彼は、嬉しそうに微笑んだ後、小さく頭を下げた。

「……分かりました。それでは、よろしくお願いします！」

「おぅ、頑張れよ！　自分と大ちゃんやったら、ほんまにお似合いやから。……ほんなら、俺はこの辺で消えよっかな。島村さん達に、挨拶だけして帰るわ」

「あっ。じゃあ、僕も行きます」

何かが吹っ切れた塔太郎は、ぐいっと背伸びしてから総代と他愛ない会話をし、やがて歩き出す。心の中で、これでええ、これでええと呪文のように繰り返しながら離れのドアを開けると、身の丈六尺の美丈夫とぶつかりかけた。

「あっ、すいませ――まさる？」

中から玄関まで駆けてきたらしい「まさる」は、明らかに女性ものの長襦袢を着て、ひどく狼狽えていた。

彼がどういう存在かを知る塔太郎と総代は、驚いて顔を見合わせる。

そしてもう一度、まさるを見上げた。

「古賀さん……じゃないや、まさる君。何で今になって変身してんの？　もう事件は終わったよ？」

「しかも、そんな格好で何してんねん？　ひょっとして、また別の事件でも……」

塔太郎は体をずらし、まさる越しに二階の会場を確かめる。しかし、そこからは相変わらず楽しい音楽が聞こえており、全ては平和そのものだった。

間違って変身してもうたんかな、そんな事、今まで一度もなかったけど……と思いつつ、塔太郎はまさるに戻るよう促した。

ところが。

彼は困り切った顔で首を横に振り、自らの胸元を叩き、塔太郎へ必死に何かを訴えている。尋常ではない彼の様子を塔太郎は不審に思い、もう一度ゆっくり、まさるに言った。

「まさる。元に戻り。女の『大ちゃん』にやで」

まさるは、同じ表情で首を振る。

「別に、事件が起こってる訳ちゃうんやろ。今着てる長襦袢も、いうたら下着みたいなもんやんけ。人に見られたら恥ずかしいし、戻らなあかんやろ」

どんなに優しく指示しても、彼はさらに激しく首を振り、泣きそうな瞳で塔太郎の両肩を摑んでくる。

助けを求めるように塔太郎の肩を揺らす様は、先輩の指示に従わないのではなく、それが出来ない事を意味していた。

「まさか……戻れへんのか……？」

ようやく出した言葉に、まさるが力の限り肯定する。

総代が隣で、「うそ」と呟いた。

塔太郎も、頭の中が、真っ白になった気がした。

第四話　山科(やましな)の雪と小町(こまち)の涙

いつもなら、「大」の記憶と使命を引き継いで、戦うなり塔太郎を手伝うなりしているはずなのに、今回、何故いきなり自分と大が入れ替わったのか、まさるには全く分からなかった。

「まさる」は、猿ヶ辻によって生み出されてから今日この時まで、普段は「大」の魂の奥底に棲んでいる。必要とされない時は眠っていて、大が感情を昂らせた時、あるいは簪を抜いた時にだけ、入れ替わるように浮上するのだった。

それが今回は、突然叩き起こされるように引っ張り上げられ、いつもなら理性的な言葉をくれる大は、奥底へ沈んで深い眠りについてしまった。

強制的な入れ替わりを経たまさるは、直前の記憶が引き継がれず、見知らぬ綺麗な洋室で、薄い着物姿で立ち尽くす。大の身に起こった事を思い出そうとしても全く分からないし、また、まさるが心の中でどんなに大を呼んでみても、「元の姿」に戻る事は出来なかった。

まさるにとっては何もかもが突然で、初めての経験である。戸惑いつつ幼子のように周囲を見回したが、誰もいない。寄る辺ない不安を抱いたまさるは、あてもなく廊下に出た。

すると、玄関の方からドアの開く音がする。まさるは、反射的にその方へ駆け出していた。

入ってきたのは、塔太郎と総代の二人。彼らはまず、長襦袢姿のまさるを見て驚き、ひとしきり顔を見合わせて首を傾げた後、まさるに元の姿へ戻るよう促した。馴染みのある人達、中でも塔太郎が来てくれた事に、まさるは心底ほっとした。そのお陰でいくらか不安が薄らいだものの、それでもなお治まり切らぬ未知の怖さ、大に戻れぬ現状を、まさるは塔太郎の両肩を掴んで懸命に訴えた。

「まさか……戻れへんのか……？」

顔を青くする塔太郎に、まさるは必死に頷く。総代は「うそ」と呟いたきり動かなくなり、さすがの塔太郎も、相当な衝撃を受けているようだった。

それでも、塔太郎は表情をぐっと引き締め、気持ちを立て直したらしい。まだ目を泳がせている総代に、

「落ち着け。一時的なもんかもしれん。悪いけど、総代くんは深津さんへ連絡してくれ」

と頼み、その後は、

「まさる、体に異常はないか。それと……、大ちゃんがそこにいるかどうかだけ、教えてくれ」

と、まさるの胸を指差した。

まさるは、前者の問いに対しては首を縦に、後者の問いに対しては首を横に振っ

て眠る仕草をし、話せないなりに状況を伝える。

塔太郎は、まさるの言いたい事を理解したようだった。

「そうか。体は大丈夫なんやな。大ちゃんも、一応はいるんやな。眠ってるだけで……」

その事に少しだけ安堵したのか、塔太郎が短く息をつく。しかしその後は、やはり厳しい表情だった。

この時、塔太郎はもうあやかし課のエースの顔となっており、右手でまさるの肩を優しく、そしてしっかりと叩いて励ましてくれる。

「心配すんな。絶対に何とかする。——ええか、まさる。今この瞬間から元の大ちゃんに戻るまで、どんな小さい事でもええし、何かあったらすぐに言うてくれ。絶対やぞ」

塔太郎の力強い言葉に、まさるは泣きそうな顔で頷いていた。

その後、塔太郎は二階へ上がって関係者の人達に別れの挨拶をし、すぐにタクシーを呼んでまさるを乗せた。総代に後を頼んで自分も乗車し、松ヶ崎から猿ヶ辻のいる京都御所へと向かった。

その車中、塔太郎は深津に電話し、今のまさるの状態と、今後の手立てを相談していた。塔太郎が電話を切った後、まさるは手を合わせてから両拳を膝に置き、小さく頭を下げて謝意を示した。

入れ替わった直前の記憶こそないが、それ以前は全(すべ)て残っており、最近、塔太郎が大と距離を取っていた事も、まさるはちゃんと覚えている。
ただ、まさるの時はそれほど邪険(じゃけん)にされなかったので、まさる自身は、塔太郎と大がちょっとした喧嘩(けんか)をしているのだろうと、そんな程度に考えていた。

喧嘩していた事に加えて、こんな迷惑までかけて申し訳ないとまさるなりに感じていると、塔太郎はまさるの頭に手を置いて、

「謝らんでええ。自分も大ちゃんも悪くない」

と言う。さらに、

「一枚だけやと寒いやろ。これ着とけ」

と自分のジャケットを脱ぎ、まさるの肩にかけてくれた。

突然の事態に陥(おちい)っても慌(あわ)てず、いつだって自分を気遣ってくれる塔太郎。彼の優しさを改めて実感すると共に、今までこの人についてきてよかったと、まさるは心から感謝するのだった。

その時ふと、まさるの脳裏(のうり)に何かが蘇(よみがえ)る。

ずっと前にも、この人についてきてよかったと、塔太郎以外の人に思った事があったような……。あやかし課隊員となる前に……。

それは恐らく、まさる自身ではなく大の遠い記憶と思われたが、自身の事で精一杯だったまさるは、すぐに忘れてしまった。

京都御苑の中は、ビルや街灯がほとんどないので、夜は恐ろしいほどの暗闇となる。そんな中、まさると塔太郎が突然訪ねてきた事に猿ヶ辻は仰天していたが、長襦袢姿のまさるを見て、緊急事態であると察したらしい。

猿ヶ辻はただちに篝火を持って塀から下り立ち、塔太郎から経緯を聞き、まさるの体と霊力を調べる。

そうして出した彼の結論は、

「魔除けの力の、働きすぎかもしれん」

というものだった。

ぴんとこないまさるの横で、塔太郎が片膝をつく。篝火に顔半分を照らされながら、猿ヶ辻に詳しく訊いていた。

「大ちゃんの、魔除けの力が暴走してるという事ですか」

「いや、そこまで物騒な話とちゃうで。まさる君本人は、今、こうして大人しい訳やしな」

猿ヶ辻は、篝火を砂利に置き、腕を組んでまさるを見上げている。首を右に左にと傾げながら、説明しにくい事を嚙み砕き、塔太郎に伝えた。

「今でいうところの、一種の突然変異というのか、特殊な状態というのんか……。古賀さんの心身に急激な変化が起こった結果、魔除けの力が変な方向に働いたん違うかなぁ。そのせいで、まさる君が強制的に前に出されて、本人は冬眠中。眠ってる間、まさる君あとは頼むわ、って事やと思うわ。本人が冬眠中やと、そら戻ろうにも戻れへんわな。……そういう不測の事態にならへんように、簪を付けてるはずなんやけど。古賀さん、昔みたいに気が昂って、うっかり抜いてしもたんかなぁ」

「その、冬眠するぐらいの急激な変化というのは……」

「ありがちなんは、疲れやね。つまり、心身の急激な変化というよりは、急激な疲労と言うた方がええのかなぁ」

猿ヶ辻は、塔太郎に倣ってしゃがんだまさるの瞳を覗き込む。自身の見解を、今日までの道のりを交えつつ、まさるにも分かるように話してくれた。

「――そもそも、僕が古賀さんに授けた魔除けの力、そこから生まれた『まさる君』は、悪しきものを撃退するだけの存在やった。当時のまさる君は、戦う以外は頭になかったし、またその必要もなかった。まさる君の性格が幼子のように純粋で、そして喋れへんのも、そういうところからきてる訳やね。

それが、名前による縁で『まさる君』が結びつき、古賀さんの中に居ついた事で、全てが変わった。古賀さんは、まさる君と上手いこと共存するために、簪の力を借りて、坂本くんらの支えも借りて、今日までこれたんや。

その時点で、古賀さんに居ついた魔除けの力、そしてまさる君は、ええ意味で既に独自の変化を遂げている。いや、成長し続けているというても、過言じゃない。授けたんは僕でも、だんだんと僕の手から離れつつある訳や。ええ意味でな。嬉しいこっちゃな。

もう分かってると思うけど、これは大変に珍しい事なんや。特に、ここ半年の古賀さん、そしてまさる君の成長ぶりは、周りが驚くほどに速く、ほんで素晴らしかった。そんな休む暇もない伸び方やと、何かの拍子に予想外の事を引き起こしてしまうんも、十分考えられる話やね」

篝火から、乾いた木の爆ぜる音がして、火の粉が舞った。

猿ヶ辻の話を、まさるは一言一句漏らさずに聞いており、内容を理解すればするほど、まさるにもなるほどそうかと思えるものがあった。

大が昏睡するほどに疲れていたなら、自分に記憶が残らなかったのも納得出来るし、同時に、そういう事なら大を休ませてあげたいと思った。それはまさしく、たった今猿ヶ辻が話したまさる自身の成長である。

猿ヶ辻は説明を終えると、

「で、肝心の戻し方やけど……。古賀さんが自分から目覚めるまで、まさる君で過ごすんが最善なん違うかなぁ」

と、慎重な意見を出した。

「そら、日吉大社の神々に診てもうたら、すぐにでも治るとは思うで。けど、それはどう考えても強制的や。疲れて眠ってる子に電気ショックを与えるみたいなもんで、元の古賀さんに戻っても、かえって体調を崩すかもしれん。そんな危険な橋を渡るよりは、じっくり戻していくんが、一番ええと僕は思う。まさる君のままで普通に生活して、何事もなかったかのように過ごしてた方が、古賀さんも戻りやすいかもしれん。——ごめんなぁ、坂本くん。力を与えた僕がこんなん言うんも、まことに情けない話やけども」

話し終えた猿ヶ辻は、申し訳なさそうに頭を掻く。塔太郎が、慌てて手を振った。

「そんな、猿ヶ辻さんが謝る事じゃないですよ。力が予想外の事を引き起こすのは、俺も、よう知ってますので……。慎重なご意見となるのは当然です」

そう言って一瞬、視線を地面に落としたものの顔を上げ、

「それでは、今しばらくは様子見で、問題ないという事ですね」

と塔太郎が確認すると、猿ヶ辻は大きく頷いた。

「うん。そんでええ思うわ。深津さん達や、ご両親にも話したうえで、療養期間っちゅう事にしよう。もちろん、日吉大社にも話しとく。杉子さんにも来てもろて、意見を貰お」

「まさる。人としての生活、してみるけ」

と塔太郎から訊かれると、まさるは元気よく頷き、ガッツポーズをした。

塔太郎と猿ヶ辻は、やはり最初は深津、つまり喫茶ちとせに向かうべきだろうという事で意見が一致し、杉子に連絡するという猿ヶ辻に別れを告げて、まさると塔太郎はちとせへ帰還した。

店では深津と竹男が待っており、既に塔太郎から報告を受けていた二人は、さらに猿ヶ辻の見解を聞いて唸ってしまった。

「まったえらい事なったなぁ。こんなん初めてやろ」

冷静さを保つためなのか、竹男があえて普段通りの口調で言い、塔太郎とまさるに夜食を出してくれる。その横で、深津がまさるに尋ねていた。

「体内の霊力の巡り方は、ほとんど問題ないねんな？　刀とかも、いつも通り使えるんやんな？」

まさるは素直に頷き、刀を抜く真似をして、自分の得意技である「神猿の剣」をしてみせる。深津はうんうんと頷き、

「なるほどな……。戻らへんくなった以外は、特に問題なさそうやな。俺も、猿ヶ辻さんのご意見に賛成やわ。眠ってる古賀さんに異変が起こらん限りは、このまんまでいこう。竹男、異論ある？」

「いや、ない。繊細な話やし、長い目で見た方がええやろ」

「ほな決まりで。塔太郎は引き続き、まさる君の傍についたって」

「もちろんです。了解です」

あやかし課隊員として二十年以上のベテランであるだけに、深津と竹男の行動は早かった。

深津はまず、自分は京都府警本部へ行く事にして、竹男には八坂神社へ、そして塔太郎には、大の両親へ報告するよう指示する。塔太郎が燕尾服からスーツに着替えた後、まさるも竹男から服を貸してもらい、長襦袢からシャツとパンツ姿になった。

塔太郎に連れられて猿ヶ辻と合流した後、堺町二条にある大の実家へと向かう。既に真夜中だったが、事前に連絡を受けていた大の両親は、寝間着から私服に着替えてまさる達を待っていた。

両親の顔を見ればもしかして、と塔太郎達は考えていたらしく、まさるも期待を込めて両親の顔を見つめてみたが、残念ながら大は目覚めない。

両親の方は、着替えると同時に心の準備もしていたとみえ、まさる達と向かい合ってダイニングテーブルについた大の母・清子も、父・直哉も、まさるを前にして取り乱しはしなかった。

ただ、それでも我が子を案ずる気持ちはひとかたならぬものがあり、

「娘は、ほんまに元に戻るんですか」

と清子は猿ヶ辻や塔太郎に何度も確かめ、それが不確実であると分かると、黙って目尻の涙を拭っていた。

直哉は清子よりも更に冷静で、猿ヶ辻や塔太郎の説明にも口を挟まなかったし、顔を歪める事こそなかったが、

「娘も成人しておりますから、自己責任という部分があるのは理解しております」

と言いつつも、何度も目線を落とし、テーブルの上の拳は固く握られていた。

話し合いの末両親も決意したらしく、直哉が代表して、

「こうなった以上は仕方ありません。私どもは霊力というものを持っておりませんので、皆さんを信じる他ありません。親として出来る事があるなら、何でもおっしゃって下さい。娘を、どうか、よろしくお願いします」

と切に言う。それを見た塔太郎は「お父さん、お母さん」と言っておもむろに席を立ち、

「自分が上司としてついていながら、本当に申し訳ございません」

と深々と頭を下げ、心から謝罪した。

「いや、坂本さんのせいじゃないですから」

両親も、腰を浮かせて塔太郎を宥(なだ)める中、まさるはいたたまれなくなり、俯(うつむ)いていた。

ちとせへの帰り道、まさるも塔太郎もすっかり言葉少なくなっていたが、猿ヶ辻がそっと言ってくれた、

「お父さんの言う通りや。僕らも出来る事をしよう。坂本くん、僕の分まで頭を下げてくれて、ありがとう。まさる君、これから頑張ろな」

という励ましを受けて、まさるは冷え切った真冬の夜が、少しだけ暖かくなった気がした。

再びちとせに戻って夜が明けると、琴子(ことこ)や玉木(たまき)も出勤して全員での会議となり、その結果、あやかし課の任務はもちろん、喫茶店の業務もまさるにやらせてみようという事で話がまとまった。

「ま、いつかは、そういう事もせなあかん日が来るやろうしな。今回の事は、まさる君が成長するええ機会や。禍(わざわい)を転じて福となす。これを乗り越えた後で古賀さ

んが戻ってきたら、うちはもっと有能になんぞ。――ほな、開店準備といきましょかい。皆頑張りましょー」

竹男が景気づけに手を叩いて立ち上がり、会議が締め括(くく)られる。ある意味で心機一転、「まさる」の新生活の始まりだった。

店長の竹男が前向きだと、まさるを含めた周りの心にも、笑う余裕が生まれてくる。玉木が近くの総合スーパー・ライフで衣服を買い、二階の事務所でまさるが袖(そで)を通してみると、ちょっとしたファッションショーになった。

玉木や深津も新鮮に思ったのか、時折は事務仕事の手を止めて、机越しに興味(きょうみ)津々(しんしん)である。

「結構いいじゃん。細身で背も高いから、何着ても似合うね」

「何か、どっかで見た事あるわーと思ったら。あれやわ。河原町(かわらまち)におる、格好ええ兄ちゃんみたい。いや褒(ほ)めてんねんで」

言われたまさるが心躍(おど)らせていると、燕尾服を返しに行っていた塔太郎も、戻るなり事務所に顔を出してくれた。

「お、似合うやん。よう考えたら、まさるの私服って初めてやもんなぁ。こっちは？　着れるけ？」

塔太郎は置いてあった赤いパーカーを手に取り、まさるへと差し出す。満面の笑(え)

みで受け取ったまさるは、さっそく着替えて前に後ろにと回り、フードを被ったり取ったりしてみせた。

やがて、竹男と琴子も、お茶を持って二階にやってくる。ラフな服装のまさるを見た竹男は、下心ありげに自身の顎を撫でていた。

「そのスマイルいけるやん！　そのパーカーやめて、スーツ着ろスーツ。木屋町で『お姉さん二次会どうですかー』って言うてこい！　もっさい塔太郎じゃなしに、お前やったらいける」

竹男は二階へ来た目的も忘れて、ロッカー内の自分のスーツを着せようとする。急須でお茶を淹れる琴子は「何屋にする気？」と呆れ、塔太郎は「俺、多分そんなもっさくないっすよ！」と嘆いている。玉木からは、「まさる君、喋れないじゃないですか」と指摘され、そして最後に深津から、

「警察のイメージ考えて」

「ええやん、たまには」

「警察の、イメージ、考えて」

と釘を刺されたのには、一同くすりと笑った。

外見は身の丈六尺でも、心は子供同然に純粋で、社会性もあまり身についていない。そんなまさるは、接客向きのシャツとパンツに着替えると、竹男からエプロ

ンを貸してもらい、拭き掃除や洗い物など、簡単な仕事から覚えていった。

初めての事だらけで緊張もしていたが、いざやってみると、小さな任務をこなしているようで楽しい。窓やテーブルを頑張って拭けば新品のような光沢が出て、洗い上げた白い皿を指で強めに撫でれば、きゅっという心地よい音がする。小さな事でも、そういう成果が出ると、勝利にも似た達成感があった。

その日、まさるが最も嬉しく、大きな収穫となったのは、読み書きをきちんと覚えて、声が出ない代わりに簡単な筆談が出来るようになった事だろうか。

発端は琴子のひと言で、

「まさる君って、元は二十歳の大ちゃんな訳やん？　任務でもちゃんと日本語通じてるし、連携も取れてるから、教えてもええんちゃうかなぁ」

と彼女が呟いた瞬間、琴子本人を含む五人がはっと気づき、こぞって読み書きを教えたのである。

琴子の推測はまさるの言語能力を正しく言い当てており、まさるが言われるままに紙とペンを手にすると、自分でも恐ろしくなるほど上達した。

既に言葉が理解できる、読めるという事を土台として言葉に向き合ってみれば、読める文字と教わって書く文字とが頭の中で次々と一致し、文章となって自分の言葉になる。

最初こそ、紙に下手な字で「あいうえお」しか書けなかったものが、平仮名やカタカナ、句読点、簡単な漢字も覚えると、自分の言いたい事がぐっと表現しやすくなった。

その快適さを知ったまさるは、練習がてらどんな些細な用件でも全て紙に書いて、塔太郎達に伝えていった。

（こと子さん、グラスぜんぶ先いました）

「了解。ありがとう！──洗うって字は、その『先』の左に、さんずい付けるんやで。点が三つのやつ。一番下の点は、跳ねさしや」

琴子にお手本を書いてもらうと、まさるは照れ笑いしながらペンを取り、言われた通りに点を三つつけた。

こんな調子で、まさるは綿が水を吸うように、喫茶店業務に必要な知識や筆談を、我がものとして扱えるようになっていった。

慌ただしかった昨夜に比べて今日は任務もなく、あっという間に終業時間となる。竹男が「お疲れー」と手を振ってまさるや塔太郎に帰り支度の許可を出すと、まさるの初日という事で、深津や玉木も見送りに一階へ下りてきてくれた。

この頃には、まさるは一人でも洗い物や掃除が出来るようになっており、筆談でも、竹男に仕込まれて綺麗な字が書けている。文法も正しく理解し、「大」を含むちとせのメンバー六人の名前や栗山など近しい人の名前も、漢字でちゃんと書けるようになっていた。

帰る直前、まさるがメモ用紙にのびやかな字で、

(みなさん、おつかれさまでした。また明日、がんばります。今日はありがとうございました。塔太郎さんと、いっしょにかえります。かいもの中の琴子さんにも、よろしくつたえてください)

と書く。それは、まさるが最早戦うだけの存在ではなく、喫茶ちとせで一緒に働く隊員として、仲間入りをした瞬間だった。

メモを読んだ塔太郎達四人は、

「あの『まさる君』がなぁ」

と感心し、私服に着替えた塔太郎は、レジカウンターの隅に置いてあったまさるの最初の字と、今しがた、まさるが書いたメモを手に取って見比べていた。

「成長してるなぁ。これからは、まさるともお喋り出来るんやな」

まるで兄のように微笑み、どちらのメモも大事そうに、店のファイルへ仕舞う。

「よし。まさる、ほな帰ろっか」

塔太郎がジャンパーを着てドアに手をかけると、まさるも着替えなどが入ったリュックと刀袋を背負い、メモ用紙に大きな字で(はい!)と書く。

店を出てすぐ傍の横断歩道を渡り、夕暮れの御池通りから、神泉苑通りを二人で南下した。

行き先は、塔太郎の実家。三条会商店街にある揚げ物屋。

今朝の会議の結果、まさるは喫茶店業務を終えて夜勤のない日は、塔太郎の家に居候する事になったのである。

会議で決めた事柄はいくつかあって、そのうちの一つが、まさるの宿泊先だった。

初めは、やはり大の実家がよいのではと深津達も考えていたが、異変が起こった時、大の両親では対応が難しい。

喫茶ちとせに寝泊まりさせる事も考えてみたが、これは夜勤で詰めている者に負担がかかり、通常の任務に支障をきたす恐れがある。まさるに普通の生活をさせるという趣旨からも微妙に外れるので、結局これは、最後の手段として保留になった。

そうなると、まさるが生活する場所の条件は、喫茶ちとせの誰かが常に傍にいて、なおかつ夜は双方が心休まるような、一般的な生活の出来る場所となってくる。

まず候補に挙がったのは、元の大が女性という事で琴子の家だったが、これも小学生の息子がいる上に、場所も、喫茶ちとせから遠い宇治である。有事の際、対応に不安が残る。

　そういう事態も考えあわせ、ちとせの目の鼻の先、三条会商店街の中にある塔太郎の家が最適、ということになったのだった。

　五人の意見がまとまった時、竹男が閃いたように指先でペンを回していたのを、まさるはよく覚えていた。

「せや、それや。三条会やと、近くに武信神社もありいの、又旅社まであるやんけ。商店街を歩くのかって、社会勉強に気分転換、どっちの意味でもええやろしなぁ。どや塔太郎。いけるか？」

　竹男が言うや否や、塔太郎はぱっと笑顔になって、

「大ちゃんのご両親の許可さえあれば、俺はいつでも大歓迎です！　実は、俺も自分から言おうと思ってたんですよ！　まぁ、元は嫁入り前の女の子ですし、それでどうかな、とは思ってたんですけど……。一応、お袋もいますしね」

「今は男の『まさる君』やし、非常事態や。そらしゃあない。それ以外は、条件満たしてるどころかプラスアルファなんやから、塔太郎の家で頼むわ」

　三条会商店街とは、千本通りを西端、堀川通りを東端として、その間の三条通り約八百メートルにわたる商店街である。全域がアーケードによる全天候型で、「３６５日晴れの街」をスローガンとして、大正三年（一九一四年）から今日まで栄えてい

る。

近くには、平安時代初期からの由緒を持ち「武信神社」として親しまれる武信稲荷神社があり、何より、商店街の中には「又旅社」と呼ばれている八坂神社の境外末社も建っている。その二社に頼る訳ではないにしても、やはり心強い。

暗く、静かな神泉苑通りを歩き、まさると塔太郎は三条会の入り口を目指す。

塔太郎の説明では、三条会の中ほどに「揚げ物　坂本屋」があり、彼の養父・坂本隆夫は、亡くなった祖父と二代にわたり、揚げ物屋のおっちゃんとして親しまれているという。

「日曜以外は毎日やってんで。今の時間帯やと、晩飯どきやし、天ぷらとか揚げてんちゃうかな」

塔太郎が、話題が途切れないよう色々と話してくれる。そんな中、どこかの家のストーブと思われる灯油の匂いがし、塔太郎の歩みが一瞬止まった。

まさるは白い息を吐きながらメモ用紙を出し、
(これから、よろしくおねがいします。おれ、お店のじゃまになりませんか)
と一旦立ち止まって書き、塔太郎に見せた。町家から零れる灯りでメモを読んだ塔太郎は、まさるの頭をくしゃくしゃと撫でた。

「それは大丈夫や。実は俺な、大ちゃんが配属された日から、両親に話してあんねん。もちろん、お前の事もな。俺を育てた二人やから、あやかしの世界の事も、人並み以上に知ってんで。三条会やったら、すぐ近くに武信神社もあるし、八坂神社の又旅社もある。竹男さんが八坂神社に報告したはるから、何かあったら、鴻恩(こうおん)さんや魏然(ぎぜん)さんも来てくれると思うわ。――そういう意味でも、お前はうちにいてた方がええねん。気にしんと、うちでゆっくりしたらええ」

塔太郎はまさるの背中を軽く叩き、再び歩き出す。まさるも、ひたすらついていった。

冬の夕暮れは物寂しさを感じるが、三条会に足を踏み入れてみると、全身を包むかのような温かさと賑(にぎ)わいに溢(あふ)れていた。まさるはその鮮烈さに目を見開き、しばし呆然(ぼうぜん)としていた。

大が配属直後、周辺の地理を知るために訪れた事があるのを覚えてはいたが、まさる自身が訪れるのは初めてである。

東を見ても、西を見ても、アーケードがどこまでも続き、「毎月3日は三条会の日」というピンクの幟旗(のぼりばた)を立てた飲食店、小売店等がずらっと並んでいる。店の賑わいはもちろん、人通りも多く、驚くほどの盛況ぶりである。子供を連れた買い物帰りの人や、観光客、自転車に乗った人達が機嫌よく通り過ぎていく光景は、三条会がかの錦市場にも劣らぬ町の台所として、いかに地元に根差しているかを表していた。

アーケードの天井からは、武信稲荷神社の垂れ幕や「私の思い出」と書かれたカラフルな横断幕が下がっており、今この瞬間も流れている有線からは、加盟店の紹介アナウンスや詐欺防止の啓発ソング、三条会の楽しいオリジナルソングなどが流れていた。

まさるにとって、まるで遊園地に来たかのよう、あるいは、飽きのこぬ宝箱を開けたかのようである。京都の中に、こんなにも庶民的で親近感があり、そして活気のある場所が存在するとは、まさるは今この瞬間まで思ってもみなかった。

この三条会が、塔太郎の地元である。そして彼の性格を形作っている何かが、ここにある気がした。

塔太郎も、はしゃぎ続けるまさるを見て嬉しくなったらしい。まさるが近くのパン屋の前で立ち止まっていると、彼も横に並んだ。

「相変わらず美味そうやなぁ。ここ、昔っからあんねん。見てるだけで腹減ってくるわ。——三条会、気に入ったけ?」

まさるは目を輝かせてコクコクと頷き、またペンを走らせた。

(すごくたのしいです)

一度見せた後、追加で文章を書き込む。

(ここが、塔太郎さんのすんでるとこなんですね)

塔太郎は頷きながら拳を口元に当て、

「確かに、三条会全体が、もう家みたいなもんやな」

と言った。

「俺は覚えてへんけど、保育園に行く前は事務所の人らがよう遊んでくれたらしいし、小学校から中学、高校へ上がっても、そこの三条公園で友達と会うてたわ。買い物は、もちろん今でもここやし……。うん、やっぱ家みたいなもんやな。――親父とお袋への手土産に、ここのパン買って帰ろか。自分も選び。初めてうちに来る記念として、好きなん買うたるわ」

まさるが、歓喜のあまり塔太郎に飛びつこうとすると、

「知り合いが来るかもしれんし、ここではほんまにやめて」

と笑いながら押し退けられた。

他にも寄り道しそうなところを塔太郎に引っ張られながら辿り着いた彼の家は、三条会と矢城通りの角にあった。「揚げ物　坂本屋」という、昔ながらの看板を掲げた立派な構えである。店先では、五十代後半らしい眼鏡をかけた男性が、前掛け

を締めて、野菜や海老を手際よく揚げていた。

「おかえりー」

と衣をかき混ぜつつのんびり口を開いた彼こそが、塔太郎の養父・坂本隆夫だった。

　隆夫は、既に深津と息子から話を聞き、委細承知しているらしい。まさるを見るなり「おっ」と言い、特に驚いた様子もなく、まさるを促した。

「まさる君、初めまして。塔太郎の親父です。うちの息子が世話になってます。うちの嫁はんがご飯用意してくれてっし、早よ入り」

　まさるは、頭を下げて、（おせわになります）と書いたメモを差し出す。隆夫はそれを見て微笑んだ後、息子の塔太郎に向き直り、砕けた口調でお使いを頼んだ。

「塔太郎、悪いけど牛乳買うてきて。なくなったわ」

「えっ。それやったら、さっきの電話の時言うたらよかったやん。俺また行くんかいな。まぁ別にええけど。――何本？」

「二本でええわ」

「重っ」

　塔太郎と隆夫には血の繋がりがないので、顔は全く似ていない。それでも親子だと口調は似るらしく、

「若い男が何言うてんねん。自転車で行ったらすぐやん。ぴゃっと行ってぇな」

「まさるはどうすんねん。置いてってええんかいな」

「別に、どっちでもええよ」

「ほな、案内がてら二人で行くわ。歩きになるけど、ええやろ？」

「ええ、ええ」

という会話は、合わせ鏡のような軽快さがあった。

買い物から帰ると、竹を割ったような性格の、親しみやすい塔太郎の母・靖枝にも挨拶し、四人で夕食を取った後、入浴も済ませる。今日出会った人は誰も彼も優しく、全ての経験を、まさるは楽しんでいた。

それでも、慣れない一日で疲れたらしい。綺麗に片付けられた塔太郎の部屋で、自分の布団を敷いて毛布を被った途端、こてんと落ちるように眠ってしまった。

自分が眠れば大が起きるかもしれないと思ったが、やはり、その兆候はない。

完全に眠りに落ちてしまう寸前、寝入ったと思い込んだらしい塔太郎が、自分の布団を敷く手を止めて、まさるの頭を撫でてくれた。

「おやすみ。――頑張れよ。俺がついたるしな」

まさるは返事が出来ないくらいにまどろんでいたが、はっきり聞こえた塔太郎の言葉に、心の底から感謝していた。

翌日からの生活は、何の障害も、そして何の異変もなく過ぎていった。

まさるは日を追うごとに筆談も上手くなり、多種多様な喫茶店業務もこなせるようになって、その精度も上がっている。

掃除や洗い物はもちろんの事、一週間を過ぎた頃からは、塔太郎や琴子と一緒に買い出しにも出かけ、竹男がいいと判断した時には、配膳まで行う事もあった。

竹男が事前に、まさるが話せない事をお客に断った上で、まさるが出来上がった料理と自筆のメモを持ってテーブルに行く。

（おまたせしました。ビーフカレーでございます）

という一文を客が読む間に、まさるは滞りなく料理や飲み物をテーブルに置き、笑顔でお辞儀し、厨房へ戻るのだった。

会話は出来ずとも、綺麗な顔立ちのうえに、素直で明るい。それが客にも伝わるのか、まさるの接客は竹男ら五人の予想以上に、特に若い女性客から人気だった。

「私、本っ当にお兄さんに一目惚れしました！　彼女さんとかって、いたりします？」

と戯れに訊かれ、戸惑っていると塔太郎が助け舟を出す時もある。これを見た竹男が性懲りもなく木屋町へ行かせようとするのを、深津がぴしゃりと断ち切っていた。

そんな日常の合間を縫って入る任務では、まさるは魔除けの子本来の使命を遺憾なく発揮し、塔太郎ら上司の指示にしっかり従った。

喧嘩の仲裁や盗難車の追跡、確か以前も捕まえたような気がする無許可の屋台を、抵抗する天狗を押さえながら撤去する。元の大と共に修行を続けてきただけに、あやかし課隊員としてのまさるの仕事ぶりは、初めから何の問題もなかった。

仕事が終われば、坂本家の居候として靖枝や塔太郎の家事を手伝い、塔太郎の部屋で眠る。塔太郎は夜明け前のランニングが日課だったので、まさるも一緒になって二条城や人のいない三条会を走り、体力の維持に努めていた。

休みの日は三条会で散歩を楽しむ事もあって、これも、まさるの社会性や感性を育む一助となっていた。隆夫の同級生の店だという寿司屋と花屋がまさるのお気に入りで、特に後者は、店先から漂う心地よい香りに誘われて、まさるは何度も店の前を行ったり来たりしては、塔太郎を恥ずかしがらせた。結局、花を沢山購入して帰り、半分は靖枝に、半分はちとせに……という日もあった。

生活が安定したあたりで「まさる部」も再開し、ある日、猿ヶ辻の連絡を受けて来てくれた杉子が、まさるの状態をひと通り見た後で、稽古の相手になってくれた。

「体そのものに異常はない事やし。私が稽古つけたろか。変わった状況でも、いつもと変わらん事を続けてた方が、結局はプラスになるもんや。――ほれ、きてみ」

木刀を持って相対しても、人間の姿の杉子は、全く隙が見つからない。

まさるはじりじりと距離を詰め、疾風の如く間合いへ飛び込み、同時に木刀を振り下ろして杉子の面を狙う。杉子はそれを、豪快に弾き返した。

息もつかぬ間に大柄な二人がぶつかり合い、二つの剣先が刹那的に曲線を描きながら、面、胴、小手、突き、面、袈裟斬りといった具合に打ち合いが続く。

まさるはここぞとばかりに大きく振りかぶり、得意の「粟田烈火」で勝負に出たが、戦いを締め括ったのは粟田烈火ではなく、木刀を逆手に持った杉子の一撃だった。

杉子が一瞬の隙をついて柄頭を真っすぐに突き出し、まさるの胴に当てたのである。柄頭が腹にめり込んだその瞬間、鳩尾の鈍い痛みと同時に体の力が抜けてしまい、まさるは膝をついて蹲った。

「まさる⁉　大丈夫か」

駆け寄った塔太郎に続いて、猿ヶ辻も、

「えっ、その技するー⁉」

と叫ぶ。そうして同じように駆け寄り、心配そうにまさるを覗き込んだ。

まさるは腹を押さえて目をきゅっと瞑(つむ)り、首を横に振る。塔太郎が傷を確かめようと着物に手をかけると、まさるの腹には痕(あと)一つない。まさるはやがて、腹の痛みどころか体の疲れさえ、嘘(うそ)のように取れていることに気づいた。

まさるがジェスチャーでそれを伝えると、塔太郎が「神猿の剣」の一つかと気づく前に、猿ヶ辻が杉子へ文句を言っていた。

「ちょっとちょっと杉子さん！　僕、まだその技、教えてへんかってんけど！」

「何や、そやったんかいな。古賀さんにはてっきり、一番に教えてると思てたわ。かんにん、かんにん」

杉子はふんと鼻で息を吐きながら、木刀を肩に担(かつ)ぎ上げる。すっかり元気になったまさるは正座して杉子を見上げ、塔太郎がまさるを気遣いながら、

「今のは、『神猿の剣』の技(わざ)ですか」

と訊いた。

「そうやで。『第十一番　眠り大文字(だいもんじ)』や。今回は手加減しといたけど、本気でやったら、それこそ相手は大の字になって気絶しよる」

元の大きさ習得していない、新しい技だった。

杉子や猿ヶ辻によれば、「神猿の剣　第十一番　眠り大文字」とは、当て身と同時に魔除けの力を流し込み、敵を動けなくする技だという。打突(だとつ)による痛みの後

は、魔除けの力が相手の悪を消滅、あるいは緩和させるので、捕縛技の一種であると同時に、相手を癒す技でもあるという。

先祖の魂を偲ぶ送り火とその祈り、なだらかな山容から、先達の神猿達が命名した技らしい。

「むしろ猿ヶ辻。私よりあんたの方が、こういう技は得意やろうに。早よ教えたらええやん」

杉子の提案に、猿ヶ辻は「いやいやいや」、と首を振った。

「大文字は、基本的にリスキーな技やからなぁ。力を流すタイミングを一つ間違えたら、相手の邪気が逆流して大変な事になるで。まさる君、何より古賀さんの体が第一や。杉子さんこそ、そういう事情は分かるやろうに。もうちょっと慎重になってくれな」

「せやし、それは悪かったって。まさる君も坂本くんも、びっくりさしてごめんやで。ま、役に立つ技やし、一応は覚えとき。――せやけど、こうやってまさる君に教える事で、眠ってる古賀さんにも伝わるかもしれへんで。古賀さんは以前、赤子に魔除けの力を流したらしいし、『音羽の清め太刀』も出来たんやろ？　案外これも、すぐに出来るん違うか」

「そうやとは思うけど。これを稽古したら、相手はいちいち気絶するやんか」

まさるは塔太郎に手を取ってもらいながら立ち上がり、神猿二匹の会話を熱心に聞いていた。「眠り大文字」が難しい技なのは間違いなく、その特殊性から、塔太郎相手にも練習しにくいものらしい。

ならば、魔除けの力を流すのが得意な大の方が向いている、とまさるは考えていた。そうして、大がこの技を知ったらどんなに喜ぶか、早く戻ってくればいいのに、とも、ぼんやり思っていた。

新しく「眠り大文字」を教わるなど、まさるの生活は何もかもが順調そうに思われたが、唯一の気がかりは、元の大が一向に目覚めない事だった。

毎日、古賀夫妻へまさるの様子を報告している塔太郎はもとより、喫茶ちとせの他の四人も、まさるが人間らしく成長するのを喜ぶと同時に、その存在が定着して大の存在が薄れてしまう事を懸念していた。

少しでも事態を好転させるために、深津、あるいは塔太郎の呼びかけで、大が交流を持っていた沢山の人達が見舞いに来てくれた。

野中真穂子や芝、鬼笛の事件で関わった陸奥聡志に化け猫の月詠、京都ゑびす神社の末社に祀られている在原業平も、聡志や月詠と一緒に顔を出した。

普段からお世話になっている祇園の辰巳大明神は、

「皆でお食べ」

と言って、差し入れを持ってきてくれた。箱を開けてみると、切通し進々堂のゼリーが山のように入っていた。

五條天神社の少彦名命に、記憶喪失となった際に大達が助けた富女川輝孝、平安騎馬隊の風間凜、稲荷神社の任務で一緒だった朝光兄弟、松ヶ崎の舞踏会にいた谷崎など、皆、まさるが戻れなくなったという話を聞いて驚いていたが、大との思い出話をしてくれて、まさるとの筆談にも快く付き合ってくれた。

命盛寺の僧侶である俊光も、武田詩音を連れて駆け付けてくれた。

弁慶の事件で大と仲良くなった少女・詩音は、初めて出会う「まさる」に目を見張りながらも、気丈にも、大へ声を届かせようと一生懸命だった。

「お姉さん、聞こえる？　早よ元気になってね。うち、お姉さんにまた会いたいから」

と、優しく呼びかける。その横で俊光は、かつて鎮魂会でしたように塔太郎の胸倉を摑みこそしなかったが、

「古賀さんは戻れるのか。どうするんだ。ご両親には何て説明したんだ」

と、低い声で詰め寄る。塔太郎は俯き加減でこれまでの経緯を説明し、まさるが

急いでノートに、

（塔太郎さんは、いっしょうけんめい、大のお父さん、お母さんにあやまってくれました。さるが辻さんの分も！）

と書くと、俊光は一応納得したのか「そうか」と答えていた。

「では、猿ヶ辻様のご意見を仰ぎながら、気長にやるしかないな。坂本、必要な時は連絡しろ。住職やご本尊にも話しておく。山王権現由来の力だから、他の神社さんや寺、神仏の介入は出来ないだろうが……、疲れた時は、うちで茶ぐらい飲め。――だから、そんなに頭を下げるな！　お前のためじゃない、古賀さんのためだ！」

まさるも、塔太郎と一緒に頭を下げていた。

大が関わった人や神仏達が顔を見せてくれる中で、やはり最も頻度が高かったのは、鎮魂会から親しい栗山と総代の二人だった。

彼らは週に何度も顔を出し、特に総代は、時間が取れた時は必ずと言っていいほど来ていた。

総代が店に来ると、本来ならばまさるが行う仕事を塔太郎が率先して代わり、まさると総代の会話の時間を、少しでも長く作ろうとしていた。

「古賀さん、今日は聞こえてる？　早く起きてくれないと困るよ。また来るからね」

　その日も栗山と一緒に来ていた総代は、帰り際、まさるの胸へ呼びかけてくれた。

　しかし、やはり彼女は起きない。総代が辛そうにしているところに、

「ごめんな、総代くん。こんな事になってもうて」

　と、塔太郎が謝っていた。

　なぜ総代に謝っているのか、まさるにはよく分からない。しかし、総代には意味が通じているのか、

「何言ってるんですか、坂本さん。非常事態じゃないですか。僕の事なんかほっといて、まさる君や古賀さんを見てあげて下さい」

　と真剣な表情で言うと、店を出た。

　栗山は塔太郎の背中を叩き、

「お前、あんま自分を責めんなよ。原因は何か知らんけど、お前が悪気あってやった事ちゃうんやろ」

　と励ましていた。塔太郎は少しだけ、気持ちが軽くなったらしい。

「おう、ありがとう」

　と、かすかに呟いていた。

　とはいえ、何日過ぎても事態が好転する兆しは見えず、大と仲良しだった琴子は

おろか、これまでずっと冷静だった竹男や深津ですら、

「これ、ほんまにやばいかもしれんな」

と口にしていた。

三月に入ると、猿ヶ辻もとうとう日吉大社へ相談せざるを得なくなり、向こうは向こうで、「ほなうちで戻したげな」「いや、我々の力が強すぎて、万が一何か起こったらどうする」という、話し合いが何度も持たれているらしかった。

それらを全て見聞きしていたまさるは、周りの不安を聞く度(たび)、眺める度、感じる度に、何とかならないものかと焦(あせ)っていたが、それ以上に責任を感じていたのは塔太郎だったらしい。

ある日の夜、いつも通りにまさるが塔太郎の部屋で寝ていると、隣から呻(うめ)き声がする。

「深津さん、竹男さん……すみません、俺……。大ちゃん……ごめん……」

という悲しそうな声が聞こえる。見ると塔太郎が魘(うな)されており、まさるは飛び上がって彼を揺すり起こした。

塔太郎は、はっと目を覚ましたかと思うと、夢か現(うつつ)かというぼんやりした表情で、

「……まさる？　あぁ……夢やったんか……」

と深く安堵のため息をつき、片手で両目を覆っている。まさるは、立ち上がって豆電球を点けてから枕元のペンとノートを取り、

(だいじょうぶですか?)

と、大きめに書いた。

起き上がってメモを読んだ塔太郎は、いつもなら「大丈夫」と返すのに、まだ夢から覚め切っていないらしい。

「……ちょっとしんどかった。辛い夢やったわ」

切なげに笑い、珍しく弱気である。まさるは心配になってまたペンを走らせ、

(何のゆめですか。塔太郎さん、すごく、うなされていました。ねながら、深津さんと竹男さんと大に、あやまっていました。すみません、ごめんって)

と書く。塔太郎はまた、

「俺、寝言でそんなん言うてたんやな」

と自虐的に笑った後、正直に答えてくれた。

「……皆から非難されて、嫌われる夢やった。深津さん達からは、火事を起こしたせいで煙たがられて、大ちゃんからは、戻れへんくなったのは俺のせいやって……責められて……」

今までの心労からか、彼はそんな悪夢を見たらしい。まさるは何とか慰めたいと

思い、筆圧を強くして書いた。

（深津さん達は、そんなことしません。大だって、そんなこと言わない。だれも塔太郎さんをきらいません）

そう書いた後で、まさるはふと気づき、

（かじ？）

と小さく加えた。

そこで塔太郎は、自分の失言と、今の自分の状態に気づいたらしい。起きた直後よりも、もっと辛そうに顔を歪めたかと思うと、

「何でもない。――今夜のことは、全部忘れてくれ。格好悪いとこ、また見してもうたな。大ちゃんには内緒で……。あ、それは無理やったな。記憶は共有というか、引き継がれる仕組みやもんな……。忘れてたわ」

と、最後は独り言めいていた。

「愚痴（ぐち）を言うて悪かった。おやすみ」

塔太郎は毛布を引き寄せ、再び眠ろうとする。まさるはそんな塔太郎を見て本能的に、このまま彼を寝かせれば、また悪夢を見てしまうだろうと感じていた。

同時に、それなのに他人を遠ざけようとする塔太郎の行動は、嫌われる事を恐れるがゆえの孤独な忍耐からくるものだと、気づいてしまった。

塔太郎さんにも弱いところがあったのか、とまさるは思ったが、不思議と、今までのあやかし課のエースとしての彼の印象が崩れたり、がっかりする事はなかった。

それどころか、何とかして、彼の支えになりたいとさえ思う。

まさるは咄嗟に、塔太郎の手をどけて強引に布団の中へ入り込み、塔太郎の横に寝ると毛布を引っ張り上げた。一つの布団では狭すぎて、自分の体の大半がはみ出てしまったが、構わなかった。

「な、何してんねん？」

塔太郎の声が裏返るも、それに耳を貸さず、まさるは起き上がろうとした彼を布団に押し戻した。毛布を顎付近までかけてやり、横になった体を、毛布の上からぽんぽんと叩いた。

その後、ノートに新たな文章を書いて、塔太郎に見せた。

（いっしょにねます。わるいゆめがきたら、たいじしてあげます）

塔太郎は数秒まさるを見上げていたが、やがて、これがまさる流の励ましと気づいて吹き出していた。

「別に俺、幼稚園児ちゃうねんけどなあ」

と笑うが、塔太郎の心は今とても弱っているのだと、まさるは既に知っている。

塔太郎を守りたいと、まさるは強く思っていた。

その思いが通じたのか、塔太郎が微笑んだ。

「……夢の中まで、来てくれんのけ？」

（はい）

と書いて、まさるはしっかり頷いた。

「そうか。それは、頼もしいな」

（おれ、ほんきです。いつものにんむみたいに、えんごします）

「分かってる、分かってるって。それやったら、ちゃんと眠れそうやわ。ただ、一つの布団に男二人はちょっと……。ま、今日ぐらいはええか」

塔太郎は、まさるを布団から追い出そうとせず、そのまま素直に目を閉じる。まさるは、多少は元気を取り戻したらしい塔太郎を見てほっとすると同時に、どうしてもこれだけは伝えたい思いを、文章にのせた。

（塔太郎さんのこと、まだ分からないことも多いけど、おれ、塔太郎さんがすきです。だいじな、だいじな、せんぱいです。大だって、ぜったいにそう言います。今の塔太郎さんを見ても、ぜんぜんだいじょうぶです。だから、一人でかなしまないで）

まさるの文章を読んで、塔太郎は何を思ったのだろうか。わずかに唇(くちびる)を噛んだ後は、ようやく心からの笑顔となり、

「まさる。ほんまにありがとうな」

と言った後、こてんと落ちるように眠ってしまった。

まさるはしばらくの間、塔太郎がまた魘されはしないかと注意深く見ていたが、どうやら安眠したらしいと分かると、自分も眠りにつき、朝を迎えた。

好転というのは、こういうふうに状況が何となく立て直され、あるいは奮い立った時にこそ、突然訪れるものらしい。

事態が動いたのは、それからわずか二日後のことだった。

その日も、まさる達が開店準備に勤しんでいると、隣の神泉苑から朝一で、善女龍王が人間の女性の姿で顔を出してくれた。

神泉苑のほぼ中央に祀られている彼女は、かの空海が勧請したと言われる龍神で、雨乞いの神様として大変名高い存在である。

性格も優しく、祇園祭の宵山で大が八坂神社の本殿に迷い込んだ時は、機転を利かせて助けてくれた事もあった。

普段、善女龍王は自分の社にいてあまり外出しないが、今回ばかりは、大の事を気にかけていたらしい。彼女は塔太郎の出したお茶を美味しそうに飲み干した後、まさるも傍に呼び寄せて、こんな提案をしたのである。

「今日のお昼、醍醐寺の私が……。あっ、言い方が悪くてごめんなさいね。醍醐寺の清瀧権現が、笠原寺さんへ遊びに行くらしいの。もしよければ、まさる君も行ったらどうかしら。私が、先方やもう一人の私に、二人も交ぜてって伝えておくから」

「笠原寺さん？」

塔太郎が湯呑みを下げながら聞き返すと、善女龍王はにっこり笑い、

「そうなの。椥辻にある尼僧のお寺なの。元の古賀さんは女性だから、きっとためになると思うわ」

と言った。

清瀧権現とは、京都市伏見区の東部・醍醐に位置する醍醐寺、その総鎮守を担う神様である。名前は違えど、神泉苑の善女龍王と同一視される存在だった。

善女龍王と清瀧権現は、それぞれ違う神社仏閣に祀られて基本的には別の存在でも、日々の記憶や知識は漏らさず共有しているらしい。

その清瀧権現が遊びに行くという笠原寺は、醍醐の北にあたる山科区の椥辻、そこに建てられた川崎大師の京都別院である。

昭和五十八年（一九八三年）の建立なので、醍醐寺の他、数多くの寺に比べれ

ば歴史こそ浅いが、智積院(ちしゃくいん)を総本山とする真言宗(しんごんしゅう)智山派(ちさんは)・川崎大師の別院であるだけに由緒正しく、一日尼僧修行も出来る寺として知られていた。

善女龍王によると、岩屋山(いわやさん)中腹にある大本堂からの眺めは大変素晴らしく、山科広域と名神高速道路、東山三十六峰(ひがしやまさんじゅうろっぽう)が西に見渡せるという。

笠原寺という名前をまさるは初めて聞いたが、塔太郎は知っていたらしく、

「俺、去年の特練に参加してたんですけど、場所がそこやったんですよ！」

と目を輝かせていた。

「まぁ、そうだったの？　いいお寺よね」

「はい。合宿中の一週間あまり、お寺の主監(しゅかん)さん達に大変お世話になりました」

昨年、塔太郎や朝光ケンが特別訓練生として選ばれ、谷崎が教官を務めた特練は、選抜された者だけが参加できる合宿である。

特練には広い敷地や人が立ち入らない山などが必要とされ、笠原寺はそれらを満たすうえに本坊もある事から、特別な許可のもと、合宿所として利用されているという。

それを聞いた善女龍王は、二人に笠原寺行きを強く勧め、

「深津さーん、天堂(てんどう)さーん。ちょっと聞いてほしい事があるの」

と二人を呼び、自(みずか)ら渡りをつけてくれた。

深津達もよい保養になるだろうと外出許可を出し、その日の昼過ぎ、まさると塔太郎は善女龍王の紹介状を持って地下鉄に乗り、椥辻の笠原寺へ赴いたのだった。

山科という地域は京都市の東部で、清水山や稲荷山の東側にある。三方を山に囲まれて南が開けているという、京都市中心部によく似た地形である。

朝廷との関わりが深く、中臣鎌足の時代から人康親王など高貴な人が隠棲し、門跡寺院も多い。「忠臣蔵」で知られる大石内蔵助も、一時住んでいた場所だった。

三条京阪から京都市営地下鉄東西線の路線でいえば、東山、蹴上、御陵を通過して山科となり、そこから山科区を南に向かい、東野、椥辻、小野、伏見区の醍醐、石田、六地蔵となる。そこでJR奈良線に乗り換えれば、宇治へと辿り着く。

山科駅は乗り換え駅で、京阪電車やJR琵琶湖線に乗り換えて東に向かえば、滋賀県大津市である。

そんなふうに、洛中、伏見・宇治、滋賀県という土地柄の違う三方に通じている事から、山科は古代から現在まで交通の要衝、あるいは京都の中心部のベッドタウンとして発展してきた。

まさると塔太郎は、地下鉄山科駅から京都橘大学行きのバスに乗り、笠原寺へ向かった。

周辺の氏神である岩屋神社に挨拶した後、なだらかな坂を上る。椥辻一帯は山科の中心部に比べて人気がなく、三月初めのやわらかな陽光だけが、静かに降り注いでいた。

「ほら、見えてきたで」

塔太郎が指さした方を見上げると、両側が苔むした坂道の向こうに「南無大師遍照金剛」と白抜きされた赤い幟旗が数本立てられており、風にはためいている。

それを左に曲がると、広い砂利敷きの駐車場と本坊があり、その駐車場の先、中央奥に延びている大階段の横に、枝垂れ梅が綺麗に咲いている。上には、本尊「厄除弘法大師」の分躰を勧請した大本堂が、山の中腹に堂々たる姿で建っていた。

この周辺も、ぐるりと赤い幟旗で囲まれており、よく見るとお大師様の銅像もある。お大師様は本尊と同一の心を宿しているのか、訪れたまさる達が頭を下げたのに気づいて、遠くから手を振ってくれた。

「やぁ。神泉苑の善女龍王様から、話は聞いてますよ。坂本くんも、しばらくぶりで。そこの本坊へいらっしゃい。主監さんや香裕さんが待ってるよ」

お大師様に頭を下げて本坊へ向かうと、主監の妻である尼僧・香裕が事務所の入り口で出迎えてくれた。彼女は潑溂とした笑顔で歓迎し、分け隔てない親愛を全身で醸し出している人だった。

「あらぁ！　こんにちは！　こんなとこまでよう来てくれはって！　坂本くん、元気やった？　ほんで、お隣が例の古賀さんの、変身した子なんよね。さぁさ、遠慮せんと入って！　皆でもう、先にお茶してるから！」

僧侶といえば、俊光のような厳格さをイメージしていたまさるだったが、香裕は正反対である。特練で世話になった塔太郎は、既に勝手知ったる様子で靴を脱いで上がっており、

「特練の時は、ほんまにありがとうございました。突然お邪魔してすみません。あ、これお土産です」

とにこやかに菓子折りを渡していた。

「いやぁ、どうしょ！　こんな美味しそうなもん頂いて。ありがとうございます。突然なんて、そんな気ぃ遣わんでええのよー。どうせお寺はずっと開いてるし、どなたでもウエルカムやもの」

香裕は可愛らしい声で「あはは」と笑い、まさる達を奥へ案内してくれる。台所がお茶の場所らしく、香裕が戸を開けると、ガスストーブの燃える音と暖かい空気が流れてきた。

既に先客がいて、各々楽しんでいる。テーブルを囲んでいるのは四人だった。

「うちの主監さん以外は、今日は皆女性やのよ。いつもやったら、うちの修行僧と

か、他のボランティアのおじさんとかもいるんやけどねぇ。——皆さん、今日はこの方達も入れたげて。坂本さんと、まさるさん。神泉苑の傍の、喫茶店から来はってん」

香裕は笑顔を絶やさず、菓子折りをテーブルに置いた後、まさるや塔太郎の椅子を用意する。それが終わると老年男性の横に座った。

福耳で、優しそうな顔の男性が、笠原寺の主監である。彼は香裕に促されてゆっくり挨拶すると、熱いお茶を冷まそうと、湯呑みにふぅふぅ息を吹きかけていた。

上座と思われる位置には、善女龍王と瓜二つの女性が座っている。髪が長い事以外は全く同じで、彼女が、醍醐寺の清瀧権現だった。

善女龍王と記憶を共有しているので事情も知っているはずだが、彼女は何も言わず、優しい笑顔でまさる達を歓迎するように見つめ、美味しそうにお菓子を食べるだけ。

主監や清瀧権現の向かい側では、市女笠を傍らに置いた壺装束の女性が、こちらに気づいて小さく手を振っていた。

彼女のあまりの美しさにまさると塔太郎が驚いていると、香裕が、

「綺麗でしょう？　この方、誰やと思う？　小町さんえ。小野小町って学校で習ったでしょ。随心院さんから来はってん」

と言って、塔太郎をさらに驚かせた。

随心院は、山科区小野にある門跡寺院で、そこで余生を送ったと伝えられる小野小町である。

小野小町はいわずもがな、六歌仙の一人に数えられ、平安時代を代表する女流歌人。予想外の展開に塔太郎が「えーっ」と素っ頓狂な声を出し、そんな彼の態度に小町は怒るどころか慣れたような仕草で、わざとぶりっ子をしてみせた。

「もう、香裕さんったら。いきなり言うから固まっちゃってるじゃない。——初めまして。古典でお馴染みの小町でーす。別に、私は神仏じゃなくて幽霊みたいなものだから、小町さーんって適当に声をかけてね。香裕さんや清瀧権現様とは、もう仲がよすぎて、遠慮はどこいっちゃったのーって感じよ」

小町が気軽に言ってのけると、香裕や清瀧権現が微笑む。尼僧に女神、そして女流歌人が仲良くお茶を飲む姿は、見る人が見ればこれぞ極楽と謳いたくなるほど、瑞々しく、慈悲深い雰囲気に溢れていた。

同時に、男は少々その輪に入りづらいのか、主監が塔太郎に向かって苦笑いする。塔太郎も小さく照れ笑いしていた。

そして、まさるはというと、その小町に隠れるようにしてお茶を飲む女性から、目が離せなくなっていた。

白シャツに黒のスキニーパンツを穿いた、ポニーテールの綺麗な女性。凛々しく結い上げた黒髪は、勝気そうな目元によく似合っている。彼女の左手の薬指には、綺麗な銀の指輪が食い込んでいた。

女性は初対面のまさるを無言で見つめると、小さく頭を下げただけだったが、まさるは、どういう訳か胸の鼓動が速くなる。

落ち着いてその理由を考えてみると、なぜか彼女に、強烈な既視感があるからだった。

そうこうしているうちにポニーテールの彼女が、

「冴島といいます」

と名乗ると、香裕が後を続けた。

「与里ちゃん、バリバリのキャリアウーマンやねんで。『小町クリーム』って化粧品、知ってる？　そこの営業さん！　社名の稲森から取って『稲森小町』って呼ばれてはんの。せやし、ここには今、二人の小町がいてる訳！　素敵やない？」

香裕はテーブル越しに、与里へお茶のお代わりを注ぐ。与里は笑いこそしないが不愛想という訳ではなく、香裕からお茶を注いでもらうと少しだけ微笑み、お礼を言っていた。

与里という名前を聞いた瞬間、まさるの心の奥底から聞こえたのは、紛れもない大の声だった。

（与里、先輩……？）

掠れたようなその声を聞いた時、まさるはこれでもかと言わんばかりに目を見開いては、立ち上がって塔太郎の腕を掴む。そのまま彼を引っ張って、破らんばかりに台所の戸を開けて廊下へと連れ出した。

「何してんねん⁉　失礼やろが！」

さすがの塔太郎も声を荒らげて諌めようとしたが、まさるの表情から何かを察したらしい。

「何かあったんか」

と訊く塔太郎の言葉を無視して、まさるはノートとペンを鞄から出し、今までにないくらいの殴り書きをした。

（大のこえがしました）

今度は、塔太郎の目が見開かれる番だった。

「ほんまか」

口走ると同時にまさるの両肩を掴んでおり、

「大ちゃん、聞こえるか。返事してくれ。大ちゃん」

とその胸に呼び掛けたが、声はもう聞こえず、まさるは首を横に振った。

大が目覚めた訳ではなく、おそらく寝言のようなものだろうとまさるは感じており、それを塔太郎に伝えると、彼は肩を落とし、何かを堪えたような顔で、

「そうか」

と、手を離した。

（ごめんなさい。言わないほうが、よかったですか）

「いや、そんな事はない」

塔太郎は既に冷静さを取り戻しており、

「大ちゃんの声がしたという事実だけでも、でかい収穫や。深津さんにも連絡する。――まさる、言うてくれてありがとう」

と、真剣な顔で言うので、まさるは何度も頷き返した。

「それにしても、大ちゃんは何て言うてたんや」

（よりせんぱい、といいました）

「より？　今の、冴島さんか？」

まさるが頷くと、塔太郎は少し考えた後、一旦台所へ顔を出して、

「すみません、ちょっと失礼します」

と断りを入れて戻ってきた。

廊下の隅で深津に電話をかけ、報告と相談を終えた塔太郎は、さらに猿ヶ辻へも

連絡する。猿ヶ辻との通話を切らずに顔を上げた。

「まさる。これからどうしたい？」

訊かれたまさるは迷わずペンを走らせ、

（よりさんと、話がしたいです）

と、確かな筆跡を見せた。

塔太郎は「分かった」とだけ言い、猿ヶ辻へその旨(むね)を伝えた後、電話を切った。その後深津にも同様の連絡をする。

「――戻ろう。猿ヶ辻さん達にも許可を貰った。冴島さんと話をするんやったら、事情も話さんならん。けど、清瀧権現様や小町さんと一緒にいるって事は、多分向こうも、霊力持ちやから話も早いはず」

塔太郎の後に続いて、まさるも台所へ戻った。

長時間席を外していたのを香裕達は心配していたが、塔太郎は、

「すいません、仕事の電話で……」

と最初は場を取(と)り繕(つくろ)い、しばらくは彼もまさるも、穏やかな笠原寺のお茶会を楽しんだ。

女性中心の会話はとても楽しく、与里本人が話すことは少なかったが、明るい香裕や小町、清瀧権現に合わせて時折微笑んでいる。まさるも何度か筆談で参加し、

与里とも多少会話したが、なかなか次の一歩を踏み出せずにいた。

しかし、頃合いを見計らって塔太郎がついに口を開き、

「冴島さん。つかぬ事を伺いますが……、古賀大という、女の子をご存知でしょうか」

と、与里に尋ねた。

小町はぽかんとしていたが、主監や香裕、清瀧権現が、お茶を飲む手を止める。

一同の視線が与里に注がれると、彼女は割合はっきりした声で、

「坂本さんは、彼女の知り合いなんですか」

と逆に訊き返した。

やはり向こうも大を知っている、と、まさるは身を固くする。塔太郎は、いきなり本題には入らず、やんわりと世間話をした。

「俺の、職場の後輩なんですよ。冴島さんのお名前を、彼女から聞いた事がありまして。それで……」

「坂本さんの職場って、確か、喫茶店でしたっけ」

「はい」

「そうですか。……古賀ちゃん、再就職してたんですね。どうですか。元気でやってますか」

「それが……。ん？　再就職？」

　塔太郎が、何かを思い出しかける。すると事情を知らない小町が「ちょっと待って」と小さく手を挙げ、割って入った。

「あの、私、話が何も見えないんだけど。マサルって、女の子の名前なの？　で、与里ちゃんとマサルちゃんは、お友達？」

　いえ、と与里が首を振る。かと思えば、それを撤回するかのように首を傾げた。

「友達……ではなかったですけど。友達のように、仲はよかったですね。それも、彼女が会社を辞めるまでですけど。——古賀大っていう子は、ほんまに女の子なんですよ。私の後輩で、稲森の社員やったんです」

「あらっ！　そうなの⁉」

　小町と香裕が似たような声で、似たような反応をする。まさるは先の既視感に合点（がてん）がいき、塔太郎も、頭の中で点と点とが繋がったらしい。

「ほんなら冴島さんは、大ちゃんの先輩やったんですね？　俺の、前の」

「はい。そうなりますね」

「そう言えば大ちゃん、うちに来る前は会社勤めやったって、言うてたもんな……」

「坂本さん、何で今知ったような反応なんですか？　古賀ちゃんが私の名前を言うてたから、こうして、話題に出したんじゃないんですか」

「いや、それが」

塔太郎が一瞬だけ言葉に詰まると、清瀧権現がすかさず、

「私が補足してあげるから、話してあげたら。その前に、与里ちゃんも、自分と古賀さんの関係を話してあげて」

と、塔太郎と与里それぞれに、説明を促した。

状況を把握出来ていない小町のために、与里が先に話し始めた。

そこから、まさるも塔太郎も知らなかった大の過去、そして、与里との関係が見えてきた。

冴島与里は京都市山科区の出身で、高校を卒業した後、山科に本社を置く化粧品メーカー・株式会社稲森に入社し、現在に至っている。

稲森は「小町クリーム」という保湿剤を看板商品に、約二十年前の創業当時から、主婦層の支持を得ている中小企業だった。

近年では、パッケージを和風にして若い女性層の獲得も狙い、河原町や新京極で販売したり、安価な商品の開発にも注力しているらしい。注目の地元メーカーという見出しで、京都のガイドブックに載る事もあった。

その営業を主に切り回しているのが、他ならぬ与里だった。肩書きこそなかったが、与里本人の話によると、営業部長と同様の権限を持つ事さえあるという。与里の年齢は、塔太郎はおろか玉木よりも下。だが、彼女いわく、仕事さえ出来れば年齢や経歴は関係なく、常に人手の足りない稲森では、どんどん仕事が割り振られるらしい。

香裕が与里をキャリアウーマンと称した通り、確実に仕事をこなす有能さと、小町クリームに説得力を持たせるような美貌から、入社後すぐに頭角を現し、稲森小町と呼ばれるようになったという。

広報や社会貢献の第一線に立つ事もあり、高校の特別授業での講演も、何回か行っていたという。

そのうちの一つとして与里が訪れたのが、大の母校である京都府立鴨沂高校だった。

「京都に根差す中小企業」という名の特別授業のパネリストとして登壇した与里を大が初めて見たのが、高校三年生の時だった。

「――古賀ちゃんと初めて出会った時の事、今でも覚えてますよ。講演が終わった後、あの子、控室にいる私のとこへ来たんです。黒髪を長く垂らしてて。あれ？二つ括りやったかな……。とにかく、清楚で可愛い子でした。私の講演を聞いて興味を持ったので、もっと話を聞きたいと言いました」

それが、受験や就職といった進路を考える時期の、夏休み前の事。与里はその場で大と連絡先を交換し、後日、河原町の喫茶店で会い、日が落ちるまで話し込んだという。

「営業の面白さとか、女性が綺麗になる仕事の楽しさとか、京都らしい化粧品を売る意義とか……。私が語るたんびに、古賀ちゃん、目を輝かせてました。私も、彼女を若いなぁと正直ちょっと笑いながらも、楽しかったです。まぁ、私が言うのも変な話なんですけどね。でも当時の古賀ちゃんは、もっと若い十代でしたから」

大は働く与里の姿に相当な感銘（かんめい）を受けたらしく、「先輩」と呼んで懐（なつ）いていた。

そうして与里への憧（あこが）れを抑える事が出来ず、高校を卒業すると、稲森に入社したのだった。

「大ちゃん……そうやったんですか……」

塔太郎の声がして、まさるは彼をそっと見る。塔太郎は与里の話から、当時の大に思いを馳（は）せているようだった。まさるも、心の中の大に呼び掛けてみるが、何の反応もない。自分でも、与里や当時の事を思い出そうとしたが、何も思い浮かばなかった。

与里の話はさらに続き、大が稲森へ入社した事を、与里は喜び歓迎したという。

通販オペレーターとしての大の仕事ぶりは好評で、当時の社長も、

「冴島と古賀の二枚看板になったら、営業は安泰やな」

と大に期待していたという。

しかし、そんな日々も束の間、夏頃から大の様子がおかしくなった。与里も何度か声をかけたが、その原因は分からないまま、大は八月いっぱいで退職してしまったという。

「私も、その時はちょっとガッカリしました。辞めた理由は今でも分かりません。多分、繁忙期に入ってたから、疲れてたり、理想と現実のギャップがあったとか、そういうのやと思いますけど……」

与里の声が沈むと、まさると塔太郎はそっと顔を見合わせてしまった。

大が与里と初めて出会ったのは夏休み前。「まさる」が誕生したのは、その後である。十八歳の、八月十六日の夜だった。

つまり、まさるはその頃から、大の中に存在していたのである。まさるが与里に対して既視感を抱いたのも当然だった。

ただ、まさるが大の記憶を引き継げるようになったのは、大があやかし課隊員となり、修行を始めてからのこと。それ以前のまさるは文字通り乱暴者で、その事で大も悩むほど未熟だったから、まさるが与里をはっきり覚えていないのは仕方のな

い事だった。

与里は知らないようだが、当時の大が稲森を辞めたのは、他ならぬまさるが原因である。悪霊を退治しようとして先輩社員を巻き込み、彼女がその罪悪感から退職した事だけは、まさるも猿ヶ辻から聞いていた。

その時の事を、まさるが今更ながらに申し訳なく思い出していると、塔太郎が後ろからまさるの腰を叩き、ほかの人に見えない形で慰めてくれた。

大が辞めた後、社長が急死したので会社は慌ただしくなったという。そのせいで与里は大と連絡を取りそびれ、その後、今日までぷっつりと縁が切れたままになっている、という事だった。

「――なので、坂本さんから古賀ちゃんの名前が出た時は、びっくりしました」

話し終えた与里は、両手で湯呑みを持ち、喉（のど）を潤（うるお）す。それまでずっと黙っていた主監が、

「それが今日、先輩二人がこうして会うとは、何かの縁ですなぁ」

と、呟いていた。

「私が知ってる古賀ちゃんは、こんなところです。それで今、古賀ちゃんはどうしてるんですか」

与里に訊かれた塔太郎は、一瞬だけまさるを見た。まさるは小さく首を横に振

り、ノートにこっそり書いた。

(大はまだおきません。おれも、よりさんのことをはっきりおぼえていません。でも、やっぱり、なんとなく、よりさんがすきです)

大の憧れていた人物、というのが影響しているのか、与里の顔を見る度に、声を聞く度に、まさるも何となく懐かしさを感じ、好意を持っていた。

与里がまた、塔太郎に尋ねる。

「――で、古賀ちゃんは?」

塔太郎は一瞬言葉に詰まったが、やがて意を決して与里を見つめ返し、

「大ちゃんは、ここにいます」

と、まさるの背中に手を置いた。

当然の如く与里は「は?」と言って動かなくなり、小町も、意味が分からぬというふうに目を瞬(しばた)いている。

塔太郎は、京都府警のあやかし課隊員という身分や、大が稲森を辞めた本当の理由は伏せて、大の得た力、そしてまさるが大に戻れなくなった事情を説明した。清瀧権現が補足してくれると、ようやく彼女達も理解したらしく、

「古賀ちゃん……。そんな事なってたん……」

と与里は呆然とし、彼女の代わりに小町が、

「そんな事ってあるの？」

と、身を乗り出していた。

「女の子が男になるなんて。まるで神様みたい。あ、でも、山王権現の由来だから、神様みたいなものかしら。……眠ってる大ちゃんが、与里ちゃんに反応したって事は、彼女にとって与里ちゃんは、今でも特別な存在なのね。そうよね。憧れて同じ会社に入ったぐらいだものね」

小町は大きく頷いて納得していたが、与里本人は、自分が何も知らなかった事を悔しく思っているのか、伏し目がちで言葉も発せられずにいる。

そんな与里の肩を、小町が叩いた。

「与里ちゃん！　外見はどうあれ、自分を慕ってくれる後輩と再会したのは、仏様がくれた縁よ！　人助けだと思って、まさる君に沢山お話ししてあげなくちゃ」

「え。私が、ですか」

「他に誰がいるの」

「今の私じゃ、何も出来ないと思いますけど……。話すだけでも、いいんですか」

まさるは何度も首を縦に振り、ノートに大きく笑顔の絵を描いた。

「わ、分かりました。やってみます。もし何も変化がなかったら、すみません」

小町が「そんな事ないわよ」と与里を励まし、香裕も「そうそう。与里ちゃんは凄い人やもの！」と励ましている。

まさるは与里と話したいと思っていたし、彼女自身についても、知りたい事だらけである。大を取り戻す重要な鍵であるゆえに、塔太郎も同様に思っていたらしい。塔太郎は一旦お茶を飲んだ後で、気になっていた事を確かめた。

「冴島さん、失礼ですが……。霊力を持ったのは、いつ頃からですか？　小町さんや清瀧権現様と一緒という事は、少なくとも、あやかしの世界はご存知なんですよね？　もし、大ちゃんが稲森さんの社員やった時に霊力持ちやったなら、大ちゃんの力に気づいたのでは……」

「……私、幽霊とかが見えるようになったのは、最近なんです」

それまで普通だった与里の声が突然硬くなり、拒絶された感じがした。塔太郎から目を逸らそうとするので、まさるも塔太郎も首を傾げる。そこに割って入ったのは、やはり小町だった。

「与里ちゃんはね、霊力を持つようになったのは、今年に入ってからなの。最初に出会ったあやかしが、私。彼女はまだ知らない事も多いから、こうして一緒に、色んな場所へ足を運んで勉強中よ。つまり与里ちゃんは、営業ではベテランでも、あやかしの世界では新人さんなの」

「なるほど。そうやったんですね」

「だから、あんまり急に色々訊かないであげてね。困っちゃうから」

そう諭す小町の瞳が、その話題には触れないでと伝えていた。そうなると訊きたい事も訊けず、与里が霊力を持った経緯などの質問は、引っ込めざるを得なかった。

与里も小町の言葉を否定せず、実際、あやかしの話はしたくないらしい。

以降は世間話となり、清瀧権現が用事で先に帰った後、主監と香裕が、後から来た修行僧・隆善と共に護摩法要を執り行ってくれた。

「ここにいる皆の、悪い事がなくなりますように。まさる君も早く元へ戻れますように、法要さしてもらいますね」

主監がそう言って大本堂へ案内し、まさる達は厳かな心でそれに従った。

まさるの存在は日吉大社を源とするので、護摩法要で戻るのは難しいと主監は言ったが、笠原寺の三人が護摩を焚き、経を唱え、心の中の仏を呼び覚ますという和太鼓を強く打ち鳴らすと、まさるも塔太郎も、力を得たように奮い立つ思いがする。

結局、大が目覚める事こそなかったが、力強い護摩法要に励まされ、まさるは主監達や本尊に深く感謝するのだった。

護摩法要が終わった後、与里が自分の連絡先を、まさるに教えてくれた。

大本堂を出ると、そこから大階段が地上まで続いており、顔を上げれば、噂通りの山科一帯のパノラマが目の前に広がっている。

西からの風に髪をなびかせる与里は、小町に劣らぬ美しさだと、まさるは思った。

「今度は私が、まさる君のいる喫茶店へ行くわ。古賀ちゃんの、新しい職場も見てみたいし。――坂本さん。店名と場所を教えてもらえますか」

「もちろんです」

塔太郎が嬉しそうに名刺を出し、与里に渡す。傍らにいた小町や香裕は、自分達のスマートフォンでちとせを検索し、写真を見ては頭をつき合わせていた。

「まぁーっ！ 素敵な店内！」

「お食事も美味しそうじゃない？ お隣が神泉苑だから、善女龍王様へご挨拶がてら……」

「いやぁ、私も行きたいわぁ。近くに二条城もあるんやて！」

とはしゃいでいる。主監が「あんまり騒いだら邪魔やで」と、笑って諫めていた。

そんな光景に与里がようやく破顔すると、まさるは元より、奥底で眠っていた大も一瞬、その笑顔に反応した気がした。

まさるは衝動のままにノートを出し、

（よりさん、ありがとうございます。ちとせでまっています）

と書く。一瞬考えて花の絵を付け足し、与里に見せた。

与里が何かを変えてくれる。まさるはそう直感していた。

ノートを見た与里は「うん」と頷き、白い陽光に顔を照らされながら、まさるを見返していた。

与里の一件を聞いたちとせのメンバー、猿ヶ辻、そして古賀夫妻は、大が初めて反応した事を手放しで喜び、与里との再会を心待ちにした。

それが叶（かな）ったのは二日後。前もって電話をかけてきた与里は、対応した竹男に来訪の時間を告げて丁寧に電話を切った。竹男は店主をやっているだけに、その時の与里の口調だけで、彼女の実力を察したようである。

「あれはほんまに、営業の出来る子やろなぁ。いや、声っていうか、話し方聞いただけで分かんねん。そういうのって。天性のもんのうえに、経験が積んであるタイプやな」

と断言し、二年半前に、高校生の大が憧れたのも当然だ、とまで評価していた。

過度な期待はせぬように、と深津から言われていても、まさるも塔太郎も琴子も、その時が刻一刻と迫るにつれて、店内をうろうろする始末。

果たして黒スーツを着た与里が現れると、まず竹男が挨拶してお茶を出し、まさるを向かい側に座らせた。

（いらっしゃいませ、さえじまさん。来てくれて、ありがとうございます）

「ううん、ええねん。私も来てみたかったし。それより、『与里先輩』とか『与里さん』でええよ。古賀ちゃんも、辞めるちょっと前はそう呼んでたし」

まさるの筆談は緊張のせいでぎこちなく、初めは、いいお天気ですね、という類(たぐい)の、全く意味のない言葉が何度か出た。与里の表情から気持ちを汲(く)み取れず、不安になる事もあった。

（すみません。おれのはなし、つまらないですか）

「ううん、大丈夫」

と言って、与里は、フォローしてくれる。彼女は塔太郎のような明るさこそないが、嫌な顔一つせず、まさるの筆談につきあってくれた。

まさるの日常の話題をノートに書き、与里に見せる。与里も、自分の近況などはあまり話さなかったが、代わりに、中学と高校は剣道部だったと教えてくれた。

自分も刀を扱う者として、まさるは、与里に一層の親近感を覚えた。

（すごい！　かっこいいですね。与里さんにぴったりです）

「ありがとう。古賀ちゃんにも昔、同じ事を言われたわ。ただ私、卒業してから辞めたしなぁ。今竹刀(しない)を持っても、全然出来ひんと思う。まさる君、剣道をやったら強そうやね」

何も知らぬ与里が微笑み、まさるは照れつつ頭を掻いた。

与里は香裕達が褒めそやしていた通り、また竹男が予想した通りに賢い女性で、まさるのどんな拙(つたな)い話題でも話を広げるし、質問の仕方も、まさるにとって答えやすいものばかりだった。

やがて与里は、竹男の淹れたコーヒーを美味しそうに飲み、

「ここが、まさる君と古賀ちゃんの職場なんやね」

と改めて店内を見回した。

「そう言えば……。さっきの話で、外国のお客さんも来るって言うてたけど。そういう時、何で坂本さんじゃなくって、店長さんが接客しはんの？　まさる君が出来ひんのは分かるけど」

（塔太郎さんは、竹男さんによって、きんしされてます）

「禁止？」

厨房から竹男、そして塔太郎の声が飛んだ。

「いやコイツ、ほんっまに英語ヤバいんすよ！　筍(たけのこ)とか何て言うたと思います？

一度、国際問題になりかけた事があって」

「何サラッとバラしてんすか訴えますよ⁉」

「うるせぇ竹チルドレン！　玉ねぎ英語で言うてみぃ！」

以降、塔太郎の声がしなくなり、琴子の爆笑する声が聞こえた。

これには与里も笑ってしまい、

「うん、よう分かったわ」

と、塔太郎の欠点を理解していた。

「ほんなら、外国人の担当は、店長さんや厨房の女の方なんやね」

(大もやります)

「あっ、そうなんや。古賀ちゃんが英語で接客やってんの、見てみたいなぁ」

与里がそう言ってコーヒーカップを置くと、まさるの心の奥底でまた、大の動く気配がする。ノートに書いて与里に伝えると、

「お役に立ってるみたいで、よかった」

と彼女が微笑んだ。その美しさに、まさるは頰（ほお）を赤らめつつ、満面の笑みを返した。

与里が帰った後、まさるが塔太郎達に全て報告すると、塔太郎は心からほっとした表情で頭を掻き撫でた後、

「冴島さんに、俺も多少は英語出来ます、って言うといて」

と見栄を張っていた。まさるが笑いつつそれに頷くと、同じく笑っていた竹男が、ふと呟いた。

「あっ。何か冴島さん、誰かに雰囲気が似てるなぁと思ったら。塔太郎に似とんにゃわ」

琴子が「えー？」と反論した。

「全然違うくないですか？　塔太郎くんの方がずっと明るいし、反対に、冴島さんはこう、クールな子じゃないですか」

「いや、表面だけ見たらそやけど、何ていうんやろなぁ、根っこの部分が似てんねん。向こうの方が英語出来そうやけど」

「あー。それは、私も何となく分かります。向こうの方が英語出来そうやけど」

「せやろ？　向こうの方が英語出来そうやけど」

塔太郎が、テーブルに突っ伏して落ち込んでいた。

その日をきっかけに与里は何度かちとせに来てくれて、塔太郎の付き添いで、まさるも山科へ行くようになった。

待ち合わせ場所の笠原寺に行くと、主監や香裕はいつも歓迎してくれて、小町が与里と一緒に来る事もある。皆で世間話をする時間は、まさるにはもちろん、塔太郎にとっても癒(いや)しの時間となっていた。

香裕や小町が、

「大丈夫、大丈夫！　そのうちええ事あるって！」

「世の中そんなものよ。くよくよしてたら、『不運』の思うツボだわ」

と快活に話してくれるので、まさるや塔太郎の顔つきも明るくなるのだった。

交流は順調で、最初、元に戻る手がかりとして与里と会っていたまさるも、今は純粋に彼女との時間を楽しんでいた。

香裕、小町、そして琴子が持つ明るさとは違う、女性としての魅力が、与里にはある。そういう女性(ひと)もいるのだと、まさるは新たな発見をしていた。

与里は発言こそ少ないが、必ず、論理的で分かりやすい言葉を選ぶ。

香裕や小町、まさるが出す話題を正確に受け取っては、自分の意見や見聞、知識でまさるを頷かせてくれるので、まさるは与里の言葉に心地よささえ感じていた。

それはいい方向に作用しているようで、奥底の大は起きこそしないが、寝返りを打っているような気配がもう何度もある。

ちとせに来てくれた与里が爆笑した時は、今にも起きそうな気配さえした。

与里が帰った後でそれを塔太郎達に伝えると、琴子は飛び上がらんばかりに喜び、竹男だけでなく、深津も珍しいぐらいに破顔する。

塔太郎などはもう嬉しさを隠しようがないほどで、書類作業を終えて下りてきた玉木の肩に手を回し、

「やっぱ世の中、前向きでないとアカンな！　俺もそうしよっと！　言霊っていうのもあるし。な、玉木！」

とはしゃぎ、玉木に不審がられていた。

喫茶店業務に、あやかし課隊員として任務、そして塔太郎の実家での居候生活には何の問題もなく、残る最大の懸念だった大の目覚めも、もう秒読みだと誰もが思い始めている。

日吉大社での話し合いも、大の反応が頻繁になった事で慎重派の意見が通り、見守ることになったらしい。使者として来た杉子の口を通して、

「ま、こっちが手を出さんで、戻るに越した事はないしな。うちには、もうちょっと様子見してから来てもええんちゃう。笠原寺や小町さん、ほんで何より与里さんにも、よろしく言うといて」

と、返事があった。

数日後、まさる達が笠原寺でいつものようにお茶会をしていると、主監や香裕に急な用事が入り、お開きにせねばならぬという。

まさる達が名残惜しく思っていると、

「せっかくだし、随心院へ来ない？　私が案内してあげるから。もちろん、与里ちゃんも一緒にね」

と、小町が提案し、随心院へ連れていってくれた。

随心院のある小野一帯は、小野妹子や小野篁、小野道風などを輩出した小野氏ゆかりの地域である。寺伝では、小町は宮仕えを辞めた後、ここで晩年を送ったという。

随心院は正暦二年（九九一年）の創建で、小町が暮らしたと伝わるだけに、小町ゆかりの史跡も多かった。小町が化粧に使ったという小町化粧井戸、当時の貴公子達からの文を埋めたとされる小町文塚など、壺装束の小町が一つ一つ自ら説明しては、

「何だか、自分の家を案内するみたいで恥ずかしいわね」

と照れ笑いしていた。

これらの見所に加えて、随心院には、小町と深草少将の悲恋も伝わっている。総門の立て札で知った塔太郎が、

「確か、深草少将が百夜通おうとして、百日目に亡くなったとか……」

と口にすると、小町はひと言、

「今でも、あの人を偲ばない日はないわ」

とだけ言う。そんな小町を、与里が黙って見つめている。小町も黙ってしまったので塔太郎も申し訳なく思ったのか、それ以上は触れなかった。

門跡寺院としての建物も、大変立派なものである。江戸時代に公家から寄進されたものが中心だが、本堂は桃山期の建築で、平安時代を思わせる寝殿造りだという。

庫裡の前には蓮弁祈願の水瓶が置かれていて、これは、小町が熱心に勧めてくれた。

「蓮弁形の紙に願いを書いて、この水瓶に入れてみて。如意輪観音様が、願いを聞き入れて下さるわよ。昔、誰だったかしらね。小説家になりたいって願いを書いた人がいて、その人、本当にデビューしたんだから！」

とまで言われては、心動くものがある。まさるも塔太郎も蓮弁の紙を受け取って、

（もとにもどれますように）

（大ちゃんが無事でいますように）

と書いて、そっと水瓶に入れるのだった。

まさるはこの時、与里は何を願ったのかと気になったが、与里は小町から紙を受

け取ろうともせず、隣の、小町の歌が刻まれた石碑を見つめるだけ。

それについて小町は何も言わず、気遣うように与里の背中を優しく見守り、紙を自分の袂へ仕舞っていた。

庫裡から中へ入ると、着替えると言って一旦は寺務所へ引っ込んだ小町が、鮮やかな十二単を纏い戻ってきた。まさると塔太郎が彼女の優美さに驚いていると、小町はえへんと胸を張る。

「どう？　本当は私、生前はもっと唐風の服を着てたんだけど……。ほら、イメージってあるじゃない。今は、十二単も凄く気に入ってるの。さ、こっちよ。随心院の素敵なところ、沢山紹介してあげる」

すれ違う小町から、人を癒すような芳香が、ふっと漂った。

彼女の宣言した通り、庫裡の先の、奥書院や表書院には感嘆必須ともいえる襖絵がいくつもあり、まさるや塔太郎は、門跡寺院の格の高さを実感した。

中でも奥書院の賢聖障子絵は、古代中国の聖人賢人が一列にぐるっと三方にかけて並ぶ構図である。まさるは本当に人がいるようで面白く、長時間眺めていたものだった。

平成三年（一九九一年）に改修された能の間で公開されている襖絵は少し変わっており、はねず（薄紅）色の雲の中、小町の生涯が四枚にわたって描かれている現代アートだった。

「極彩色（ごくさいしき）で綺麗でしょう？　ご門跡にこんな絵があるなんて、って、びっくりする人もいるのよ。でも、最後は皆喜んでくれるの。この襖絵はつい最近の作品だけど、私の性格と人生がよく表現されているから、私自身も大好き。化粧井戸に行く途中で見てくれたと思うけど、小野梅園の梅は、今が盛りよ。この襖絵みたいに……。もうすぐ『はねず踊り』もあるし、梅園もまた見に来てね」

能の間から本堂へ渡ると、本尊・如意輪観世音菩薩（かんぜおんぼさつ）に挨拶するまさる達から外れた与里が、簀子（すのこ）の端から庭をじっと眺めていた。

表書院や大玄関が見える庭の向こうには、近代的な建物が全く見えない。明るく華やかな能の間から一転、寺と草木だけの、そこに立つだけで心が鎮（しず）まるような空間だった。

西日が射し、ほのかに温まる勾欄（こうらん）に身を寄せ、ひと言も発しない与里。

その美しさを目にしたまさるは、先ほどまで小町の案内を楽しんでいた事などすっかり忘れ、親近感とは明らかに違う、胸の高鳴りを感じていた。

（与里さん）

心の中で呼びながら、スマートフォンを開く彼女の肩を叩こうとする。

すると、待ち受け画面が目に入り、まさるは足を止めた。

画面に映っていたのは、男性の写真である。若くて肩幅が広く、優しそうな顔立ちだった。与里はそれを見て、左手で目元を拭っていた。

涙ぐんでいるとまさるが気づいた時、与里ははっと振り向き、スマートフォンを手荒く鞄に仕舞う。左の薬指の指輪が銀色に反射し、目が合った彼女の瞳は少女のように幼く、そして儚げに見えた。

しかし、次の瞬間にはいつもの与里に戻り、

「ごめん、何？」

と冷静にまさるを見返していた。

まさるは戸惑ったまま、迂闊にも鞄を指差して（今の人は？）と態度で訊いてしまう。それを汲み取った与里は一旦は、

「……淳一」

とだけ答えたが、まさるがさらに何か言いたそうにしているのに気づくや否や、鞄の持ち手を肩にかけ直した。

「ほっといて。何でもいいやろ」

と言って、まさるに背を向け、能の間へ戻ってしまう。まさるは咄嗟に謝ろうとしたがノートを出す間もなく、与里の性急な足音に気づいた小町が、

「与里ちゃん！」

と追いかけた。まさるの傍には塔太郎が来て、

「どうしたんや」

と訊いてくれたが、与里と小町が能の間の向こうに消えるのを見て、まさるは真っ青な顔で立ち尽くすしかなかった。

落ち着いた頃にやっとペンを取り、経緯を塔太郎に伝える。すると塔太郎も、

「あー……。そうかぁ……」

と、額に手を置いた。

「名前を呼び捨てって事は、彼氏やったんかなぁ。いや、指輪したはるから、旦那さんか？　何にせよ、言いたくなさそうなんを二回も訊こうとしたんは……まずかったなぁ」

塔太郎の言葉を聞いて、まさるは謝りたくて追いかけようとする。今行ったら余計にこじれる、と塔太郎が止めたところで、小町だけが戻ってきた。

「与里ちゃん、このまま帰るって。ごめんね。彼女も悪気はないの。まさる君にこれを、って、私に託してくれたわ」

折り畳まれた、小さな紙が差し出される。まさるが受け取って広げてみると、教科書のように綺麗な字で、

（まさる君、ごめんね。また今度）

とだけ書かれていた。

まさるは不安で胸が苦しくなり、塔太郎も迷惑をかけたと思っているのか、

「冴島さん、怒ったはりますか？　俺が謝罪に行った方が……」

と小町に確認する。小町は慌てて手を振り、まさる達を宥めた。

「いいの、いいの！　そっとしておいてあげて。あの子もそんなに怒ってないから。ただ、ちょっとね……。女の子には、色々あるものよ」

わざと茶化した小町だったが、与里の気持ちを尊重して、それきり何も話さなくなった。

落ち込み気味で塔太郎の家に帰ったまさるは、再び与里に拒絶されるのではないかと怖くなり、すぐには与里に連絡出来なかった。

与里の喜ぶものを探そうと三条会をうろうろしては、塔太郎や隆夫に「大丈夫やって」と励まされる。隆夫が注いでくれたビールを飲みながら、彼女が残した「また今度」という言葉を信じる他なかった。

与里からの連絡を待っていたまさるだったが、あの日以降、与里とはぱったり会えなくなった。

与里とはショートメールで一応の連絡は取れており、先の事を謝ると彼女は気に

していないと言ってくれたし、最近まさるに会えないのも、仕事が忙しいからだという。

どちらも真実だろうとまさるは思っていたが、それでも与里に会えないのは寂しく、また、本当は自分を嫌っているのではないか、という不安も拭い切れない。

そういう小さな引っかかりが、尺取虫のようにまさるの心をいつまでも這い回っていた。

その日は三月だというのに雪が降り、これが冬の、最後の足掻きといわんばかりの大雪となる。

そんな天候にも影響されてか、まさるは喫茶店の業務にも身が入らず、竹男から「何やお前そのツラ！」と発破をかけられていた。

「魔除けの子がどうした！　そんな顔してたら、お客さん来うへんくなるやんけ。まぁ、この雪やと誰も来うへんやろうけど。――雪は融ける。お前の心も融ける！　多分！」

そう言われると一時的に明るくなるが、またすぐに、まさるは与里の事が気になって落ち込んでしまう。

自分の出すぎた詮索が与里を傷つけたのではないか、そして、スマートフォンを隠す直前に、与里が涙ぐんでいた理由も気になっている。

恋人、あるいは夫と喧嘩でもしたのだろうか。だとすれば、自分が慰めてあげたい。そうすれば、いつも会ってくれる与里に少しは恩返しが出来るかもしれないし、与里の笑顔も見られるかもしれない……。そうすれば、大の反応だってあるかもしれないし、何より、自分自身が嬉しい。

気づけばいつも、そんなことばかり考えていた。

まさるは塔太郎に、

(与里さんに、メールをおくってもいいですか?)

と相談してみる。塔太郎は洗った皿を拭きながら唸り、

「催促とかやったら、やめときや。一応、こっちがお願いして会ってもらってるわけやし」

と言ったが、まさるが悶々としている事は理解してくれて、

「まぁ、もうちょっと待て。くよくよしてたら『不運』の思うツボやぞ!」

と、小町の言葉を借りてまさるを励ましてくれた。

その時、店の電話がけたたましく鳴る。最初は竹男が出たものの、向こうが指名したらしく、塔太郎に代わる。相手は、京都ゑびす神社の在原業平だった。

「やぁやぁ、坂本くん! 元気かね。三月だというのに寒くてたまらん。眷属の狐達も毛玉のようになって震えてるから、早く春になってほしいもんだ。――あ

あ、用件だが。今から、ちょっと時間を貰えるかね。君と、まさる君の二人だ。……実はだな、二人の耳に入れたい事があるんだ。いや何、大した話じゃない。出動じゃないから腕章も要らない。ただ……、後で深津君には、伝えてもいいかもな。まぁ、そういう話だよ。フランソアに来たまえ。分かるだろ？　四条小橋をちょっと下がった、フランソア喫茶室だ。私のお気に入りでね。あやかしの世界を知っている店だから、話をするには絶好の場所だ。——それじゃ、待ってるからな」

業平は陽気だったが、深津に伝えてもいいとなると、あやかし課が絡む内容らしい。

塔太郎とまさるは許可を貰ってすぐに出発し、京都でも指折りの喫茶店、フランソア喫茶室に向かった。

昭和九年（一九三四年）の創業以来、西木屋町通り沿いのフランソア喫茶室には、芸術家や教員、学生達が足繁く通い、今日でも客足が絶えない。

豪華客船のホールをイメージした店内は、イタリアン・バロックを基調とした装飾、漆喰の白に映えるステンドグラスや名画のレプリカ、アンティーク・ランプなどで美しく整えられており、国の登録有形文化財にもなっている。

この洗練された空間に身を置くと感性が研ぎ澄まされ、自分は素人だと分かっていても、つい芸術家や哲学者を気取ってしまう。

フランソア喫茶室とは、そういうアカデミックな雰囲気や精神性を味わえる場所だった。

店内に入って周囲を見回し、感心しているまさるの前を塔太郎が進む。二人を呼んだ業平は直衣姿で奥の方の席にいて、向かい側では、小町が両手でカフェ・オ・レを飲んでいた。小町はいつもの壺装束であり、つまり二人とも、平安時代の衣服そのままである。

「やぁ坂本くん！　まさる君！　来たかね。わざわざ悪いね」

「こんにちは、二人とも。ちょっとだけお久し振りね」

「えっ、小町さん？」

塔太郎が驚いていると、業平が彼を小町の横へと促す。業平の指示で、まさるも隣のテーブルから椅子を動かして塔太郎の隣に座った。聞けば、業平と小町は友人同士らしい。

「そりゃあ、私も彼女も六歌仙の一人だからな。とはいえ、生前は歳も立場も違ってたから、今みたいな関係になったのは私が祀られた後だ。――おい。そこのメニューを凝視している小町くん。また注文する気か」

「いいじゃないの、ケーキぐらい」

「さっきも食べてただろう」

「あなた何を見てたの？　さっきのはトーストだったでしょ。凄く美味しかったわ。もう一枚食べたいぐらい。あれはお昼ご飯で、今から頼むのはデザートなの」

「その昼食とやらも、シナモンシュガーのやつだった。カフェ・オ・レは角砂糖をいくつ入れた？　全く、信じられん甘党だな。……まぁいいさ。もう一人来るし、話も長くなる。ケーキぐらいあった方がいいだろう。坂本くん達も、好きなものを頼めばいい。私が御馳走(ごちそう)してやる」

メニューが差し出され、塔太郎はお礼を言ってコーヒーを、まさるはココアを注文した。

それらがウエイトレスによって運ばれてくる頃、店の外で、木製の車輪が止まったような、かすかな音がする。開いたドアから見えたのは降り続ける雪と上品な牛車(ぎっしゃ)で、店に入ってきたのは、直衣姿の壮年男性だった。

新京極通り沿いにある錦天満宮(にしきてんまんぐう)の祭神、菅原道真(すがわらのみちざね)である。

「すみません、業平様。遅くなりました」

「待ってたぞ菅原先生！」

予想外の人物の登場に塔太郎とまさるが固まる中、業平が立ち上がり、嬉しそうに両手を広げては菅原先生の肩を叩く。小町も手を振っていた。

「先生。お久し振り」

「やぁ、これは小町様。お元気そうで何よりです。そちらの梅は咲いてますか」

「ええ。もう一人の先生の……北野天満宮の梅花祭は、先月二十五日だったのよね。用事があって行けなかったの。残念だったわ」

「また来年もありますよ。そうでなくとも、私はいつでもお待ちしていますよ。錦天満宮でも北野天満宮でも、はたまた太宰府天満宮でも。大歓迎です」

菅原道真は、学問の神様として全国にその名を轟かせ、あやかしの世界では「菅原先生」と呼ばれて親しまれている。昨年の秋、富女川輝孝が記憶喪失となった際、貴船神社を紹介してくれたのは菅原先生だった。

彼も、業平や小町と仲良しである。お互い、先生や様をつけて呼んでいても、接し方は対等だった。それでも、業平は立ち上がり、菅原先生を自分の奥の席に座らせていた。

「それにしても先生。相変わらず老けた姿でいるんだな。神様なんだから、若返ればいいのに」

「いやぁ、業平様がいらっしゃるんですから、これで十分ですよ。——用事が長引いてしまいましてね。業平様の狐さんが、迎えに来て下さって助かりました。恐縮です」

ドアのガラス越しに見えていた牛車が、ふっと消えて二匹の白狐(びやっこ)になる。業平がいつも可愛がっている眷属達だった。

「こちらから呼んだんだ。迎えを出すのは当然だろう。——スーパーカーの方がよかったかね？」

「いやまさか。新京極を猛スピードで走ったら、そこの坂本くんに捕まってしまいますよ」

二人で冗談を言い合っては、場を和(なご)ませてくれた。

歴史あるフランソア喫茶室に、六歌仙の二人と学問の神様が当時の服装で座っている状況は、文字通り現実離れした神秘さがある。

菅原先生を含めた五人が揃ったところで、業平はようやく本題に入った。

「実は今日、久方ぶりに小町と会って、近況報告をし合ってたんだ。その過程で……与里さんという存在と、彼女が君達と会っている話を聞いた。与里さんは、稲森の社員らしいな？　私は与里さんという子は知らないが、会社の、稲森の方は知ってるんだ。私の社がある京都ゑびす神社、そのゑびす神は、何てったって商売の神様だ。京都は商人同士の繋がりも強いし、お参りに来た会社の情報は自然と耳に入ってくるのさ。末社の祭神である私の耳にもな。まぁ、稲森の話はそれなりに広まってるから、同業他社の者も知ってるとは思うがね。

私が、今の稲森の内情を話すと、小町はひどく驚いていた。そうして反対に小町は、与里さんの抱えている事情を私に教えてくれたんだ」

コーヒーを片手に話す業平の前で、小町はメニューにもカフェ・オ・レにも触れず、じっと俯いていた。

「で、だ。小町から聞いた与里さんの事情と、私が知っている稲森の内情とを合わせると……。将来的に、事件の起こりうる可能性が出てきた。だから、坂本くんにまさる君、君達にも来てもらった。軟派な私の説明だけでは頼りないかと思って、菅原先生にもご足労願った。

稲森という会社は、最近では若者をターゲットにして、河原町や新京極の店にも商品を卸している。となればもちろん、錦天満宮の菅原先生も、稲森の事は知ってるのさ。菅原先生にも、与里さんの事を話してある。その上で来てもらった」

業平に合わせて、菅原先生が頷いた。

菅原先生が来た事は、業平の話が、決して彼個人の妄言ではない事を表していた。

まさると塔太郎は、コーヒーやココアが冷めるのも構わず、じっと話を聞いた。

「前置きはこのぐらいにして。単刀直入に言おう」

業平がいきなり提示した結論は、与里が働く稲森で、死者蘇生の術が行われるのではないかというものだった。それも、生贄を使う禁術の類らしい。与里もその関係者であり、それどころか、与里が首謀者になる可能性もある、と業平は言う。

その瞬間、小町が固く目を瞑り、信じたくないというふうに顔を背けた。

まさるが動揺を隠せずにいると、今度は菅原先生が、稲森という会社について詳しく説明してくれた。

「株式会社稲森というのは、二〇〇〇年くらいに創業した、京都では若い会社です。元は、森紗和子さんという方がご趣味で保湿剤を作っていたのを、稲本隆文という方が協力を申し出て、会社を作ったんですよ。それが、今の稲森です。稲本と森、という訳ですね。

森さんが発明した保湿剤は、大豆イソフラボンやお茶のカテキン、和漢植物などの、京都らしい天然素材が原料で、今流行りのオーガニック・コスメです。ですから、会社を山科に作って『小町クリーム』と銘打ったら、凄く人気が出た訳ですね。小町様のご利益でしょうかね。

――話が逸れましたね。そんな訳で、小町クリームを主力商品とした稲森は、二年半ほど前までは順調だったんです。ところが確か、二年半前の九月でしたかね。敏腕社長だった稲本隆文氏が、急死されたんですよ。急死といっても、当時既に八十を超えてましたからね。ご高齢というのもあったでしょうが……。いずれにせよ、彼が亡くなった後、要は後継者争いが起こったんです」

　それまで黙って聞いていた塔太郎が顔を上げ、

「二年半前の九月というと……。大ちゃんが、稲森を退職した後ですね」

と言う。その事にまさるも何かを感じたが、業平が「後にしたまえ」と言い、菅原先生に先を促した。塔太郎は慌てて謝罪し、菅原先生の話に集中する。

　当の菅原先生は、話の腰を折られても少しも怒らず、それどころか、

「坂本くん、いいところに気づきましたね。その事、よく覚えておいて下さい」

と言ったうえで大が退職した話を脇にやり、稲森の組織図を描いてくれた。

　紙上に広がる達筆な字を見てみると、一番上には急死した稲本隆文、その下に、副社長だったという森紗和子の名前がある。副社長というのは名ばかりらしく、実際は、製造開発部の部長という方が正しいという。

　そして紗和子の横、彼女と対等の立場だと示唆（しさ）するように、稲本照行（てるゆき）という営業部長の名前が書き足された。年齢は五十代後半で、稲本隆文の息子だという。

　その照行の下に、冴島与里が付け加えられた。

　まさるは、思わず与里の名前を指差した。小町が切なそうに顔を上げ、

「そうなの。与里ちゃんは役員ではないけれど、会社では本当に、トップから四番

目の立場だったの。副社長の紗和子さんは、営業にはタッチせず製造開発だけだったから、営業だけで見ると、社長や営業部長に次ぐ三番目だったそうよ」

と言いながら、与里の名前を見つめていた。

小町の話を菅原先生が引き継ぎ、図の一番上にあった稲本隆文に、二重線を引いて消す。そして、その後を説明してくれた。

「ご葬儀が終わると、大抵の会社は次期社長選びに入りますよね。新しい社長が決まると、各取引先へのご挨拶や、新体制の連絡だとか……。稲森のよくなかったところは、隆文氏の下の、製造と営業が完全に分かれていて連携が乏しかった事です。ですからまず、新社長は、小町クリームの発明者である紗和子さんにするのか、それとも製造以外を全て掌握していた照行さんにするのか。そこで、当人達がかなり対立したそうです」

すると、業平がコーヒーカップを置き、「紗和子さんはなぁ」と顎に手を当てた。

「彼女が小町クリームを作っているのは間違いないんだが、如何せん人付き合いの悪い人だ。毎年のえべっさんで笹を買ってくれる時も、不愛想で頑固、話がしにくいという声をチラホラ聞いたよ。稲森の社員からも、彼女は孤立していると聞いた事がある。

実際、私も別人に化けて彼女と喋った事がある。噂通りだったよ。だからこそ、製造以外の事は全て稲本父子が担当して、それで会社が回っていたんだろう。そんな紗和子さんが新社長だなんて無理がある。そもそも社長が生きている時から、製造と営業は不仲だったらしい。頑固で職人気質、保守派の紗和子さんと、柔軟かつ豪胆な営業の照行氏とじゃあ、水と油だ。『小町クリームは自分のもの』と主張する紗和子さんと、『誰が売ってやってるんだ』と言い返す照行氏の姿が、目に浮かぶようだとは思わんかね。

ただ……年功序列で、結局は、紗和子さんが新社長に、照行氏が副社長になったらしい。それでも、実権はほぼ照行氏にあった。何せ、製造以外の事は全て出来るんだからな。紗和子さんよりも、むしろ照行氏の方が会社には必要だったのさ。与里さんという優秀な部下もいる事だしな。

新体制になってから、紗和子さんもそれに気づいたらしい。そうして、小町クリームがいつか完全に、照行氏に取られてしまうのではと恐れたんだ。……都の噂とは怖いもんだな。そんな話まで、私の耳に届くのだから。

まぁ、そんな訳で、紗和子さんは自分の立場を守るために、ある人物を製造開発部に入れたんだ。それが、別の会社に勤めていた森淳一という男。若竹のように薫る二十代後半の、自分の息子だった」

「淳一？」

塔太郎の声と同時に、まさるは腰を浮かして身を乗り出す。随心院で見た、与里のスマートフォンの待ち受け画面の男性の名前も、「淳一」だった。

「何だ、君達。淳一君を知ってるのかね」

業平の問いに、塔太郎が随心院での一件を話した。すると、それを思い出した小町が我慢できずに顔を覆い、

「与里ちゃん……」

と指の隙間(すきま)から、悲しそうな声を漏らした。そして、彼女は両手を下ろし、教えてくれた。

「あのね……。与里ちゃんと淳一さんは、恋人同士だったのよ。淳一さんは去年の十二月、亡くなったわ」

小町の言葉に、まさるは愕然(がくぜん)とした。塔太郎も二の句が継げずにいると、菅原先生が紗和子の下に森淳一と書き、そして二重線を引く。淳一の身に何が起こったか、菅原先生が話してくれた。

「ご高齢の方ならともかく、お若い方が亡くなられるのは、何とも悲しい事ですね。――稲森に入った淳一君は、母親の下で製造をきちんと学びつつ、それだけでは不十分だとして、営業についても、照行氏に訊いて勉強されていたそうです。ですから、母親の紗和子さんは元より、照行氏からも気に入られていた。淳一君

が前社長に代わる潤滑油になってくれるのではと、社員の誰もが期待したそうです。親しみを込めて『御曹司』と呼ばれていたとか……。

こんな淳一君を、照行氏は、むしろ自分の側に引き込もうと思ったらしいんですよ。照行氏はやがて、淳一君に営業の仕事もさせるようになりました。

淳一君と与里さんが恋仲となったのは、それからすぐの頃です。おそらく、与里さんが淳一君を補佐するうちに、距離が縮まったのでしょう。大変に仲がよく、優秀な稲森小町と優しい御曹司のご結婚を、誰もが信じていたそうです。

与里さんの直属の上司である照行氏が喜んだのは、言うまでもありません。反対に、紗和子さんは目算が狂って落胆したそうです。それにとどめを刺さんとして、照行氏は取引先との会食に、淳一君を連れていくようになりました。

それが、いよいよ本当の、悲劇の始まりです。

当時の照行氏は、より多くの取引先を獲得しようと、毎日のように夜の木屋町や祇園などで接待を行っていました。そこに淳一君も必ず同席し、連日お酒を飲んでいたそうです。照行氏は酒豪で、淳一君もそれなりに強かった。だからこそ、無理をしてしまったのでしょうかね……。

結果、去年の十二月下旬に、淳一君は突然亡くなりました。簡単にいえば過労死です。当時の彼は、製造の仕事に営業の仕事、そのうえに連日の酒席で、おまけに亡くなった日は今日のような大雪でした。過労、アルコール、寒さ。犯人捜しはいくらでもできますが、一つ確実なのは、もう淳一君は戻ってこないという事です」

菅原先生の声が、やけに店内に響く。業平が物憂げに椅子の背もたれへ沈み込み、

「聞いた話では……、通夜の時、紗和子さんの狂乱ぶりは見ていられなかったらしい。まぁ、当然だな。彼女に代わって照行氏や与里さんが葬儀の手配をしたらしいが、途中、二人を何度も罵倒して……。まぁ、その話はやめよう」

と、ため息をついた。

「坂本くん、まさる君。肝心なのはここからだ。よく聞きたまえ。

淳一君が亡くなった今、稲森の状況は最悪だ。紗和子さんは放心状態で出社しなくなり、会社が呪われているという噂が出て辞める社員も現れた。私や菅原先生が、なぜ、ここまで稲森の実情を知っていると思うかね？　同業他社からの噂が聞こえてきたというのもあるが、つい最近、稲森が社員一同でお祓いをしに来たからだ。そうしろという社員や、外部の声も多かったんだろう。お祓いをする場合、神仏は対象者の全てを見る。ゑびす神や菅原先生は一応お祓いをしたが……。『株式会社稲森』はともかく、照行氏が、御神徳を受けられるかどうかは疑問だな。というのも、照行氏は昔から、民間信仰から派生に派生を重ねたような、邪宗寄りの

呪術に凝っていた人間なんだよ。つまり照行氏は、実は霊力を持っているんだ。あやかし課隊員には遠く及ばず、あやかしを見る事すらままならん微弱さだけどな。それでも、自分の出世や何やらを願って、訳の分からんような術を実践していたらしい。

まさる君、いや古賀さんは確か、あやかし課隊員になる前は稲森にいたと言ったな？　そうして、悪霊退治をしようとして先輩社員に怪我をさせたから、退職したと……。その悪霊こそが、照行氏が意図せず呼んでしまったもの、という可能性がある。そうなると、前社長の隆文氏の死因も怪しい。まぁ、それらの真相は、今となっては分からんがね。このうえに淳一君だ。ただ、彼の事は、照行氏本人も気に入っていた。だから淳一君が亡くなったのは、本当に単なる不運だったと私は思うがね。……本当にそう思ってるからな、小町。誰のせいでもない。次回、与里さんに会った時には、そう伝えてやりなさい」

業平の言葉に、小町が黙って小さく頷いた。

「すまん、話を戻す。――今、稲森は、紗和子さんが不在になった事で、新規の製造がストップ、あるいはひどく遅れている状況だ。説得したって、彼女は出社できる状態じゃあない。もう権力争いどころじゃない。何としても、状況を打開する必要がある。しかし、小町クリームの製造法を熟知しているのは、紗和子さんか、あるいは……。

ここまで来た時、照行氏が何を考えるか分かるかね。最初に言った、死者蘇生の術だ。淳一君を生き返らせる事が出来れば、全ては彼の死の前に戻すことが出来る。少なくとも、製造は再開させられる可能性が高い。

今の稲森、いや照行氏は……呪術の資料、それも死者蘇生に関する情報を、片っ端から集めたり聞き回ったりしていると噂になっているんだよ。これをもし与里さんが知ったら、間違いなく同じ事をするだろう。いや……、既にそうなっているんだ」

壮絶な話に、まさるはずっと胸が苦しく、呼吸さえ少し荒くなっていた。それに気づいた塔太郎が、

「お前は、ここまでにして帰るか。あとは俺が聞いとくから」

と気遣ってくれたが、与里が関わっている以上は引けないとして、まさるは離れなかった。

業平と菅原先生の視線を受けて、それまで黙っていた小町が、ようやく口を開いた。与里と小町は、まさるが与里に出会う前から、既に知り合い同士である。その出会いを語り始めた小町の傍らには、飲みかけのカフェ・オ・レが、凍り付いたように静止していた。

「私が与里ちゃんを最初に見たのはね、今年の、一月の寒い日だった。彼女は随心院の、本堂の簀子に座って何かを読んでいたの。私、気になって、そっと後ろから見てしまったの」

与里が読んでいたのは、明らかに戦前のものだと分かる、全国各地の禁術を紹介した本。小町がちらっと見ただけでも、おぞましい呪文や生贄が目に入る。小町は思わず袖で口元を隠し、与里に声をかけたという。

——ちょっと、あなた。どうしてそんな恐ろしいものを読んでいるの。

振り向いた与里は、十二単の小町、そしてその影がないのを見て驚いたらしい。聞けば、与里はその時生まれて初めて、人ならざるものを見たという。随心院で小町に声をかけられた事で、与里は霊力に目覚めたのだった。

「今にして思えば、与里ちゃんは照行さんの部下。彼の影響を受けて、霊力の下地が出来ていたのかもしれないわね……」

小町があやかしの世界の話をすると、突然、与里はその場に伏して泣き出したという。慌てた小町が慰めつつ事情を訊くと、

——幽霊というもんがこの世にいるんやったら、何で淳一は、私に会いに来う（こ）へ

んのですか。夢にかって、出てきてくれへん……！

と掠れた声を出し、背中を波打たせて泣き続けた。

ようやく落ち着いた後、与里は小町に、恋人を亡くした経緯を打ち明けたという。

随心院が小町ゆかりの寺である事と、深草少将と小町の悲恋を与里は知っており、そこに自身と通じるものを感じて、ふらふらと随心院まで辿り着き、古書店から取り寄せた本を読んでいたところで、小町に声をかけられたのだった。

――淳一が死んだんは、私のせいなんです。

与里は心ここにあらずといった表情で、そう話したという。

――彼の死ぬ前、私、彼に怒ってたんです。毎日のような接待がしんどい、会いに来てって言う淳一に、また弱音を吐いてると思った私は、お尻を叩くつもりで言ったんです。『御曹司やからって甘えるな。仕事の後で、私に会いに来るぐらいの根性見せえな』って……。律義やった彼は、ほんまに毎日、会いに来てくれました。どんなに遅い時間でも、京都の真ん中から、私の住む山科まで……。結果、三ヶ月と十日後に、淳一は死にました。紗和子さんに、「人殺しお前らのせいや」って、稲本さんともども言われました。その通りやと思います。淳一は仕事で疲れてたのに、二日酔い続きで調子が悪いのを知ってたのに、秋から冬になって寒かったのに、私があんなん言うたから……。私が、淳一を死なしたんです……！

再び号泣し、その涙が止まることはなかった。

与里は、淳一はもちろん紗和子のためにも償いをせねばならぬと思い、胡散臭いまじないに凝っている上司、稲本照行の提案に乗って、今、彼と手分けして死者蘇生の術を探しているという。彼女が、禁術の本を読んでいたのはそのためだった。

多少の犠牲は覚悟の上、という彼女の気持ちを知った小町は、彼女に本を閉じさせて預かり、思いとどまるよう説得した。

しかし、どうしても淳一に会いたいと願う与里は、かえって逆上してしまい、小町が預かった本も、引っ掻かれるように取り返されてしまう。小町は何とか自分の気持ちを伝えようと、随心院に伝わる深草少将との悲恋を語って聞かせたという。

「深草少将の百夜通い」として知られるその話は、小町から〝百夜通えば受け入れる〟と言われた深草少将が、毎日欠かさず小町のもとへ通ったが、満願となるはずの百日目に、大雪で凍死したというものである。

小町は少将が通う間、榧の実を紐に通してその日数を数えていたが、亡くなった後、それを埋めて彼を弔ったという。

――だから私、あなたの気持ちが少しだけ分かるの。私のせいで、少将が死んでしまったから……。今のあなたと同じように、彼を呼び戻せたらと考えた事もあったわ。でも、それはいけませんって、神様や仏様に言われたの。この世には死者の行くべきところがあって、彼はもうそこに行ったからって。そっとしておいてあげなさい。そしてあなたはこれから懸命に生きて、彼を弔ってあげなさい、と言われたわ。

小町の話を、与里は黙って聞いていた。小町は少将の事を思い出して自らの袖を握り、長い息を吐いたという。

「……私の話を聞いた与里ちゃんは、少しだけ落ち着いたようだった。少なくともその日は、呪術の本は見ないでくれたわ。私が誘うと、与里ちゃんはまた随心院に来てくれたの。とても嬉しかったわ。でも……彼女はやっぱり、蘇生術が忘れられなかったみたいで。だから私は、少しでも与里ちゃんの気が晴れるように、色んなところへ連れ出したの。そうしたら、だんだん与里ちゃんも立ち直ってくれて……。優しい尼さんがいるって聞いて、連れていったのが、あの椥辻の笠原寺。そして、そこにやってきたのが坂本くん。そして……まさる君、あなただったのよ」

小町の黒く綺麗な瞳が、まさるをじっと捉えていた。わずかに憂いを帯びたその瞳は、吸い込まれそうなほど澄んでいた。

「まさる君とお話をして、きっと、与里ちゃんも気が紛れていると思うの。だからこれからも、与里ちゃんと沢山お話ししてあげてね……」

それを最後に、小町は俯いて話し終えた。業平が彼女へメニューを差し出し、

「小町。好きなものを頼め。シナモンシュガーのトースト、美味しかったんだろ」

と慰める。小町はありがとう、と少しだけ、しかし、この上なく美しい微笑みを湛(たた)えた後、「じゃあ、沢山ケーキを頼もうかしら」と淑(しと)やかに冗談を返した。

しかし小町の、その美しささえも目に入らないほど、まさるの心の中は既に与里でいっぱいだった。

ようやく知る事の出来た与里の過去、真相、そして苦悩。自分とお喋りしてくれた優しさの裏で、どれほどの苦しみを、彼女は抱えていたのだろうか。

まさるは何も知らなかった自分を責めると同時に、今すぐ飛んでいって、彼女を抱きしめたい思いに駆られていた。

まさるが必死に衝動を抑える中、塔太郎も納得したように言った。

「冴島さん、というか稲森さんに、そんな事情があったんですね……。小町さんが随心院を案内して下さった時、少しだけ、小町さんの態度が気になってたんですよ。深草少将とのお話を避けていたのは、ご自身というよりは、むしろ冴島さんを気遣ってやったんですね」

「ええ、そうなの。もう大丈夫だろうと思って彼女も連れていったんだけど、やっぱり駄目だと気付いて……。あの時はごめんなさいね」

小町は、手にしていたメニューをぱたんと閉じた。

飲み物が冷めてしまったので、業平が皆のお代わりを注文する。ウエイトレスが去ると、業平は改めて塔太郎とまさるに向き直った。

「二人とも。今、与里さんや稲森がどういう状況か、これで分かってくれたかね。そして、私の用件が何なのかも――。要は、照行氏と与里さんを見張ってはどうかという事だ。与里さんに関しては、まさる君、君が適任かもしれないな」

まさるは目を見開き、小町が、

「もっと包んだ言い方ないの⁉」

と業平に詰め寄っていた。

「そう怒るな小町。私だって、与里さんや照行氏を思っての事だ。――死者蘇生の術というのは前例がある。安倍晴明がやったという陰陽道の泰山府君祭や、浄蔵が父を蘇らせた一条戻り橋の話などが、その代表格だな。蛙に限れば、大葉子で撫でれば生き返るという言い伝えもあるぐらいだ。

もっとも……これらの話だって、術者がいずれも規格外の天才なうえに、死んだ直後の者を一時的に生き返らせただけだ。荼毘に付した者を完全に呼び戻すとなれば、まぁ、事実上ないに等しいのだがね……。それは、あやかし課隊員である坂本くん達も、よく知っているはずだ。

与里さんの方は小町がついているから、まだましかもしれん。問題は照行氏だ。訳の分からん呪術というのは、八百万の神と同じくらい人知れず存在している。照行氏がいつ、何に辿り着くか分からん。悪質な、例えば生贄さえあれば叶うという呪術を聞きつけて、与里さんを誘えば……。まぁ、誰だって考えるさ。私だって、愛する人にもう一度会えるなら、な。……そんな顔をするな小町。私がやるというのは冗談だよ。早くトーストを頼みたまえ」

業平の話には現実味があり、確かにこのまま放置すれば、照行か与里のどちらかが、あるいは二人で凶行に及んでしまう可能性は十分に考えられる。菅原先生は業平の意見に同意しつつ、

「これら一連の話は、あくまでも私達の推測です。運よくその推測が外れて、何事もなく済むかもしれません。神勅ではありませんから、今後どうするかは、そちらにお任せします」

と、判断を塔太郎やまさるに委ねた。塔太郎は既に警察の人間として話を聞いており、三人に小さく頭を下げていた。

「菅原先生、業平様、そして小町さん。お話しして下さって、ありがとうございま

す。こちらとしましても見逃せない事案ですので、事務所に戻り次第、上に報告致します。ですが……照行さんも与里さんも、現時点では迷惑行為さえ行っていない一般人です。人権の面からいっても、警察はまだ介入出来ません。引き続き、与里さんと交流を続けさせて頂き、様子を見るという事で、よろしいでしょうか」

三人は快諾し、特に小町は手を合わせて与里の事を頼み込んできた。業平が、

「頼んだぞ。彼女が道を踏み外してしまわないように、見といてあげてくれ」

と言った瞬間、小町がまた「言い方！」と怒る。

まさるはノートとペンを出すと、業平に向けて心のままに書いた。

（与里さんは、そんなことしません）

業平は与里を貶(おとし)めてはいない、むしろ彼女の身を案じていると分かってはいたが、このまま与里が容疑者の如く語られる事に、まさるは耐えられなくなっていた。

「いや、私だって断言している訳じゃない。あくまで可能性の話だ。だが一応は、誰かが傍で見てやらねばならんだろう。だとすると、まさる君の純粋さが一番、彼女のためになる」

（与里さんを、犯人みたいに言わないでください。あの人はかしこい人です。きっと大丈夫です）

「馬鹿だな。賢い人間ほど、道を誤ると猪突猛進するものさ。自分の意見で、自分を納得させてしまうからな」

（与里さんはちがいます）

「気持ちは分かるが、まぁ落ち着きたまえ」

（与里さんはちがう）

「あまりそう信じてやるな。彼女が可哀想だ」

ばん、とテーブルを叩き、まさるは立ち上がっていた。さすがの業平も驚いており、塔太郎が鋭くまさるの手首を摑んだ。

まさるは業平を睨みこそしなかったが、そうならないよう必死に目線を落とし、肩で息をし、業平の飲みかけのコーヒーカップを凝視していた。

謝罪して座らせようとする塔太郎を、業平は手で押し留める。そして、立ったままのまさるに問いかけた。

「まさる君。――与里さんの事が、好きなのかね」

まさるは頷いた。業平はそうか、と言い、

「では訊くが……、その好きという気持ちは、例えば、隣にいる坂本くんへのものと、同じものかね」

と真っすぐ訊かれた時、まさるは自分さえも知らなかった何かを暴かれた気がして、動けなくなった。

確かに、塔太郎の事も、まさるは好きである。しかし、彼に対する気持ちと与里に対する気持ちは同じようで、どこかが明らかに違っていた。

与里への気持ちは、そう例えば、大が、塔太郎に抱いているような感情に、よく似ていた。

「まさる、お前……」

塔太郎が見上げる中、

「その沈黙が、答えだな」

と、業平が静かに言った。

「坂本くん。方針を変えよう。まさる君は、今後与里さんとは会わん方がいいかもしれんな。惚れた人間というのは、相手に甘くなるものだ」

その言葉を耳にした瞬間、まさるは抑えていた衝動が爆発した。勢いのままに席を離れ、乱暴にドアを開ける。背後から塔太郎の引き留める声や、ゆっくり倒れる椅子の音、業平を叱る小町の声などが聞こえてきた。

「このオタンコナスっ！　竜田川に投げ入れられたいの⁉」

「こういうのは、はっきり言ってやらねばだな……」

「まさる、待て！　戻ってこい！」

それらを振り払うように、まさるは店を出た。

外は一面の雪化粧で、高瀬川の流れは凍らんばかりである。閉まり切っていないドアの隙間から、業平達の声が聞こえてきた。

「坂本くん、彼を一人にさせてやれ」

「ですが……」

「心配するな。私を睨まなかった、摑み掛からなかったという事は、理性を保っている証拠だ。今の彼なら、一人でも大丈夫だろう」

まさるは戻ろうかと思ったが、そのまま、しんしんと雪の降る四条通りに出て、一人で歩き出す。

無性に、与里に会いたかった。

その日の雪は、止むどころか夜が更けるにつれてさらに強くなり、まさると塔太郎が就寝する頃には、道路にも薄らと積もっていた。

部屋の窓から塔太郎が顔を出し、白くなった矢城通りを眺めている。

「うわ、明日は雪掻きせなあかんかも。お前も見るけ」

塔太郎はまさるを呼んだが、与里の事しか考えられないまさるは、少し見ただけで布団に入り、塔太郎が「おやすみ」と言うのにも、寝たまま頷くだけだった。

塔太郎はまさるの態度を見ても怒らず、自分の布団に腰を下ろす。そして、まさるがフランソア喫茶室を出ていった後の事を話し、業平様は怒っていないから心配するな、と伝えてくれた。

「冴島さんの件はなぁ……。一応、深津さんに報告しといたわ。けど、深津さんも別に、今の段階では逮捕しぃひんって言うてた。そらまぁ、禁術を調べてるだけで、実行してる訳とちゃうしな。よくて厳重注意や。このまま、冴島さん達が諦めてくれる事を願おう」

蘇生術を諦めるという事は、与里が淳一を完全に諦めるという事である。そうった時、与里はどれだけ悲しむだろうかと思うと、まさるは胸がじくじく痛んだ。

しかし、邪宗の蘇生術などに手を出したら最後、自分達が与里を逮捕せねばならぬという事を、まさるはちゃんと理解している。

与里に手錠がかけられるのだけは、見たくなかった。どうすれば、与里を救えるのだろうか。必死に考えながら、まさるは眠りにつく。

ところが、その数時間後、塔太郎も熟睡した頃にまさるは急に目が覚めて、寝付く事も出来ずに起き上がった。

時計を見れば、午前一時過ぎである。変な時間に起きたなと思いつつ窓を開けると、外はまだ雪が降り続けており、むしろ寝る前よりも激しく、吹雪同然となっていた。辺り一面、すっかり雪に覆われている。

窓を閉めようとした時、まさるは、自分のスマートフォンが光っている事に気が付いた。どうやらその受信音で、まさるは起きたらしい。

手に取ってみると、ショートメールが入っている。与里からだった。まさるは血が逆流したかのように、一気に体が熱くなった。

（ごめん、今から会えますか。二人きりで話がしたい。堀川三条で待っています）

そんなメールが来るのは初めてなだけに、まさるは戸惑う。彼女に何かあったのではと思い、塔太郎を起こそうと手を伸ばした。

しかし、与里が二人きりで会うのを望んでいる事と、脳裏に蘇った業平の言葉に反発心を抱き、手を引っ込める。

まさるは、制服に着替えてスマートフォンだけを持ち、一人で窓から飛び降りた。アーケードで雪のない三条会を東に走り、与里の待つ場所へと急ぐ。アーケードを出てすぐの堀川三条に黒の軽バンが停まっているのを見つけて中を覗いてみると、与里が後部座席に、微動だにせず座っていた。

まさるが性急にドアを開けると、与里が顔を上げる。笑顔はなく、膝の上の両手はお守りらしい小さい布袋を握っている。

そして左手の薬指には、出会った時からずっとそうだったように、綺麗な銀の指輪が食い込んでいた。

（与里さん）

まさるは息を整えて車内に入ろうとする。その瞬間、背後から誰かの手が伸びてまさるの顔を覆い、布越しに何かを嗅がされた。

まさるは抵抗しようとしたが、既に意識が朦朧とする。それでも懸命に体を反転させると、五十代後半らしい男と目が合った。男は鉄パイプを持っており間髪を容れずにまさるの頭を殴り、二発目を受けたところで、まさるはその場に倒れた。

目線だけを何とか与里に向けると、彼女はお守りをパンツのポケットに入れ、無言のまま自分を見下ろしている。

彼女は襲われていないと一瞬安堵したのを最後に、まさるは、水の底へ沈み込むように失神した。

上司である照行が、「もう戻れへんぞ、もう戻られへんぞ」とぶつぶつ呟き、汗をかきながら、必死にまさるを後部座席へ押し込める。

与里はそれを手伝い、照行に言われた通りにまさるを縄で縛っていたが、フロアマットに転がっていた鉄パイプを踏んだらしい照行が、

「何でこんなとこ置いてあんねん⁉　片付けろや！」

と、自分が放り込んだにもかかわらず、与里に当たり散らしていた。

照行は、これから実行する儀式を前にして、自分が発案者であるのに相当緊張しているらしい。与里はそれを無視してまさるの血を拭き、縛る事に専念していると、

「お前はええよな！　そいつを誘い出すだけで何もせえへんねんから！　他の手配は、ずっと俺やってんぞ！」

と、照行が吐き捨てた。不機嫌さを露にして運転席へ戻り、乱暴にアクセルを踏む。急発進で、与里の体と横倒しになったまさるの体とが大きく揺れたが、与里は何もかもがどうでもよかった。

ただ愛しい恋人、淳一を生き返らせる事しか、考えていなかった。

車が御池通りを走っている時、まさるの体が縮み出し、やがて一人の女の子になる。長い髪が肩から滑り落ち、どこから出てきたのか、木製の一本簪が傍らに転がっていた。

「……古賀ちゃん……」

まさる君がこの子に戻れないと聞いてはいたが。彼が失神した事で、強制的に元に戻ったのだろうか。

薬品を嗅がせたり、殴って瀕死状態にさせたのが原因だとしたら、なるほど、あの坂本さんや喫茶店の人達、それ以外にも彼を取り巻く優しい人々に囲まれた世界では、到底無理だったろう。

与里がそう考えていると、バックミラーで異変に気づいたらしい照行が、過剰反応した。

「何やどうした。何かあったんかいな。そいつ起きよったんか」

「起きてません。ですが、元の姿に戻りました」

「戻ったて。あの、話で聞いてた、古賀大にか。ほんまに、男になっとったんやな」

「はい。私ら、古賀ちゃんに会うのは久し振りですね。照行さんも覚えてるでしょう？」

「何でお前、そんな平然面しとんねん!? やる気あんのか!? ――まぁええ。どうせその子は、殺す訳とちゃうんやし。な？　一人分、さっきの男だけを引っぺがして、生贄に貰うだけや。ほしたら、その子は生きて帰せる。な、そやろ」

確認してくる照行を、与里は再び無視する。すると照行は「まぁええ」と、また呟いて、

「今んとこ、全部計画通りや。あとは――渡会さんの言うた通りに穴掘って、神さ

ん仏さんが怒り出す前に、生贄を放り込んだら終いや。ほしたら淳一君は帰ってくる。俺も嬉しい、森さんも嬉しいでウィンウィンや」

ハンドルを切ると、再びアクセルを踏んだ。

与里は、蘇生術を教えてくれた渡会という男の、魂の一部が入っているというお守りをパンツのポケットから出し、じっと眺めては再び仕舞う。

その後、落ちていた簪を拾い上げ、気絶して縛られている大の懐に入れてやる。その間、与里は今日までの事を、つぶさに思い出していた。

（……古賀ちゃんと一緒に働いてた頃、懐かしいな……。古賀ちゃん、私の事を「与里先輩」って呼んで、子鴨みたいに、私の後ろをついてきて……。あの頃は古賀ちゃんもいて、仕事も順調で、前の社長、隆文さんも生きてはった。そのまんま、淳一と出会ってればよかったのに……）

交際していた淳一は、勝気な与里を無条件で甘えさせてくれるような、おっとりとして、思いやりのある人だった。

仕事で結果を出せば「さすが稲森小町！」と抱きしめてくれて、嫌な取引先の愚痴を言った時は、

「与里の方が、ずっと優秀で責任感もあるから、そう思ってしまうんやんな。僕、与里のそういうところ、ほんまに見習わなあかんなって思う」

と真剣な顔で慰めてくれる。そんな性格だったが、仕事はよくでき、方々で淳一への高い評価を聞く度に、与里は幸せだった。淳一の好きな料理を作ってあげたり、彼の行きたがった温泉を予約したりと、自分なりのやり方で恩返しした。

　それなのに、あの時に限って、自分のもとへ毎日来いなどと言ってしまった。

　そしてその恋人が冷たい骸となった時、与里は自分のせいだと慟哭し、その後は、後悔と虚無感とでいっぱいだった。

　淳一の母親である森紗和子は、与里と照行を呪い殺さんばかりに責めた。連日接待に連れ出した照行に対しては、与里もその責任を問うた。

　照行は、その件については認めて謝罪したものの、訴訟という話になれば抵抗の意を示し、

「俺かて、あいつに死んでほしなかったわ！　何や全部俺のせいかい⁉　俺かてあいつが死んで悲しいんじゃあ！　生き返ったら、どんなにええかて今でも思とるわあ！」

と彼自身も嘘偽りない無念さを抱えており、紗和子や与里へ烈火の如く怒りをぶつけた。

　その後の紗和子は放心状態となり、もはや、話が出来る状態ですらなかった。

　そんな中、淳一の遺品から、包装された指輪が出てきた。与里宛の「結婚して下

さい」というメッセージカードが添えられており、その日付は、淳一の死んだ日だった。

あの日もし死ななかったら、淳一は与里にプロポーズするつもりだったらしい。指輪を嵌めてみると明らかにサイズが小さく、与里の左の薬指に食い込んだまま、抜けなくなった。

サイズを知らんと買うなんて、こういうところが抜けてるんやなぁ、と与里は乾いた笑みを浮かべ、淳一の微笑ましい間抜けさと真実の愛に触れて、再び泣いた。

やがて照行が与里に蘇生術の話を持ちかけたのは、淳一の葬儀が終わってすぐの事だった。

普段なら、胡散臭いと一蹴するような照行の話も今回ばかりは縋りたいものがあり、与里は彼に協力して、蘇生術に関する資料を集め始めた。

随心院で出会った小野小町からそれを諫められ、蘇生術など行うべきでないという常識を取り戻しかけていた頃、与里は「渡会」という男に出会ったのだった。

最初、与里はその男を、随心院にきていた参拝者だと思っていた。

与里と小町が蘇生術について「忘れられない」「駄目忘れて」と言い合っていたところにその男は寄ってきて、

「どうなさったんですか」

と、小町に問いかけたのである。小町を認識できる人という事で与里が事情を話すと、男はその時は、

「いやぁ、やめた方がいいですよ。蘇生術なんてロクなもんじゃないです」

と言って、小町の味方をした。

ところが、与里が隨心院を出て駅へ向かう途中、男は接近してきたのである。コートを着たその男は、一人で帰路につく与里を待っていたかのように電信柱に寄りかかり、シャボン玉を吹いていた。

その時、与里は改めて男の風貌(ふうぼう)を見たが、柔らかそうな髪を持ち、どこか垢抜(あかぬ)けた印象の青年だった。シャボン玉をぼんやり眺める横顔は何を考えているか全く分からず、すらりとした足元は影が全くない事に、与里はその時気がついた。

目が合って後ずさる与里に男はそつなく近づき、

「いたいた。探しましたよ。――さっき、あなた方が言い合っていた件ですけど、ちょっと、詳しくお話ししませんか。あの小町様がいたんじゃあ、うっかり本心も語れなくて」

と、シャボン玉を飛ばしながら、笑顔で与里を誘ったのだった。

地下鉄に乗り、山科駅で降りて地上に出る頃には、男は自分を渡会と名乗り、それが本性と思われる、砕けた言動になっていた。書店やスターバックスコーヒー、

ドラッグストアが建ち並ぶロータリーを眺めて、

「山科も、随分綺麗になったもんだな。俺が知ってる頃と全然違う。ま、こっちの方が俺は好きだね。知り合いは、文句を言うかもしれんがな」

と言って、にやりと笑う。与里がスターバックスに入ろうとすると「アホかお前は」と言い、

「今から、道に外れた話をするんだぞ。スタバとかの中にも、意外にあやかしはいるんだ。話を聞かれたら厄介(やっかい)だ」

と言って、歩きながら話そうと提案した。

人気のない道を進みつつ、与里は渡会のいう蘇生術について説明を求める。それを聞いた渡会が口にしたのは、

「お前らが探してる蘇生術だけどな。――出来るぞ。準備さえ整えばな」

という、電子レンジで調理可能とでもいうような、ひどく簡単な答えだった。

「でも、その準備が、そもそも出来ひんにゃろ。どの本にもそう書いてあった」

「そんなもんと一緒にすんな。生贄用の人間さえ用意できればいい。動物や死体じゃ駄目だぞ。生きてる人間だ。魂を作る分として一つ、体を作る分として一つ、計二つだ。特定の場所で、小さくてもいいから穴を掘り、呪文を唱える。そうすると穴が大きくなるから、そこに生贄を投げ込めばいい。それだけさ。何日も何ヶ月も

祈禱するとか、そんな必要はない。呪文は俺が教える」

　さらりと言う渡会のおぞましさに、与里は首を横に振りかけた。いくら淳一が恋しくても、何の罪もない人を生贄にするなんて……。

　と、思ったところで、与里はある事を思いついてしまった。

「その生贄、私でもええの？」

「いい事はいいけどな。そうしたらお前、自分は恋人に会えなくなるぞ」

「構へん。私のせいで淳一は死んだ。私の命で淳一が生き返るんやったら、何でもする」

「あと一人はどうする」

「……」

　無言になった与里を見て、渡会がコートのポケットから小さなお守りを出し、与里に渡した。

「まぁ生贄の件は、さっきあんたが随心院で小町様と話してた照行さんとやらも交えて、三人で考えようや。このお守りをやる。いや、むしろ、照行さんに渡してくれた方が助かるな。照行さんと話をした方が、はかどりそうだ。――実は俺はな、いわゆる魂の一部で、『渡会』の本体じゃないんだ。付喪神のようなものだと思えばいい。本体は、今ちょっと外に出られない状況でなぁ。このお守りに入っていた

『俺』の一部だけが、こうして外を歩き回れるという訳さ。……おっと、他言（たごん）はするなよ。俺と本体は記憶を共有してるから、俺の事を喋ったら、本体の俺が、お前らの事をばらすぜ。淳一さんを生き返らせるチャンス、ふいにしたくないだろう？」

渡会の言う事がどこまで本当なのか、彼の言う蘇生術の成功率がどれほどのものか、与里には分からなかった。

ただ確かなのは、このままでは淳一は生き返らず、渡会の言う蘇生術を行えば、淳一が生き返るかもしれないという事だった。

与里は結局、断り切れずに渡会の蘇生術を受け入れ、別れ際、彼に尋ねた。

「……渡会さんは、何で、蘇生術を知ってんの」

「知り合いが教えてくれたんだ。そいつは、類を見ない霊力の持ち主でな。つまりはまぁ、信憑性（しんぴょうせい）はあるってこった」

「それを、何で私に教えてくれたん」

「同情したからだよ」

「……シャボン玉、好きなの」

「あぁ。好きだよ。儚いからな」

翌日、与里はお守りを照行に渡し、そのあとは、彼と渡会で計画が進められた。

進めるといっても、しばらくは会社の会議室に籠もって、二人目の生贄をどうするかを議論するだけ。それ以外にすることは何もなく、与里は小町と会う度に、小さな安らぎを見出していた。

そんなある日、何の気なしに与里は照行や渡会に、小町と遊びに行った笠原寺の事、そこで出会った「まさる」と古賀大について話した。

照行は、「古賀とか、そんなんいたなぁ。っていうか、男に変身しよんのか？」と大を思い出して驚く程度だったが、渡会は、明らかに食いつくような反応を見せた。

「そいつの写真、あるか」

と訊かれたが生憎写真は撮っておらず、渡会はそれきり何も言わなかった。

しかしその後、渡会は与里の知らぬところで、古賀大と「まさる」の関係を調べ、照行と二人で、「まさる」を生贄にする計画を立てていたらしい。

与里はそれを実行当日の今日になって知らされ、与里はまさるを誘い出すのを激しく拒否したが、既に準備を整えていた照行はそれを許さなかった。

「問題ない！　女の方の古賀やなしに、男の方だけや！　渡会さんが言うには、まさるとやらは人間ちゃうけど、生贄としては十分成り立つそうや。自分とまさるを使って淳一君が生き返ったら、古賀本人は穴から吐き出されると、渡会さんは言うてる。な、冴島。そうしようや。それが一番ええ方法や。ついでに、渡会さんは言うてくれはったで。もしこの蘇生術が成功したら、淳一君と紗和子さん、ほんで俺を、リソウキョウへ連れていってくれるてな。昔の京都を再現した、ええとこやそうや。そこに三人分の住まいを用意してくれて、気が向いたらこっちの京都へ帰ってこられるそうや。ええと思わんか。淳一君も喜ぶで。紗和子さんも、淳一君が戻ったらきっと許してくれる」

渡会が、照行に何を吹き込んだのかは分からない。しかし、照行はもうすっかりおかしくなっていた。彼の言うリソウキョウの事も含めて渡会に問い質そうとしたが、渡会は少し前からお守りの中に入ったきりで、出てこない。

ただ、まさるを巻き込んで蘇生術を遂行しようとする照行と同じように、与里はこの時、ある決意を胸に抱いていた。そのために照行に加担し、まさるを呼び出して拉致し、こうして、照行の運転する車に乗っている。

悪天候の中、車は蹴上を越え、山科を南に走る。吹雪に車体を叩かれながら辿り着いたのは、椥辻の笠原寺だった。

渡会からここを指定されたという照行の話によると、山科の地形は洛中の縮小版みたいなもので、これから行う蘇生術は、東の霊力の強い場所で行えば、必ず成功するという。

その場所にぴったりなのが笠原寺で、本尊・厄除弘法大師がいるというリスクを差し引いても、儀式に必要な膨大な霊力は魅力的なのだという。

「禁術を、あえて神社や寺で行う。逆転の発想やな。東っていうんはな、渡会さんに蘇生術を教えた人が、青龍を厚く信仰されてるからやそうや。それで編み出さはった技とか何とか……。とにかく凄いもんや。聞いてんのか冴島！」

どうでもよかった与里は、何も答えなかった。

広く、誰もいない駐車場に車を駐め、縛り上げた大を残して車から降りる。照行は穴を掘るためのシャベルと用心のためか鉄パイプを持っており、与里はその後ろについて、駐車場の中央付近まで進んだ。

まだ歩ける程度の積雪だったが、目を細めて正面の岩屋山や大本堂を見上げると、真っ白である。普通なら震えるところだが、もはや尋常ならざる状態の照行と与里は、寒さを全く感じなかった。

周囲は暗闇に包まれ、吹雪いているせいで見通しが悪い。大階段の横にあるはずの枝垂れ梅も、ほとんど見えなかった。

声さえも、真夜中の猛風と降りしきる雪で、掻き消されてしまいそうだった。

「ほな、やるしな。自分は早よ、古賀を車から降ろしてこい」

照行が憔悴しきった顔で言い、シャベルで雪を掻き、穴を掘る。それが申し訳程度の大きさになったところで、渡会に教わったらしい呪文を唱え始めた。

「天に龍あり、地に我あり。武則大神(ぶそくおおかみ)の名のもとに、我が愛は都を響かせて……」

何の宗教か全く分からない呪文を照行が唱えると、その声は与里でも見える紫の煙となって、穴に溜まる。すると次の瞬間、反響するような音を立てて穴が広がり、何十人も入れそうな大穴となった。中から巨大な紫色の炎が噴き上がり、ガスの臭(にお)いとは全く違う、鉄の焼ける臭いがした。

白一色の雪景色が、不気味なほどの紫の光で照らされる。照行は、蘇生術の準備が整ったと子供のように飛び跳ねて喜び、

「生贄や！　早(は)よ生贄を……！　何しとんねん冴島ァ！　早よあの子連れてこんかい！」

と与里に叫んだ。

もとより与里は言う事を聞くつもりはなく、照行が急(せ)き立てる中、彼に向かって走り出し、照行を紫の炎の中に落とそうとした。

「何すんねんお前ェ!?」

照行は目を剥(む)き、死に物狂いで与里の体当たりを押さえ込む。すんでのところで照行はとどまり、堪える照行と、死ぬ気で押す与里とが激しくぶつかり合った。

「冴島ァ！　どういうつもりじゃぁ!?」

「生贄はここにいる。――お前と、私や！」

与里の形相に照行はおののき、渾身の力で与里を振り払う。与里も瞬間的に照行の服を掴み、一緒に穴の中へ飛び込もうとした。

照行の叫ぶ声と同時に、天から「やめなさい！」という低くて強い声がした。途端に、炎が弱まっていく。

もしや本尊の厄除弘法大師か、と与里も照行も咄嗟に思い、照行は早口で呪文を唱え直す。与里もこの時、我を忘れ、死をも怖れぬ状態だったため、

「火を止めんといて！　淳一に会わして！　お母さんのためにも生き返らせて！」

と叫ぶと一瞬だけ炎が復活し、その隙に照行は我を忘れて大本堂へ逃げ込もうとした。

雪を蹴散らし、階段を駆け上がろうとする照行を、与里は鉄パイプを持って追いかける。距離を縮めた与里は、照行の動きを止めようとそれを振り上げた。

あと少しで、鉄パイプが照行に当たるという瞬間、

「与里先輩、やめて下さい！」

という声がして、背後から抱くように引き留められた。

長い髪を吹雪になびかせて、古賀大が、涙ながらに与里を抑え込んでいた。

長い夢を、見ていた気がする。

気を失ったまさると入れ替わるように眠りから覚めた大は、まず、自分が縛られて車の中に寝かされている事に驚き、その後、今までのまさるの記憶が全て引き継がれると、真っ青になって涙を流した。

松ヶ崎の舞踏会で泣いた後、戻れなくなったまさるに、皆はあんなにも優しく、ずっと面倒を見てくれた。

何より塔太郎は、大と距離を置いていたにもかかわらず、ただの後輩だと言い切ったにもかかわらず、常にまさるの傍にいて、支えてくれて、自分が戻る事をずっと願ってくれていた。

一つ一つ思い出す度に、大の心は両親や皆への申し訳なさや感謝、塔太郎がいつも傍にいてくれた嬉しさとでいっぱいになった。一秒でも早く、塔太郎のもとへ帰りたかった。

そして、それと同じくらい胸が痛んだのが……かつての先輩だった、与里。

まさか、こんな形で再会するとは思いもよらなかった。そして、今の与里が、あんなに悲しい事情を抱えているとも、思わなかった。

与里は出会った時から凛々しく、強い人だった。一緒に働いていた頃、何度元気をもらったか分からない。

そういうところは塔太郎によく似ていて、逆に、与里を先輩として慕っていた経験があったからこそ、塔太郎に惹かれた部分も、多少はあるのかもしれない。

その与里が今、まさるを手にかけるほど、思い詰めている。

車内に誰もいないと気づいた大は、縛られたまま何とか起き上がり、窓越しに外を確認した。すると、雪で見通しが悪くても笠原寺の駐車場である事は分かり、その先におぞましい紫の炎と、与里と照行が激しく揉み合っているのが見えた。

与里が炎の中へ、照行を落とそうとしている。

「冴島ァ！　どういうつもりじゃぁ⁉」

「生贄はここにいる。――お前と、私や！」

二人の叫び声が、車内にまで聞こえてくる。炎が蘇生術のためのものなのは一目瞭然で、まさしく今、与里は自らと照行を生贄にして、儀式を行おうとしているのだった。

大は反射的に縄を引き千切ろうとしたが上手くいかず、駄目もとで縛られた両手を上下左右に振ってみると、簡単に縄が解けた。

縛ったのは与里である。彼女が自分を逃がすために意図的に緩く縛ったのだと、大はかつての後輩の勘で気づいた。簪も懐に入っている。与里が入れてくれたに違いなかった。

与里は、昔からそうだった。大がまだ高校生だった頃、喫茶店で話し込む大の好物に気づいて、さり気なく苺を分けてくれた。入社してからは、仕事で失敗して落ち込んでいると、いつの間にかジュースを机に置いてくれた。

与里は美しくて、優秀で、クールと言われつつも、本当は笑顔の似合う温かい人だった。

この人についてきてよかったと思えるほどの……、大の、憧れだった。

大は簪で髪を括る事はおろか、いつの間にか流していた涙にも気づかず、ぶつかるようにドアを開けて飛び出していた。

「与里先輩、やめて下さい！」

吹雪の中、大は与里に抱きついて止める。大に気づいた与里は一瞬だけ正気に戻ったが、すぐに顔を歪めて「離せ！」と叫び、大を振り払った。

大は再度与里へ抱きつき、彼女を止める。与里は鉄パイプを持っていない左手を振り回し、指輪が大の頰を切った。

与里が咄嗟に左手を引き、右拳で指輪についた血を拭う。その間も照行は大階段を上っていたが、階段下のお大師様の銅像が光ったかと思うと、その光が照行を抱えて飛んだ。そのまま光と照行は、大本堂の中へ入っていった。

銅像に宿っていた本尊の光と、大本堂に安置されている本尊・厄除弘法大師が、一つになったらしい。大本堂から厄除弘法大師の声がして、

「主監、香裕に隆善！　本堂へ来なさい！　この人の守護と護摩法要の準備を！」

と言って大気が震えるほど強固な結界を張り、照行を保護してくれた。

それを見た与里は鬼も恐れるほどの顔つきとなり、死に物狂いで大の制止を突破して、大階段を駆け上がった。

大も諦めず雪の中を走り、階段を駆け、与里を追う。階段の中ほどで激しく揉み合い、離れ、また揉み合いながら、大と与里はどちらも一歩も引かなかった。

「ええ加減にせえよ！　何で私の邪魔すんねん⁉」

血を吐くような与里の言葉に、上の段へ立った大は大本堂を背に両手を広げ、与里の進路を塞いだ。

「与里先輩、思いとどまって下さい！　生贄は立派な殺人です！　もうやめて下さい！」

しかし、大の懇願は彼女の耳には届かず、与里は激しく責め立てた。

「あんたに何が分かんねん⁉　自分が同じ立場やったら、今みたいな事が言えんのか⁉　紗和子さんにそれを言えんのか⁉　何も知らんくせに、お節介も大概にしいな！」

特に最後のひと言は、大の心を鋭く刺した。いつかの塔太郎と似たような事を言われ、自分は間違っているのかと狼狽した。

止めようとする体の動きに、感情がついていかない。与里の言うように、もし自分が同じ立場だったら、塔太郎が死んでしまったら——そう考えてしまうと、大は言葉が出なかった。

「っ……！」

ここで死者蘇生の呪術、そして照行と与里が生贄になるのを、あやかし課隊員として見逃す訳にはいかない。

しかし、与里のあまりの悲痛さに、心がくじけてしまいそうになる。

あやかし課隊員としての使命か、与里の幸せか。ほんの一瞬、大は凍りつくような世界の中で迷ってしまった。出すべき答えが一つしかなくても、相手が尊敬していた先輩では、あまりにも辛い。

涙と雪と、頬から流れる血が混ざり、大の首筋を伝う。

広げた両手が震えた時、ふと、心の中に塔太郎とまさるの姿が浮かんだ。

塔太郎の幻は、

（頑張れ。大ちゃんやったら出来る）

と強く大を励まし、まさるは、自分以上に与里の幸せを願っているだろうに、唇をぐっと噛んで顔を背けた。

まさるの苦渋の選択が、大を鼓舞した。震えていた両手に、ぐっと力を込めた。

「――武器を捨てて下さい！」

それが大の、そしてまさるの答えだった。与里が忌々しげに、大を睨み据えて問うた。

「どうしても、どかへんのか」

「はい」

「殴っても、私の邪魔をすんのか」

「……はい」

「……その、決心した時の純粋な瞳。稲森に入るって言うてた頃のまんまやな。

――これで最後や。古賀、生贄を渡せ」

「嫌やっ！」

大が首を横に振って叫ぶと、与里は無言で、鉄パイプを竹刀のように構えた。極限状態の与里の霊力が形になったのか、鉄パイプが深紅の剣に変化する。

それでも大が怯まずにいると、遠く西の夜空から、吹雪を切り裂くように何かが飛んでくる。大の足元に落ちたそれは、大の刀だった。

「使いなさい！　私が呼び寄せた！」

大本堂から、厄除弘法大師の声がする。大は瞬時に鞘を払い、与里が飛び込んでくるのと同時に、大も雪を蹴って刀を振った。

猛吹雪の中、二人の剣先は真っすぐ互いの面を捉え、正面からぶつかって火花が出る。与里は自分の全てを体や剣に乗せて連続で打ちかかり、大もあるだけの霊力を刀に込め、魔除けの力に変えて刃に流し、与里を迎え撃った。

与里は剣道部で培ったらしい身のこなしで剣を素早く振るい、手首を巧みに使って小手を打つかと思えば鋭く面を打ってくる。対する大は、手の内を極限まで緩くして柄の小回りを柔軟にし、与里の剣戟を全ていなしては、肩でぶつかって与里の動きを止め、離れた瞬間に胴を狙った。しかし与里も大の動きを読んでいるためか、直前で避けるか受けるかで、容易には当たらない。

大の下ろした髪と、与里の一つに括った髪とが、戦う度に激しく揺れていた。

剣を取り上げても与里は諦めない、と気づいた大は、彼女を止める事だけを考えていた。杉子が使っていた、あの技しかない。リスクがあるのは百も承知だった。

大本堂から、香裕による読経の声と、隆善による和太鼓の音が聞こえてくる。護摩の火は、主監が焚いているらしい。

以前、主監ら三人が執り行ってくれた護摩法要である。おそらく今、照行を保護するためと、与里を止めるために三人が大本堂へ入り、厄除弘法大師と共に護摩法要を行っているのだろう。

本尊の法力が加わっているためか、和太鼓の音は以前聞いた時より何倍も強く、激しく、山を揺らさんばかりに響き渡る。人の心にある仏を呼び覚まし、悪を祓うというその音は与里の動きをわずかに鈍らせ、大はその瞬間、刀を逆手に持ち替えて、柄頭で彼女の胴を打った。

「神猿の剣　第十一番　眠り大文字」が、与里に届いた。

大は打った瞬間に魔除けの力を流したが、直後に、与里の恐ろしい執念が逆流してくる。自分の体内にそれが入り込むのを感じた大は、即座に柄頭を引き抜いた。

その反動が衝撃となったのか、与里は小さな呻き声を漏らして、その場に倒れ込む。深紅の剣は、元の鉄パイプに戻っていた。

雪の降りしきる中、与里は気絶して動かない。肩で息をする大は両膝をつき、刀から手を離して与里を抱き起こそうとした。

「与里先輩……。すみません……」

これで全てが解決する。大がそう考えた瞬間だった。

「――結局、俺が出ないといけねえのかよ」

聞いた事ある声、と大が顔を上げると同時に、与里のパンツのポケットから黒い煙が出始めた。それはやがて、見覚えある男性となる。

以前戦った時とは違う、黒の着物に黒袴。黒い腰の物だけは以前と同じだが、太刀ではなく打刀だった。

大にとっては忘れもしない、鬼笛の事件で戦い、逮捕されているはずの強敵。詩音を陥れた成瀬が救出したがっていた渡会だった。

「何で」

大の声が漏れる頃には、渡会が自分の刀の柄頭を容赦なく突き出し、大の右頬に当てていた。強烈な一撃に大は構える間もなく殴り倒され、与里と同じように、その場に倒れた。

渡会は、伏した大を立ったまま覗き込み、

「久し振りだなぁ、美少女剣士さん。柄のまん前から顔をよけようともしないとは、お前やっぱり素人か？　——いつぞやの頭突きの借りだ。そこで寝とけ。さ、仕上げは代わりに、俺がやりますかね」

と言った後は、大には一瞥もくれずに与里を肩に担ぎ、階段を下り始めた。護摩法要はまだ続いているので、それを受けた渡会は少しだけぐらつく。しかし与里と違ってすぐに立ち直り、下りる足を速めていた。与里は先の「眠り大文字」のせいで昏倒しており、目を閉じたまま全身をだらりと垂らして、少しも動かなかった。

大は気絶こそしていなかったが、柄当てを真っ向から受けたため、頭がぐらぐらして動けない。渡会に向かって叫ぼうとしても、顔に激痛が走った。

どうして渡会がここにいるのか。全ては、渡会が仕組んだ事だったのか。与里は、彼にたぶらかされたのか。考えるにつれて、渡会への怒りと、またしても負けたという無念さが襲ってきた。

しかしそれ以上に、胸を引き裂かれるような、焦りがあった。

このままでは、渡会によって与里が生贄にされてしまう。蘇生術が続行され、背後の大本堂を渡会が襲うかもしれない。

担がれている与里の顔に雪が当たり、それが涙のように彼女の頬を伝った時、大は自分の怒りや無念さを捨てて、頭を完全に切り替えた。

与里を最短で助ける全ての可能性を考え、答えを導き出す。

今の自分では、おそらく渡会を止められない。今、渡会に追いついて彼を倒せるほどの力を持っているのは。与里を救う事が出来るのは。

彼しかいない。

――お願い、代わって。

雪に打たれながら、大は昂る心のままに、魂の奥底へと叫ぶ。すると大の体は光明に包まれ、目が見開かれた。そのまま己と入れ替わり、身の丈六尺の美丈夫が出現する。

綺麗な顔立ちの彼は、鬼神の如く立ち上がって刀を取る。階段を飛び降りて一直線に、声にならぬ声で与里さんを離せと絶叫し、まさるは渡会へその刃を振り下ろした。

恐るべき反射神経で振り向いた渡会は、同時に飛び退いてまさるから逃れる。与里は階段へ放り出すしかなく、それを見たらしい厄除弘法大師が、

「香裕に隆善！　彼女をこちらへ！」

と指示する。二人が大本堂から飛び出し、代わりに厄除弘法大師の護摩と主監による太鼓が響く中、まさると渡会は死闘を繰り広げた。

一刀両断も辞さぬ渡会の激しい袈裟斬りを、まさるは横薙ぎの「一乗寺一閃」で相殺する。息もつかぬうちに今度はまさるが何重にも斬りかかり、渡会はそれを弾いては斬り返す。しかし、今の渡会は以前戦った時と比べて明らかに技術が劣っており、まさるは相手の技を読んでは避け、瞬く間にまさるの優勢となった。

そこに、護摩法要の読経と和太鼓の音が、まさるに加勢する。厄除けが効いたのか、脱力した渡会は片膝をつく。その刹那、まさるは渡会の頭上から魔除けの刀で斬り下ろした。

渡会は執念で立ち上がりながら受け流そうとしたが、まさるの斬り下ろしは得意

技の「粟田烈火」であり、文字通り烈火の如く激しかったそれは、渡会の刀を真っ二つに砕いた。

「しまっ――」

渡会が目を見開く頃には正面ががら空きとなっており、まさるは「粟田烈火」を終えると、ただちに刀を胸元まで上げて半身を引いた。

与里を助けて悪を滅ぼしたい一心の、全身全霊を込めた刀が脈を打つ。それは炎よりも熱く、雪よりも白い光となる。まさるは無音の叫びと共に、引いた身や腕を猛然と突き出し、「神猿の剣　第一番　比叡権現突き」で、渡会の胸を貫いていた。

刺された渡会はその衝撃で大口を開けて黒い血を吐き、「くそがぁっ！」と最期の悪態をついたが、光と共に破裂して消滅し、跡形もなくなった。

やがて、大本堂からの読経に合わせるように、蘇生術の炎も消えていく。辺りには雪景色だけが残り、あんなに荒ぶっていた雪も、いつの間にか穏やかな降り方になっていた。

「これでもう、心配はないでしょう。まさる君……。よくやってくれました」

厄除弘法大師の声に弾かれるように、まさるは振り向いて与里を探す。彼女は香裕と隆善によって大本堂のすぐ近くに運ばれていた。

まさるは刀を放り出して階段を駆け上がり、与里の顔を見る。気絶しているだけで異常はないと香裕から聞いた瞬間、熱い何かが胸に込み上げてきた。

すると、与里の動く気配がする。彼女はやがて目を薄ら(うっす)と開け、朦朧としたまま、

「……淳一……？」

と、まさるに問いかけた。

与里はまさるを、淳一と勘違いしているらしい。香裕が慌てて、

「ちゃうのよ、与里ちゃん。この人は……」

と訂正しようとするのを、まさるは、首を横に振って止めた。

そうして今だけはと淳一になりきって、彼女をその胸に抱きしめた。

(与里。会いに来たよ)

心の声で、彼女に呼び掛ける。腕の中の与里を撫で、心からの愛しさを伝えようとする。与里はそれに反応し、ようやく恋人に会えた事を、心から喜んでいた。

「淳一……会いたかった……! ごめんな……ほんまにごめんな……! 指輪、ありがとう……! 私も大好き……愛してる……」

彼女は掠れた声でまさるに縋りつき、涙ながらに謝罪する。まさるも泣きながら与里の頭を撫で、頰を摺(す)り寄せ、少しでも与里の錯覚が続きますようにと祈っていた。

真夜中の境内に雪が降り続く中、パトカーのサイレン音が聞こえてくる。おそらく、岩屋神社氏子区域事務所の隊員達が来たのだろうと思ったのを最後に、まさるは与里を抱きしめたまま、与里と共に意識を手放した。

山科の雪と小町の涙は、もうすぐ止もうとしていた。

元の姿に戻った大は高熱を出して動けなくなり、香裕らによって、本坊の二階へと運ばれた。事件の後処理は山科のあやかし課隊員達が行ってくれて、主監や隆善の立会いの下、現場検証も行われたらしい。

その時既に大は意識を失っており、事後処理については、何も覚えていなかった。

「眠り大文字」を使った際、大の体内に流れ込んだ与里の執念が全身を蝕み、それを、自分の魔除けの力が浄化していたらしい。その副作用があまりにも強く、布団に寝かされた後も、大は正気を失ったまま苦しみ続けた。

熱は一向に引かず、頭痛がし、胸の痛みで体を丸めては毛布を蹴る。大は暖房が要らぬほど汗をかき、乱れた長い髪に熱が溜まれば、暑苦しさで発狂しそうになる。時折、荒い息の中で咳き込んでは、口元を手で押さえた。

気づくと、掌や指の間から、黒い血のようなものが滴っている。

「何……これ……」

と大は怖くなったが、相手の邪気が逆流して大変な事になる、といった猿ヶ辻の危惧はこれだったのかと思い出し、かろうじて耐える事が出来た。

今、自分が浄化しているのは、元を辿れば与里の悲しい心である。彼女の苦しみをわずかでも肩代わりしていると思えば、進んで受け入れようと奮い立つ。

しかし同時に、際限なく襲ってくる熱や痛みは、与里を救えなかった不甲斐ない自分への罰とも思える。やっとまどろんでも、夢の中で与里や淳一の幻影に責められた大は、胸を押さえながら泣いてしまった。

香裕が隣にいてくれるのに、やはり心細さを感じてしまう。もう駄目かもしれへん、と大の心が折れかけた、その時だった。

本坊の階段を駆け上がる足音に、「失礼します」という確かな声。直後、やや性急に襖が開けられ、和室に入ってきたのは塔太郎だった。

大は上気した顔で一瞬、あらゆる苦しみを忘れて彼を見る。白シャツにスラックス姿の塔太郎は、肩で息をしながら立っていた。

（塔太郎さん……来てくれはった……）

久々とも、やっとも言える再会である。大は涙で視界が滲み、熱や痛みを堪えつつ体を起こした。

「大ちゃん……。遅くなって、ごめん」

防寒具さえ持っていない様子から、塔太郎はよほど急いで来たらしいとわかる。目は大だけを見て泣きそうであり、どれほど心配して駆け付けてきたかが、大にも切ないほど伝わった。

塔太郎は、まず香裕へ謝罪と看病の礼を言い、今の状態を聞いた後、大に近寄って片膝を立てた。

「――事件の内容は大体、岩屋神社氏子区域事務所の人らや主監さん、逮捕された本人達から聞いた。……杉子さんに教えてもらった例の技、使ったんやな」

「……はい」

「という事は、まさるの時の記憶も、残ってるんやな」

「はい……」

怒られると思った大は謝ろうとしたが、その途端、胸の中から血がせり上がってくる。大は塔太郎から顔を背け、激しい咳と共に吐血（とけつ）した。

背中を丸めて、溢れる黒い血を両手で受け止める。塔太郎も相当に驚いているのが、顔を見ずとも雰囲気で分かった。香裕が塔太郎の反対側から大に寄り添い、顔の下に小さな桶（おけ）を出してくれた。

大は息も絶え絶えに香裕へ礼を言い、桶の中へ血を落とす。再び別の意味で怖くなり、塔太郎の顔を見る事が出来なかった。

稲荷神社の任務でお節介を焼き、まさるから戻れなくなって大変な迷惑をかけた上に、今、こんな無様な姿を晒している。

松ヶ崎の舞踏会で泣いた時、ちゃんとした後輩になると決めていたはずが、これでは配属初日よりもひどいと、大の心は引き裂かれんばかりだった。

羞恥や絶望感が募り、もう消えてしまいたい。塔太郎に傍にいてほしいという気持ちを必死に我慢して、大は目を閉じる。すみません、一人で耐えます、と、塔太郎に言って帰ってもらおうとした。

すると、塔太郎は少しの迷いもなく大へ身を寄せ、ほとんど肩を抱くような形で、大の背中に手を添えた。

もう片方の手は、大の口元を袖で優しく拭った後、大の片手を握っていた。

「塔太郎さ……」

「大丈夫か？　しんどいよな。苦しいよな……」

塔太郎の心配そうな瞳が、大を包み込む。背中に置かれた彼の手は、大の辛さを和らげんと上下していた。

「大ちゃんも、まさるも、ほんまによう頑張った。まさるが家出たんに気づかへんくって、ここに来るんが遅くなって、ほんまごめん。——今、主監さんと隆善さんが、本堂でお経を読んでくれたはる。自分の浄化も働いてるし、あともう少しや。頑張ってくれ」

「……ありがとう、ございます……」

大は手を握り返したが、塔太郎の手や袖に血が付いている事に気づき、引き抜こうとする。しかし塔太郎の方が先に、大の手をそっと握り直していた。

「塔太郎さんまで、汚れてしまいます……」

「構へん。汚れてなんぼの人間や。気にすんな」

「私、こんな、みっともない姿やのに……。もうこれ以上、迷惑かけたくない……っ」

大はまた泣きそうになり、咳き込んでしまう。胸の痛みと発熱でふらついて塔太郎の胸を借りそうになり、空いている手をついて、ぐっと堪えた。

しかしその瞬間、塔太郎が大を引き寄せる。シャツが血で濡れるのも構わず、自分の胸に受け入れていた。冷えた彼の体が、大の熱や涙を吸い取ってくれるようだった。

「……大ちゃんの事を、迷惑なんて思う訳ないやろ」

頭上から、塔太郎の低い声がする。背中にあった彼の手がいつの間にか肩を抱き、やがて、頭から大を包んでいた。

「今の大ちゃんの姿は、照行さんを助けて、与里さんを止めた証や。まさるかって、渡会に勝って……。あやかし課隊員として、最高の姿や。誰にも文句は言わさへん。みっともないとか、そんな事言わんといてくれ。ほんまに見られるんが嫌やったら、もちろん離れるけど……。もし、そうとちゃうんやったら。やっと、ようやっと会えたんや。今だけは一緒にいさせてくれ。頼む。もう目を離したくない」

懇願するような塔太郎の力強さに、大の心がふっと安らぐ。大は嬉しさと共に脱力して、塔太郎へもたれかかった。

「ごめんなさい、塔太郎さん……。せっかく会えたのに、髪も乱れてて……。見苦しいですよね……」

大が塔太郎のシャツを握りつつ自嘲気味に言うと、

「……そういうのは、俺の方が先に見してるやろ？」

と、塔太郎は今までの事を引き合いに出して、励ましてくれた。

「稲荷神社の時とか、魘されてた時とか。俺、もう二回も、大ちゃんとまさるに無様なとこを見られてんねんで？　……大ちゃんは、ああいう俺を見て、失望したか？」

塔太郎の腕の中で、大は首を横に振る。

「どんな塔太郎さんでも、嫌いになりません」

咳き込むのを抑えてはっきり言うと、塔太郎は、

「そっか。よかった……」

と呟き、大を抱く手に一層力を込めた。

「せやったら、俺も同じじゃ。何があっても、どんな姿を見ても、俺かって大ちゃんを嫌いにならへん。大ちゃんも、まさるも、生涯大事な俺の後輩や。必要としてくれるんやったら、いつでも、今みたいに支えたいと思ってる」

「でも……二月の頃、私の事、避けてたじゃないですか……」

大があえて言及してみると、塔太郎は申し訳なさそうな顔をする。ただ、彼も今度ばかりは、大を離そうとしなかった。

「それなぁ……。……確かに、距離は置こうとしてた。それは認める。でもそれは……それはな……。ほんまにごめん。まだ言えへん。けど、心ではずっと大ちゃんを気にしてた。俺が、どんなに離れてても大事に思ってるって、そこだけは信じてほしい。……無理かな。調子、よすぎるかな」

「いいえ。信じます。……与里先輩と対峙して迷った時、まさると一緒に、塔太郎さんも心の中に出てきてくれたんです。『頑張れ。大ちゃんやったら出来る』って。そう言ってくれたから、私は戦えました……。その時、初めて気づいたんです。塔

太郎さんは、たとえ離れてても、心はいつも傍にいてくれるんやって……。こうしてもらってる今も感じます。塔太郎さんは、私を嫌ってなんか、ないんやって……」

まさるで過ごしていた時、仕事を通して知り合った沢山の人達が、ちとせにお見舞いに来てくれた。今にして思えば、その人達の絡んだ事件のほとんどに、塔太郎も一緒にいたのである。

それらの事件が、大のあやかし課隊員として歩んできた証ならば、それは同時に、塔太郎という先輩が常に、陰日向となって大を支えてくれた証でもあった。

本当に距離を置きたいなら誰かに任せればよかったのに、今回のような非常事態に陥った途端、全てを受け入れてずっと傍にいてくれた。

そんな彼を、信じられない訳がなかった。

「今の話し方やと、塔太郎さんが距離を置いてたのは、何か理由があるから……なんですよね……？　それが分かっただけで十分です。……塔太郎さん。いつも支えて下さって、ほんまに、ありがとうございます……」

涙と共にありったけの感謝を込めて、大は塔太郎の手を握り、胸に顔を埋めた。自身の恋心からではなく、一人の人間として、塔太郎にお礼を言いたかった。

「大ちゃん……」

　塔太郎が深く息を吸ってもう一度大を抱き、ひとしきり背中をさすった後、

「積もる話はこの辺にして。もう、寝よか」

　と、いつものように気遣ってくれた。

「布団に倒すけど、ええか？」

「はい。でも、もう少しだけ、このままでもいいですか。……さっき、怖い夢を見たんです」

　大が素直に頼ってみると、塔太郎は大の顔を覗き込むようにして、

「渡会か？」

　と訊いた。

「いいえ。与里先輩に責められる夢……。淳一さんにも、生き返りたかったのにって、言われました……。夢を見る覚悟は出来てますけど、ちょっとだけ、心の準備をしておかへんと……」

　悪夢へ挑(いど)む勇敢(ゆうかん)さと一抹(いちまつ)の恐怖に揺らぐ大の心を、塔太郎は察してくれたらしい。彼は大を抱いたまま、足を崩して座りやすい体勢になり、

「ほな、大ちゃんが無事に眠れるまで、ずっとこうしてる。悪い夢が来たら、今度は俺が退治するわ」

　と、優しく囁(ささや)いてくれた。

「……夢の中まで、来てくれますか」

いつか、塔太郎が言った言葉を今度は大が問えば、

「もちろん」

と、彼は迷う事なく答えていた。

その後、大は塔太郎や香裕の看病によって歩けるまでに回復し、明け方、家へ帰りたいと申し出た。

香裕や塔太郎はもっと休むように勧めたが、体内の浄化が完了したのは大本人が一番よく理解しており、移動が出来るのであれば、一刻も早く、両親や猿ケ辻に顔を見せたかった。

その意図を汲んだ塔太郎は自分も付き添って帰る事を決め、主監と香裕から防寒具や車を借りて、大達は笠原寺を後にした。

最後まで主監は穏やかに、そして香裕は優しく、大達を送り出してくれた。

「古賀さん、ほんまにお疲れ様でした。まさる君にも、よろしくお伝え下さい」

「車はあれやけど、毛布や羽織(はおり)は返さんでええしね。むしろ、そんなボロいので申し訳ないわ。ほなね。どうか、気をつけて帰ってね」

大と塔太郎が幾重(いくえ)にもお礼を言うと、

「いえいえ。これもまた、人の縁ですし」

「また遊びに来てね。いつでも、お茶の用意して待ってるから！」

と、微笑んで手を振ってくれる。護摩法要や現場検証の立会い、大の看病と自分達も大変だったはずなのに、彼らの温かさは雪を融かす太陽のようだった。

暗い状況でも小さな光を灯してくれるのは、仏の道を歩む者の、強さかもしれなかった。

塔太郎が運転席、大が助手席に乗り、二人は山科の中心部を抜けて御陵、蹴上を通過する。車は真っすぐに、夜が明けつつある京の町を走った。

「塔太郎さん。事件の後の事、教えて頂けますか。与里先輩の事も……」

「うん」

その道中、真っ先に話題となったのはやはり事件の顚末で、まずは塔太郎が駆け付けた経緯を話してくれた。

それによると、夜中、寝ていた塔太郎が異様な気配を感じて起きてみると、まさるの姿がなくて真っ青になったという。

急いで深津に報告し、着替えていると突然窓が開き、部屋の隅に置いてあった大の刀が勝手に袋から飛び出したらしい。刀はそのまま浮上し、窓から雪景色の中を飛んでいったという。

塔太郎はハンドルを握りながら思い出し、うーんと唸っていた。

「俺、めちゃくちゃびっくりしたで。何せいきなり、刀が出ていくんやから。俺が窓から顔を出した時には、もう、東に向かってずっと向こうまで飛んでたわ。流星みたいに速かった」

「それ、笠原寺のご本尊の、厄除弘法大師様のお力です。与里先輩が私に剣を向けた時、私の刀が飛んできたんです。それで、厄除弘法大師様の『使いなさい！』というお声がして……」

「そうやったんか……」

その後、塔太郎は龍に変身して刀を追ったが見失い、方々のあやかし達に行方を聞いて回りながら、ようやく笠原寺に辿り着いたという。

「という事は、塔太郎さん、龍になってはったんですか⁉　お体、大丈夫ですか⁉」

「普段やったら、飛んだら動けへんくなるけどな。でも、そんなん全く考えてへんかった。まさると、大ちゃんの事しか考えてへんかったから」

大は赤面し、小さく頭を下げた。

塔太郎が笠原寺の駐車場に降り立った頃には既に現場検証が始まっていて、彼はその場で、事件の経緯を聞いたという。

与里も照行もちょうど連行されるところで、二人とも暴行、拉致、呪術の実行および呪殺未遂の容疑で逮捕された。あやかしの世界だけでなく、普通の警察から見ても、暴行と拉致の二つはつくという。

「今は、照行さんも冴島さんも、山科署にいはるらしいわ。もしかしたら今頃、小町さんにも連絡がいってるかもな……」

「そうですか……」

大もそうなるだろうと予想はしていたが、実際に聞くと、これが尊敬していた先輩の行く末かと悲しくなる。与里を救えなかった責任は自分にもあると大が俯いていると、

「……よりによって警察の人間が、犯罪を許す訳にはいかへんからな」

と、塔太郎は前を向いたまま、声だけで寄り添ってくれた。

「生贄だけで死者蘇生が出来るなんて話が出回ったら、それこそ、世の中は大変な事になる。それに、冴島さんは、淳一さんの母親のためにもと行動したそうやけど、与里さんや照行さんにも、親はいるはずやから……。大ちゃんとまさるのした事は、間違ってへん」

「……ありがとうございます……」

誰か一人にでもそう言ってもらえると、大の心が、少しだけ救われる。自分と与

里は相容れなかったけれど、誰かが与里を救ってほしいと、大は強く願っていた。

心の奥底で、まさるも悲しそうに、頷いた気がした。

東の空が薄ら白くなり、雲の向こうがほの明るくなり始めている。除雪車が通ったのか道路は問題なく走れたが、歩道や、鴨川に架かる各橋の欄干、信号機などには雪が積もっていた。

今の京都は、ほとんど純白の世界である。当然、東山三十六峰にも雪が積もっており、御池通りを走っている際にバックミラーを見た大は、ある事を思いついた。

「塔太郎さん、お願いがあるんです。私の家より先に、御所へ連れてってもらえますか」

「猿ヶ辻さんのとこか？　そっちを先に？」

「はい。それと、見たいものがあるんです。多分、今しか見られないものが。――『雪の大文字山』と言えば、分かりますか」

塔太郎はすぐに「あぁ、なるほど。分かった」と言って、大と同じようにバックミラーに目をやる。彼は京都御苑まで車を走らせ、大の体調を確かめたうえで中立売駐車場に車を駐めた。

大達は並んで雪の御苑を歩き、白い息を吐いて指を温めつつ、建礼門の前に立つ。東に向かって顔を上げれば、厳しい冬の間しか見られぬ雪の積もった大文字山が、そこにあった。

朝日が昇って輝く空を背景に、山全体や三角形にくり抜かれた火床（ひどこ）周辺が、白粉（おしろい）をつけたように雪化粧している。それでもくっきりと、大文字が白く浮かび上がっていた。

時が止まったかのような静謐（せいひつ）さの中で、大と塔太郎は、ずっとそれを眺めていた。

「よかった、見れて……」

大は、塔太郎に巻いてもらった薄い毛布を掻き合わせながら、笑顔で息を吐いた。

「私、お父さんから雪の大文字山の話を聞いた事があって、昔、夕方ぐらいに見た事があるんです。その時も綺麗やったんですけど、お父さんは、早朝がええぞ、って言うてたから……。御池通りを走ってる時に思い出して、塔太郎さんと見たいなって……。……どうですか？」

大がおずおずと見上げれば、ジャンパーを着た彼も腕を組んで感動しており、

「俺、こんな大文字山を見るん、初めてやわ。こんなにはっきり、真っ白になるんやな。——大ちゃん。ええもん見してくれて、ありがとう。雪の思い出が上書きされたわ」

と、心から感謝している。しかし、塔太郎の言い方が大には引っかかり、

「雪に、別の思い出があったんですか」

と問えば、

「うん。火事を起こした思い出がな」

と、塔太郎は正直に答えてくれた。

大は、え、と一旦は言葉を失い、すぐ、以前の事を思い出した。

「それって、もしかして……。塔太郎さんが魘されてた時の……？」

「……どんな俺でも嫌いにならへん、って言うてくれた、大ちゃんを頼みにして白状するけども。……俺な、前に、自分が雷の力を得た経緯を、大ちゃんに話した事あったやろ。覚えてるけ？　——その時な、実は、大ちゃんに言わへんかった事があんねん。それが、雷の力で火事を起こした事や。中学二年の時やった」

おそらくあえて淡々と話す塔太郎に、大は黙って耳を傾けた。

幼き日の塔太郎は、両親や当時三十代の深津や竹男、三条会をはじめとする近所の人達や、八坂神社の鴻恩や魏然の世話を受けて、雷を不自由なく扱えるまでに成長した。

中学二年生の頃には雷を拳にのせて戦えるまでになっており、将来の夢も、京都府警の人外特別警戒隊（じんがいとくべつけいかいたい）に入ると決めて、平和な日々を過ごしていたという。

しかし雪の降る夜、塔太郎は、三条会近くの廃ビルに中学の同級生二人が戯れに入るのを見かけ、不安になって追いかけた。

そこには得体の知れない化け物が頻繁に棲み着く事で知られており、案の定、同級生達の悲鳴がして駆け付けてみると、花のように四方に口を開いた化け物が、彼らに襲いかかっていた。

あわや食われそうになったところを、塔太郎が雷で撃退したまではよかったが、化け物は塔太郎にも襲いかかったので一撃では済まず、拳を振るった際に雷がコンセント等から入り込んだらしい。しばらくして、配電盤から突然発火したという。

時間差の発火だったので、塔太郎も、腰を抜かした同級生達も気づくのが遅れた。空気が乾燥していたうえに古い灯油まであったため、火の回りが異常に速かったという。

「周りが、煙で真っ黒やった事しか覚えてへん。よう逃げれたもんやわ」

幸い、大した時間を置かずに消防と警察が駆け付け、周辺の地蔵尊や神仏も出てきて結界を張った。そして、喫茶ちとせからも深津と竹男が出動し、消火活動や避難活動に従事した結果延焼することもなく、事件は幸運にも、一人も死者を出す事なく終わったという。

ただ、消火活動中、錯乱した同級生達が深津や竹男を含む周辺の人達に、塔太郎を指差して「あいつがやったんや」と訴えてしまい、塔太郎自身も、出火原因は間違いなく自分の雷だろうと直感していた。事実、後の現場検証で、出火原因は配電盤に溜まったそれと確定したという。

　塔太郎が火事を起こしたのはあくまで過失であり、それは周知の事実だった。幸い塔太郎は逮捕には至らず、表向きも漏電（ろうでん）という事になったが、あやかしの世界では「あの男の息子が火事を起こした」という新たな烙印（らくいん）が、波紋のように静かに確実に、そしてぱっと広まったという。

「鴻恩さんや魏然さん、前から俺と接してくれてた人達は、何も言わへんかったよ。むしろ、俺の事を心配してくれた。けど、何も知らんあやかし達からは、道を歩く度に結構言われたな……。あんた堂々とよう道歩けますなぁとか、八坂さんに無礼を働いた、あの父親の子やなぁ、血は争えへんにゃなぁ、とか……。一度、店にまで来た奴（やつ）もおって、さすがに怒ったお袋が塩ぶっかけてたわ。まぁ、それも、俺が大人しく歳を重ねて、あやかし課隊員になったら、だんだんと収まってったよ」

　話している最中、塔太郎は大文字山から目を逸らさず、大の顔を見ようとはしなかった。

　おそらくそうしていなければ集中力が途切れるからで、大も唇を噛んで、塔太郎の男らしい横顔を見上げていた。

「俊光さんが去年の鎮魂会で、俺の事を罰当たりって言うてたやんな。あれ、俊光さんは直接言わへんかったけど、多分、火事の事も含まれてると思うねん。俊光さんが京都を出たのが十年前。俺が火事を起こしたのが、十一年前。つまり火事の翌年に、俊光さんは京都を出はって、去年帰ってくるまで、ずっと他府県にいはった。火事の話を聞いた直後に京都を出たとなると、俺の印象が『罰当たり』のままなんも、当然やわな」

「でも、今の俊光さんは違いますよ」

大が必死に否定すると、塔太郎は大を横目で見、「大丈夫、分かってるよ」と、小さく微笑んだ。

「さすがになぁ……。火事を起こした後、しばらくは火が怖かったわ。最初の頃は、ガスコンロの火を見ただけで、あかんかった。手が震えてな。雪も、あんまり好きちゃうかった。十八の時にあやかし課隊員となってからも、まだそのトラウマが微妙に残ってた。それでは警察の仕事が出来ひんやろうって事で、深津さんや竹男さんに手伝ってもうて、何とか克服してん。俺の鈴——雷線(らいせん)、あるやろ？　あれ、火事の出火原因が配電盤に溜まった俺の雷って事で、それを応用したやつやねん。『霊力のある雷を金属に込めれたら、ええ武器になるんちゃうか。禍を転じて福となすや』って。竹男さんの発案やったな。せやし今は、火を見ても、雪を見ても大丈夫やねん。ただ、あの稲荷神社の任務の時は、風邪気味やったんと、色々まいってたから……。しかも雪やったしな。それで、な。まぁ、そういう事、やってん。——ごめんな大ちゃん。こんな話して。それと、稲荷神社の時から……」

塔太郎の言葉を待たずに、大は彼に身を寄せていた。彼の胸元付近のジャンパーを握り、その拍子に、巻いていた毛布がずり落ちる。塔太郎が片手で大を支えながら、もう片方の手で毛布を掬い上げていた。

「ま、大ちゃん？」

「ごめんなさい、塔太郎さん……！　ほんまにごめんなさい！」

絞り出すような声で、大は彼に謝った。自分の思っていた以上に塔太郎が苦労し、今日まで強く自分と闘い続けている事を今更ながらに知ると、切なさで、体も心も声さえも、震えてしまった。

「私、そんな事情があったなんて、全然知りませんでした。何も知らへんかったのに、私、あの時、塔太郎さんにひどい事を言うて……。何も治ってへんなんて……！」

「知らんかったんは、当たり前やん。俺が言うてへんかったんやから」

「それでも、もっとちゃんと、塔太郎さんの気持ちを考えてたら！　栗山さんみたいに、そっとしといてあげてたら……！　塔太郎さんの力になりたいと思ってたのに、その逆で……！　今、塔太郎さんの辛いのや苦労が全部、全部、私に流れたらええのに……！」

顔を上げて塔太郎を見、耐え切れずもう一度その胸へ頬を寄せる。普段なら絶対に出来ない言動だったが、今の大は迷わず手を伸ばし、呟いていた。

塔太郎を守るように抱きしめてあげたい気持ちと同時に、彼の意思を尊重したい気持ちが湧き起こる。塔太郎が去れと願うならば今度は何の迷いもなく去るつもりでいたし、本当は誰かを求めているのなら、世界中を敵に回しても、傍にいようと思っていた。

そんな大の一途さが、塔太郎にも伝わったらしい。彼もまた、

「大ちゃん。もう謝らんといて。そんな償いみたいに、俺の肩代わりをする必要もない。大ちゃんが苦しむんは、もう沢山やから」

と心の声を隠さず、

「むしろ、謝らなあかんのは、俺の方や」

と、持っていた毛布を大に巻いて両肩に手を置き、懺悔するように、大の頭に額をのせた。

「ほんまは分かってたてん。まさるが戻れへんくなったんは、きっと俺のせいやって

……。俺が大ちゃんに、稲荷神社の時から距離を置いて、困らせてたから……。そらそうやわな。それまで仲のよかった先輩が急に冷たくなったら、誰かって不安になるやんな……。俺は自分の事しか考えてへんで、そんなんも分からんくなってた。猿ヶ辻さんが言うたように、大ちゃんの心が疲弊してたんに、俺、全然気づいてあげられへんかった。そのせいで大ちゃんは……。大ちゃんは、いつも一生懸命で、誰に対しても気遣いを忘れへん。今回の事は全部、そんな優しい大ちゃんに甘えて追い詰めた、俺の責任や。まさるにまで苦労さして、ほんまにごめん……。こんなん、俺が言う権利はないんかもしれへんけど。大ちゃんがいいひんくなって、ずっと怖くて、寂しかった。せやし、戻ってきてくれて、よかった……」

塔太郎の声もまた、震えていた。自分の過去を話してくれた先ほどよりも遥かに細く、頼りなく、幼子のように。わずかに鼻を啜る音を聞いた時、大は、彼が秘かに泣いているのだと気がついた。

驚きよりも、やはりそうだったのかという女性の勘が働く。ああ、この人は本当は、普段の強さの裏でこんなにも繊細なのだと、大は胸を締め付けられた。

稲荷神社の任務の時や、悪夢に魘されていたあの夜のように、塔太郎は辛い時ほど一人で乗り切ろうとする。それなのに今は、人に見せたくないだろう姿を大に晒している。大は、塔太郎の最奥の一面に、触れた思いがした。

今度こそ、すれ違う事なく、彼と通じ合いたかった。まさるが素直に伝えたように、自分からも、あなたは一人じゃないと伝えたかった。

大はあえて時間を置き、

「塔太郎さん。顔、上げますね」

と前置きする。塔太郎が小さく「うん」と頷いて額を離すと、大はゆっくり顔を上げて、塔太郎と目を合わせた。

塔太郎は既に泣き止んでいたが、目には涙が溜まっている。それが零れ落ちてしまう前に、大の方が先に涙を流し、泣いていた。

「ど、どうした？　俺、また変な事を……」

「いいえ。塔太郎さんは、何も悪くないです」

塔太郎は焦っていたが、沢山泣こうと決めていた大は、滝のように溢れる涙を両手で拭った。

「私、今やっと、塔太郎さんと仲直り出来た気がするんです。ですから、精一杯、今に感謝しなあかんと思って……。嫌じゃなかったら、このまま、塔太郎さんの分まで泣かせて下さい。私も、あなたのもとに戻れて、よかった……」

肩から離れかけた塔太郎の両手を、自分の両手で上から包む。泣きながら微笑む大を見て、塔太郎もようやく笑顔になった。

「ありがとう」

塔太郎は心を込めて言い、大に包まれた両手の指先を、そっと握り返していた。

「――なぁ、大ちゃん。今更であれなんやけど、簪は？」

「ありますよ。懐に入ってます。与里先輩が入れてくれたみたいで……」

「そっか……。それ、前から思っててんけど、どうやって括るん？　俺もやってみたい」

「えっ、やってくれるんですか？　嬉しい。ちょっと待って下さいね。結構簡単なんです」

久し振りの日常会話に、大は心地よい昂りを感じてしまう。簪を出そうと懐に手を入れると、まさるが入れ替わる感覚があり、気づけば変身していた。

呆気に取られる塔太郎の前で、まさるはわずかに微笑んで頭を下げる。今までのお礼としてもう一度深くお辞儀すると、塔太郎も微笑み返した。

「……お前も、よう頑張ったな。元気そうでよかったわ。で？　戻れるんやんな？」

まさるはコクコクと頷き、心の中で大を呼ぶ。すぐに音を立てて元の姿へと戻り、昂ったがゆえにやってしまったと気づいた大は、恥ずかしくなりつつ簪を出した。

「……やっぱり、まだもうちょっと、簪が必要かもしれませんね……」

「せやな」

大も塔太郎も、小さく吹き出してしまう。大は塔太郎に括り方を教えた後、彼の拙い手つきに自分の手を添えて、綺麗に髪を結い直した。

「ほな、猿ヶ辻さんのとこに行こか」

「はい」

互いに頷き合い、朝日が差し込む御苑を歩き出す。

この暖かさなら、雪は今日中に融けるだろうと、大は思っていた。

終章

あーりゃ　これ　これ
これは楽しや　小野（おの）のお寺の　踊りでござる
はねず踊りと申してござる
めでた　めでたの　こりゃせ　踊りでござる
みんなそろうて　さぁ　踊りはじめじゃ
めでたやな　めでたやな……

少将（しょうしょう）さまがござる　深草（ふかくさ）からでござる
毎夜よさりに　通うてござる
かやの木の実で　九つ十と
日かずかぞえて　ちょいとかいまみりゃ
今日もてくてく　よー　お通いじゃ……

雲一つない青空の、三月の最終日曜日。随心院では「はねず踊り」が行われており、薬医門前に設けられた舞台の上で、はねず色の着物に笠を被った地域の少女達が、小町わらべうたに合わせて踊っている。

舞台の向かい側には小野梅園が広がっており、冬の幕引きと春の訪れを告げるかのように、梅が咲き誇っていた。

そのうちの一本に、まさるが顔を近づけている。すん、と甘酸っぱい芳香を楽しんでいるのを、塔太郎は小町と並んで見守っていた。

梅の香りを気に入ったのか、まさるが小町へ振り向き、にっこりと笑う。小町は誇らしげに両手を腰にやり、

「でしょう？　いい梅でしょう？　私やお寺の人達が、毎日一生懸命、お世話してるんだから！」

と、自慢していた。

まさるが元の「大」に戻ってから、数日が過ぎていた。師匠の猿ヶ辻や両親と涙ながらに再会した彼女は、今日までの間、塔太郎と共に世話になった各方面へ挨拶回りを行っている。

喫茶ちとせでは琴子が大に抱きついて喜び、他の皆も、大だけでなく塔太郎にも労いの言葉をかけてくれた。

総代は大の顔を見るなりその手を取って喜び、何か冗談でも言うかと思っていた周りの予想を裏切って、

「君は本当に凄いよ。僕の同期で、憧れだよ」と素直に伝える。その後は、割れば「おかえりなさい！」という小さな垂れ幕が出るくす玉を描いて出し、大を祝っていた。

まさるになっていた間泊めてもらっていた塔太郎の実家にも行き、大が彼の両親へ丁重にお礼を述べると、

「よかったやん。またいつでも遊びにおいでや」

と父・隆夫は天ぷらのお土産を大へ渡し、母・靖枝は、

「まさる君でも全然ええけど、今度は女の子の方の、大ちゃんも来てや？　だって、いっつも男ばっかり相手して、暑苦しいんやもん。何やったら、ほんまにうちの娘になる？　あ、ほら。ちょうどこれ独身やで」

と言って大の隣にいた塔太郎を指さし、息子を差し出そうとする。塔太郎はつい反射的に、

「お袋、いらん事言わんでええねん！　大ちゃん困ってるやんけ」

と、顔を赤らめたものだった。

ここで冴島与里と出会わなければ、大に戻れなかったとも思える笠原寺、そして随心院には、挨拶回りの最終日である今日訪れた。そして、小町の勧めで、随心院の「はねず踊り」を見物した後、人々で賑わう小野梅園を楽しんでいるのだった。

心の奥底から彼の意思を感じ取ったらしい大が、自分ではなく、まさるに変身しての訪問を希望した。今、大ではなくまさるがいるのはそのためである。

梅を堪能したまさるが、塔太郎と小町に近づいてくる。持っていたノートにペンを走らせ、

（与里さんにも、見せてあげたいです）

と書いては、切なげに微笑んでいた。小町が、もちろん、と頷き、手折った枝も持っていってあげようかしら……」

「今度の面会で、写真を渡すつもりなの。警察の許可が出るなら、手折った枝も持っていってあげようかしら……」

と呟き、与里に思いを馳せていた。

与里が逮捕された後、小町と香裕は特別な許可を貰って山科署で与里と面会し、やつれ切った彼女を見て、いたく心配したらしい。

しかしその翌日、面会した与里の目にはごくわずかな光が戻っており、左手の薬指には、今まであった指輪はなく、くっきりとした痣が出来ていた。

小町と香裕が訊ねてみると、与里の夢の中に、淳一が現れたのだという。

「私が泣いていると、淳一が、笑顔で私を抱きしめてくれました。『死んじゃってごめんね。与里が僕を必要としてくれたん、凄い嬉しかった。指輪、つけてくれてありがとう。でも、もうええよ』って、つけてた指輪を抜いて……。私が嫌がると、『僕はちゃんと与里を見守って、傍におるから大丈夫。せやし僕のことは気にせず元気でいてね』って……。朝起きてみたら、指輪がなくてびっくりしました。あんなに抜けへんかったのに、どこを捜してもなくて……。でも、その時思ったんです。淳一は、肉体や指輪を消した代わりに、形はなくてもどこかで、私を見守ってくれるんやって……」

顔を覆って泣く与里に、小町と香裕は自分達も涙を流しながら、監視員の許可を得て手を伸ばし、それぞれ与里の手を握ったという。

左手を握った香裕は、痛々しい痣がある薬指に笠原寺の指輪型念珠を通し、

「与里ちゃん。淳一さんが最後に望まはった通り、これからの人生、絶対に元気でいましょうね。淳一さんもこれから、空や、風や、水や草木、仏様になって、与里ちゃんの心にいてくれはるから」

と言い、右手を握った小町は泣きながらもあえて笑顔を浮かべ、

「ねえ与里ちゃん。刑期を終えたら、いつか絶対、一緒に旅行へ行きましょう。与

里ちゃんも、色んなとこへ行きたいって言ってたじゃない。与里ちゃんが笑顔になれば、きっと、淳一さんも喜ぶわ。――私達、これからも面会に来るからね。だから、またね」

と優しく言うと、与里は机に顔を埋めるようにして号泣し、二人の手を固く握っていたという。

会社の中核となる二人が逮捕された株式会社稲森は、別会社に吸収・合併される形で再出発することになったらしい。とはいえ、何とか出社するようになった森紗和子をはじめ、残った従業員はそのまま再雇用され、『小町クリーム』のブランドも守られるという。

それらを聞いた塔太郎とまさるは、与里をはじめとした今回の事件の関係者全員の今後を思い、黙って空を見上げた。

「――あのね、まさる君。私、与里ちゃんから伝言を預かっているの。まさる君へ、でも、古賀ちゃんへ、でもなく『まさるさんに』って言ってたから、二人宛ての伝言よ」

小町がまさるの瞳をすっと見上げて、小さな口を開く。彼女を通じて与里が送った言葉は、

――色々ごめんなさい。助けてくれて、ありがとう。またいつか。

だった。

以前のように、〝今度〟ではないのが与里の気持ち、そして与里の最後の優しさである。まさるは黙って微笑み、小町からの伝言を受け取った。

その後、まさるは小町から蓮弁の紙をもらい、今まで書いたどれよりも綺麗な字で、

（与里さんへ　あなたのことが好きでした。どうか、幸せになりますように）

と大の分まで心を込めて書き、庫裡の前にある蓮弁祈願の水瓶へそっと落とし、完全に溶けるまで見守っていた。

「もう、大丈夫か」

塔太郎が訊くと、まさるは自分の拳で涙を拭った。

（はい。俺も元気になります。ありがとうございます）

吹っ切れたように頷いた後は、塔太郎と二人で、随心院を後にする。梅の香りがする総門で見送りに立った小町は、塔太郎の運転する車が見えなくなるまで、手を振ってくれた。

「今回の事、二人とも本当にありがとう。業平様や菅原先生にもよろしくね。今度、ちとせにも遊びに行くから！　美味しいケーキをお願いね！」

塔太郎は、元の姿に戻った大を乗せて車を走らせ、山科から滋賀県に入り、日吉大社を訪問した。

もちろん、大の挨拶回りの締め括りとしてであり、杉子や先に来ていた猿ヶ辻、山王七社の神々から温かく迎えてもらった。その帰り、猿ヶ辻の希望で、浜大津の歩道橋に立ち寄った。

ここは、京阪電車のびわ湖浜大津駅や、大津城本丸跡などに繋がっており、東の突き当たりに立ってみれば、大津港の先に広がる琵琶湖を眺める事が出来る。

快晴の空の下、暖かな日射しには春の気配が感じられ、時折光る琵琶湖の輝きを目にすると、心まで澄んでいくようだった。

一月に初めて日吉大社を訪れた時も、帰りはここと疏水の大津閘門に寄って、疏水の歴史や琵琶湖の素晴らしさを堪能している。その時一緒だった滋賀県警の警部補・永田が、冗談めかして琵琶湖の偉大さを語っていたのを、塔太郎も大も覚えていた。

「琵琶湖の水が、三井寺近くの大津閘門から山科の疏水を通り、京都に入る訳や。つまりやな、京都の水道は滋賀県が握ってんねんぞ！　それを忘れないために土産をやろう」

彼が渡してきたのは、琵琶湖の下部に蛇口がついて、「水とめたろか！」と派手に書かれたキーホルダー。永田本人も含めて、皆で笑ったものだった。

今はその永田はおらず、猿ヶ辻と杉子が猿の姿で、歩道橋の手すりに腰を下ろしていた。

「ぬくいなぁ、杉子さん。琵琶湖、ええと思わんか。見てたら、悩みなんか全部忘れてまうわ」

「私は毎日見てっしなぁ。別にそれほど。時に猿ヶ辻。あんた悩みなんぞあるんか」

「ない」

「やろな」

二匹が並んで話しているのを、大が楽しそうに眺めている。紙袋を手に提げて、その彼女を秘かに眺める塔太郎自身も含めて、今この瞬間、全てが穏やかだった。

こんな時間がいつまでも続けば、どんなにいいだろう。塔太郎はそう思った後で、今までの事と、先日、自身と大が取り調べした渡会の事を思い出した。

ちょうどその時、

「塔太郎さん？　ぼーっとして、何か、考えてはったんですか」

と大に訊かれたので隠さず答えると、

「私も、まさか今回、渡会が噛んでいるとは思いませんでした」

と、彼女も真剣な顔をして、再び琵琶湖を見つめた。

山寺に収監されているはずの渡会が、実は分身を自由に操っていたというのは、大や塔太郎、喫茶ちとせのメンバーはおろか、あやかし課を管轄する京都府警本部にとっても、かなりの衝撃だった。

もはや山寺では管理し切れないとして、渡会は京都府警本部の地下、あやかし課の隊員が護る極秘の場所へ護送され、担当の者によって即座に取り調べられたという。

渡会は、分身の仕組みについてはあっさりと吐き、魂の一部を入れたあのお守りは、かつて大達が倒した敵・成瀬が作ったものだという。

「ありゃあ奴の良作ですよ。俺が鬼笛の事件を起こす前に、尻を叩いて作らせたんです。あいつも、ごくたまにはいい仕事をするんですよね。『職人を何や思てんねん！』って、喚いてましたけど。——ああ、本人はもう消えてるから、遺作というんですかね。まぁ、その遺作も消えちゃいましたけどね。あいつにもっと才能があったら、本体の俺と何ら実力の変わらない、分身になったと思うんですけどね。その辺が、あいつの甘いとこなんですよねえ」

飄々とそれだけ話した後は、再び黙秘を繰り返す。

取り調べはやはり難航し、本部、そして深津は、とうとう実際に対峙した大と、おそらく最も、渡会と深い話が出来るであろう塔太郎に、取り調べにあたらせる事に決めた。要請を受けた塔太郎と大は、挨拶回りの合間を縫って府警本部に赴いた。

大は塔太郎の補佐という形だったが、実際は真っ向から対面することになり、事実、塔太郎と大が取調室に入った途端、渡会はまず大に、

「お前の変身した男の方、どんな力で突き刺したんだよ？　おかげで本体の俺にも響いたぞ。一度ならず二度までも邪魔しやがって。お節介な後輩を持って、あいつも不幸なこったな」

と忌々しげに悪態をついた。

その時点で大は拳を握っていたが、深津の「何を言われても動じるな」という指示を守って耐えており、彼女は塔太郎の補佐として、静かに書記を務めていた。

与里が絡んだ因縁の相手、その怒りや悔しさはどれほどのものかと大の事を思いやりながら、今度は塔太郎が、渡会に向き合う。

塔太郎は、自分が今、渡会の取り調べをする事になった意味や目的を理解しており、また大に過剰に反応した事で、渡会も心が動いていると感じ取った。

塔太郎はその機を逃さず、今回の事件や分身の詳細など表面的な質問は全て飛ば

し、核心的な事を訊いてみた。

「お前が入ってる京都信奉会は、今、京都で何をしようとしてんねん」

大が記録の手を止め、顔を上げた。渡会もさすがに驚いており、

「……二条城で見た時に、薄々感じてはいたが。やっぱあんた、武則さんの息子か」

と言うので、大はさらに驚愕していた。

「さん付けって事は、神崎武則の知り合いやな。京都信奉会には、いつから入ってた？」

「いつでしたかねぇ」

「その口ぶりからすると、相当前やな。――神崎武則は、京都から追放されて大人しくしてたはずやけどな。俺が聞いた話やと、奴の取り巻きが、自分らで面倒みますさかいにって神仏に頼んだからこそ、京都追放だけで済んだんやろ？　お前も、その取り巻きの一人ちゃうんか。――他の人からも訊かれたと思うけど、お前が月詠さんに放った矢や、成瀬が詩音ちゃんに渡したお菓子から、奴の霊力が見つかってんねん。このまま黙ってたって、奴らが何かしら起こす限りは、京都府警や京都の神仏は全力で阻止する。いずれ全てが明るみに出る。黙ってんと、もう話したらどうや。お前らの、京都信奉会の目的は、何や？　それと、お前は分身を持って

いながら、脱獄や成瀬を助けるためにそれを使わへんかった。そこの意味も併せて、教えてもらおうかな」

「喋る気はねえぜ」

「そうか。実の父親の近況、聞きたかったんやけどな」

「だったらうちに――リソウキョウへ来ればいいじゃないですか。理想の京と書いて理想京。いいところですよ。あんたみたいな凛々しい御子神が来たら、皆、滂沱の涙でひれ伏して、歓迎しますよ。創造神……、武則さんも喜ぶんじゃないかね。言ってくれたら手配しますよ」

「興味ないな」

「残念」

それきり、渡会は喋らなくなった。塔太郎はその後、駄目もとで質問を繰り返したが、やはり渡会は黙秘する。

しかし塔太郎の、自ら事情を話し、そこから渡会の言葉を引き出す作戦は成功だった。大が書き留めてくれた今回の取り調べの内容は、深津達や本部の人間にも読まれ、今後の捜査の一助になるだろう。

塔太郎は取り調べを切り上げて、衝撃で真っ青になっていた大を促し、取調室から出ようとした。

ただ最後に、ふと思いついたように渡会へ振り向き、

「お節介な後輩を持って、俺は幸せやぞ」

とだけ、言ってやる。渡会はそれを鼻で笑ったが、取調室から出た後、大に幾度もお礼を言われた。

「……私、あの言葉、ほんまに嬉しかったです。ありがとうございました」

「お節介の話か？　まぁ、あれは勢いというか……。俺も、あの時の大ちゃんが、頑張って耐えてくれてたんが有難かった。大ちゃんがずっと書記をしてくれてたからこそ、俺も、渡会との話に集中できた訳やしな」

「隣で聞いてましたけど、あれ、凄い会話でしたね。というか……その……。塔太郎さんの実の父親の事で……、今、何かが起こってるんですか」

大はそう言い、目線を落とす。彼女にも自身の出生は話してあり、あれだけ息子だ何だという話を聞けば、嫌でも察するだろう。それは、塔太郎はもちろん、取り調べを要請した深津も承知の上だった。

話してもよかったのかもしれないが、本部の協議も始まっていて自分の裁量だけでは決められず、塔太郎は「うん」と言うだけで黙ってしまう。

それでも、塔太郎を信じてくれる大は強かった。

「私、まだ、それはお手伝い出来ないんですよね」

「うん。やけど、大ちゃんがあやかし課隊員でいてくれるなら、深津さんから、正式に話してもらえる日が必ず来ると思う。心配せんと、大ちゃんは自分の道を行きや。俺は大丈夫やから。——辛(つら)くなったら、今度は、愚痴(ぐち)くらいは聞いてもらおっかな」

塔太郎が横目で見ると、大は一瞬目を見開き、嬉しそうに顔を綻(ほころ)ばせていた。

「でしたら……。お手伝い出来ひん代わりに、その間に私、もっともっと実力をつけときますね！　それこそ、塔太郎さんに信頼されるぐらいに！」

「信頼？　もうしてるけどな」

「いえ！　もっと、もっとです！」

顔を上げた彼女は、配属初日のような、純粋な意欲に満ちていた。

「去年の大晦日(おおみそか)、魏然(ぎぜん)さんが塔太郎さんを信頼して、放置しようとしたって、鴻恩(こうおん)さんが言ってたじゃないですか。私も、塔太郎さんに『大ちゃんがいるからいい』とか言われて、放置してもらえるようになりたいです！」

「何か、それはそれで寂しいような気もするけど……。ま、ええか。あやかし課隊員も喫茶店業務も、一筋縄ではいかへんぞ？」

「もちろん、分かってますよ？　やからこそ、明日から心機一転、剣術の稽古も、喫茶店の仕事も、バリバリ精度を上げるつもりです！」

「おー、言うたな？　楽しみにしてるわ。――せやなぁ。俺から一本取れるようになったら、高級フルコース料理を食べさしたげるわ」

「言いましたね⁉　それ、絶対、約束ですからね！」

「はいはい」

二人で大笑いしたので、猿ヶ辻と杉子がこちらに振り向く。大は恥ずかしそうに顔を背けていたが、塔太郎はむしろ、再び得た癒しの一時を、彼らに自慢したいぐらいだった。

大の笑顔も、彼女があやかし課隊員で頑張るという宣言も、自分を満たしてくれる。彼女が、心も体も健康でいてくれる事こそが自分の幸せなのだと自覚した時、塔太郎は紙袋から用意していた花束を取り出し、大に渡した。

「これ……私にですか？」

渡された小さな二つの花束を、大が愛でつつ、不思議そうにこちらを見上げる。

塔太郎はにっこりと微笑み、

「一つは、元に戻ったお祝いや。もう一つは、ちょっと遅れたけど、ホワイトデーのお返し。嫌じゃなかったら、持って帰って」

「えっ、いいんですか。こんな可愛いの……。包み紙に見覚えあるんですけど、もしかして」

「そうそう。三条会の花屋さんで買うてん。まさるが好きやったから、大ちゃんも気に入ってくれるかなって」

　言った途端、大がきゅっと花束を胸に抱く。二つが合わさり、より色彩豊かになった花に、大は頰を寄せた。

「嬉しい……！　塔太郎さん、ありがとうございます！　大切にします！」

　花の匂いが嗅覚に届いたのか、猿ヶ辻と杉子が気づく。それぞれ大の肩に乗って、花束を覗き込んでいた。

「へぇ、綺麗にラッピングされてるやんか。坂本くん、ええもん選んだなぁ」

「おうおう、可愛い花やな。私もお土産に、何本か貰ってもええか」

「杉子さん嘘やろ⁉　空気読んで⁉」

　焦った猿ヶ辻が、ぴょんと飛び移って杉子を止めている。二匹の毛がくすぐったいのか、背中を丸めて笑う大の頭を、塔太郎は撫でようとした。

　が……、やめた。今、手を伸ばしたら、男として本当に抱き寄せてしまうと分かったからだった。

　陽の光に当たりながら、水の煌めきに照らされながら、神猿達と戯れる大を、塔太郎は目を細めてずっと見ていた。

一生懸命なところも、健気なところも、ちょっと泣き虫なところも、何もかもが愛おしい。

大ちゃん。

君を愛してる。

大ちゃんが幸せやったら、やっぱり、俺はもう十分や。

ほんまは、今すぐにそれを伝えたいところやけども、渡会や実父の件はこれからが正念場やし、大ちゃんに迷惑かけたくないのも変わらへん。総代くんにも、協力するって自分から約束してもうた。悔しいけど、それらの責任は果たさなあかん。

せやから、俺は賭けに出る事にした。

大ちゃんが今後、総代くんの事を好きになって結ばれるなら、辛いけど、それでも構へん。総代くんやったら、きっと大ちゃんを幸せにするはずやから。

ただ、もし――。俺が大ちゃんに迷惑かけへんで済むようになって、大ちゃんも、総代くんと結ばれてへんかったら。

その時は……。

塔太郎の肩に、何かが舞い降りる。指で摘まんでみれば、桜の花びらだった。

もうすぐ、春である。

新しい季節の始まりだった。

（おわり）

著者紹介

天花寺さやか（てんげいじ　さやか）

京都市生まれ、京都市育ち。小説投稿サイト「エブリスタ」で発表した「京都しんぶつ幻想記」が好評を博し、同作品を加筆・改題した『京都府警あやかし課の事件簿』（PHP文芸文庫）でデビュー、第七回京都本大賞を受賞した。

エブリスタ

国内最大級の小説投稿サイト。

小説を書きたい人と読みたい人が出会うプラットフォームとして、これまでに200万点以上の作品を配信する。

大手出版社との協業による文芸賞の開催など、ジャンルを問わず多くの新人作家の発掘・プロデュースをおこなっている。

https://estar.jp

この作品は、小説投稿サイト「エブリスタ」の投稿作品に大幅な加筆・修正を加えたものです。

イラスト——ショウイチ
目次・章扉デザイン——小川恵子(瀬戸内デザイン)

PHP文芸文庫　京都府警あやかし課の事件簿4
伏見のお山と狐火の幻影

2020年9月22日　第1版第1刷

著　者　天花寺さやか
発行者　後藤淳一
発行所　株式会社PHP研究所
東京本部　〒135-8137　江東区豊洲5-6-52
第三制作部文藝課　☎03-3520-9620(編集)
普及部　☎03-3520-9630(販売)
京都本部　〒601-8411　京都市南区西九条北ノ内町11
PHP INTERFACE　https://www.php.co.jp/
組　版　有限会社エヴリ・シンク
印刷所　図書印刷株式会社
製本所　東京美術紙工協業組合

ISBN978-4-569-90022-3